Absolument

Du même auteur
aux Éditions J'ai lu

LUCY VALENTINE

1 – Follement
N° 10146

2 – Désespérément
N° 10254

HEATHER

WEBBER

LUCY VALENTINE – 3

Absolument

Traduit de l'anglais (États-Unis)
par Elisabeth Luc

J'AI LU

POUR elle

Si vous souhaitez être informée en avant-première
de nos parutions et tout savoir sur vos auteures préférées,
retrouvez-nous ici :

www.jailupourelle.com

Abonnez-vous à notre newsletter
et rejoignez-nous sur Facebook !

Titre original
ABSOLUTELY, POSITIVELY

Éditeur original
St. Martin's Press (New York)

Pour ma famille,
avec tout mon amour.

Remerciements

Si l'écriture d'un roman est souvent une entreprise solitaire, la publication d'un livre ne l'est pas. Un grand merci à tous les collaborateurs de St Martin's Press qui veillent à chaque aventure de Lucy Valentine : mon agent, Jessica Faust, qui stimule mon imagination débordante ; merci à mes amis Shelley Shepard Gray, Cathy Liggett, Hilda Lindner Knepp, Sharon Short et Wendy Lyn Watson pour les séances de travail, les relectures, leurs commentaires, conseils et encouragements.

Je tiens également à exprimer ma gratitude envers Jeannie Rigod qui m'a fait part de son expérience des défibrillateurs et grâce à qui j'ai pu rédiger l'une de mes scènes favorites entre Sean et Lucy.

Enfin, merci à tous ceux qui, comme Lucy et moi, pensent que l'amour est plus fort que tout. Bonne lecture !

1

Suzannah Ruggieri entra en trombe dans les locaux de Valentine Inc. La lourde porte en acajou claqua, faisant trembler ses panneaux de verre biseautés. Échevelée, les yeux écarquillés, les joues écarlates, la réceptionniste reprit son souffle avant de s'exclamer :

— Venez vite ! Le cowboy solitaire est de retour !

Sur ces mots, elle tourna les talons et ressortit sans demander son reste pour se précipiter hors du bâtiment, sur Beacon Street.

Il n'en fallut pas davantage pour que Preston Bailey, journaliste de terrain, se lève d'un bond, faisant voler les feuilles de son dossier. Sur le seuil, elle s'arrêta à peine pour voir si je lui emboîtais le pas.

— Allez, viens Lucy !

Pour ma part, j'eus une seconde d'hésitation. Je m'étais installée au poste de Suzannah pendant sa pause. Si je m'absentais, il n'y aurait personne pour répondre au téléphone. J'étais responsable d'une agence. N'était-ce pas mon nom qui figurait à l'entrée ? Valentine Inc., la meilleure agence matrimoniale du pays, l'entreprise familiale. Certes, je n'étais pas aussi douée que mon père pour former des couples, mais je rencontrais un certain succès à la tête de mon service des « Amours perdues ». Mon père et moi exploitions en effet nos capacités extra-sensorielles de façon très différente.

— Lucy ! hurla Preston, déjà dans l'escalier. C'est le cowboy solitaire ! Viens vite !

Allez… Je pris mon manteau et sortis à mon tour sous le ciel plombé de cet après-midi hivernal.

Me faufilant entre les voitures, je courus en direction de la foule réunie sur la pelouse du grand parc de Boston. Devant moi, un morceau de papier voleta sur l'herbe sèche. Je posai le pied dessus.

— Tu en as attrapé un ! s'écria Preston.

Je ramassai le billet de vingt dollars. Autour de nous, les gens se bousculaient pour attraper au vol les précieuses coupures.

— Tu le vois ? me demanda-t-elle, hissée sur la pointe des pieds.

Hélas, même avec ses bottes à talons, la malheureuse n'était pas à la hauteur. Culminant plus de dix centimètres au-dessus d'elle, je scrutai la foule en effervescence en quête d'un homme masqué.

— Non.

— Il doit bien se trouver quelque part.

Elle se fraya un chemin dans la foule, jouant des coudes pour écarter quiconque se dresserait sur son passage. Rien n'arrêtait une journaliste sur la piste d'un bon scoop.

Le cowboy solitaire avait encore frappé.

C'était la quatrième fois en autant de semaines. Nul ne savait d'où il venait ni qui il était. D'après tous les témoignages, il se présentait, arborant un masque et un chapeau de cowboy, et se mettait à jeter des billets de banque.

La semaine précédente, le butin non officiel se montait à deux mille dollars. À en juger par le trésor éparpillé dans le parc ce jour-là, il allait battre des records. Preston était journaliste au *South Shore Beacon*, un quotidien couvrant les quartiers sud de la ville. Elle avait pris l'habitude d'arpenter le parc alors qu'elle était censée rédiger des articles sur mes clients des « Amours perdues ». Elle brûlait d'envie de démasquer l'homme que les médias appelaient le cowboy solitaire et d'expliquer dans un article à sensation ce comportement altruiste mais des plus étranges.

Une équipe de la télévision se présenta bientôt sur les lieux. Aussitôt, un journaliste foula la pelouse pour interroger les personnes tenant des poignées de billets.

Glissant les vingt dollars dans ma poche, je m'adossai à un tronc d'arbre pour attendre que la foule se disperse. Sur ma gauche, un sans-abri m'observait avec attention, assis sur un banc. Pris sur le fait, il baissa les yeux et se mit à fouiller dans un sac en plastique qui contenait ses maigres effets. Il tenait une bouteille thermos qui contenait peut-être du café, du moins l'espérais-je.

Soudain, un sentiment de culpabilité me submergea. Je n'avais pas besoin d'argent, or j'avais avidement empoché mon billet. Je tentai de me justifier en me disant que je m'étais laissé emporter par l'enthousiasme ambiant, la magie de l'instant. En vain. N'avais-je pas récolté trois autres billets la semaine précédente ? Je m'étais offert un joli foulard dans une boutique de Harvard Square.

Rouge de honte, je ressortis mes vingt dollars pour les offrir au sans-abri.

Il leva vers moi un regard bleu très pâle. D'abord méfiant, il tendit une main gantée. Il était coiffé d'un bonnet de laine et l'épaisse doudoune qui le protégeait du froid glacial lui donnait l'air d'un bibendum. Il arborait une barbe de trois jours et son visage était maculé de crasse.

— Je peux m'asseoir ? lui demandai-je.

Il désigna le banc d'un signe de tête.

Le véritable scoop, il était là, dans ce parc où vivaient cet homme et tant d'autres SDF, au cœur de cette fin d'hiver.

— Vous n'aviez pas envie de vous joindre aux autres ? fis-je en désignant la foule.

Laissant Preston courir après les billets, Suzannah se dirigea vers moi.

— Mes vieilles jambes ne marchent plus très bien, ma foi, cria le sans-abri comme s'il était malentendant. Je ne peux plus repousser les petits jeunes comme autrefois. Mais être fauché, c'est pas si terrible, allez...

Après le choc initial, je finis par m'habituer à sa voix tonitruante. Je n'avais que de vagues souvenirs de mon grand-père Henry, mort quand j'avais cinq ans, qui parlait très fort lui aussi. Il avait toujours refusé de porter une aide auditive. La vanité faite homme.

— Vous l'avez vu, le type qui lançait les billets ? lui demandai-je en m'époumonant.

Une chose était certaine, ce n'était pas par coquetterie qu'il se passait d'appareil. Il but une gorgée dans sa thermos.

— Il n'avait pas de cheval, mais un grand chapeau, et distribuait de l'argent aux badauds, déclama-t-il avec un sourire.

Voilà qui résumait à merveille la situation. C'est alors que je me rendis compte qu'il venait de s'exprimer en rimes.

Le regard pétillant de joie, Suzannah comptait ses billets en marchant vers nous. C'était incroyable comme les gens pouvaient se laisser emporter par cette situation insolite. Valentine Inc. la rétribuait généreusement. Pas seulement parce qu'elle était une employée précieuse mais aussi parce qu'elle faisait presque partie de la famille, dont elle connaissait tous les secrets.

— Cent quarante ! Formidable ! De quoi m'offrir une bonne bouteille de vin en dégustant un bon gros steak au Hilltop ce soir.

Je tournai vivement la tête vers l'homme assis à côté de moi pour inviter Suzannah à lui faire un don. Elle m'observa un instant, les sourcils froncés. J'écarquillai les yeux pour souligner mon message.

Elle bougonna et tendit deux billets au sans-abri.

— Bon, d'accord.

De son propre chef, elle lui remit le reste de sa récolte.

— Vous en avez davantage besoin que moi, admit-elle.

Le vieil homme enfouit les billets dans son gant et se leva.

— Chères mesdames, j'ai bien l'honneur, hurla-t-il en levant un chapeau imaginaire. Je vous souhaite une excellente journée, de tout cœur.

Sur ces mots, il nous adressa un clin d'œil, tourna les talons et s'éloigna.

— Sans vouloir jouer les rabat-joie, Lucy, il va sans doute tout dépenser à boire, souffla Suzannah d'un ton réprobateur.

— C'était aussi ton intention, non ?

— C'est vrai, concéda-t-elle en repoussant ses cheveux bruns en arrière.

Je me levai à mon tour et me mis en quête de la tignasse blond platine de Preston parmi la foule qui se dispersait.

— De plus, comment peux-tu être certaine qu'il va acheter de l'alcool ? Peut-être qu'il a envie d'un bon gros steak, lui aussi.

— Tu ne peux pas être sûre de ton fait.

— Toi non plus.

— Ne sois pas naïve, Lucy.

Au cours des six derniers mois, j'avais beaucoup perdu de ma naïveté en devenant consultante free-lance pour la police d'État du Massachusetts. Elle exploitait mon don de médium afin de localiser des personnes disparues grâce à des objets leur appartenant, à partir desquels j'avais des visions. Hélas, ces enquêtes ne se terminaient pas toujours bien.

— J'aime à croire que, en chaque personne, il y a un fond de décence. Je me trompe ?

Mon souffle formait de la buée. Il faisait un froid de canard. Pourquoi diable avais-je quitté la chaleur de mon bureau ?

Ah oui, par cupidité.

Cette fois, je me sentais vraiment mal.

— Il est dangereux de ne voir que le bien chez les autres, déclara Suzannah avec un regard plus doux. Tu es bien placée pour le savoir.

Je jetai un coup d'œil par-dessus mon épaule. Mon sans-abri n'avait parcouru que quelques mètres de son pas traînant. C'était justement parce que j'avais été témoin des pires bassesses que je recherchais le bien. C'était chez moi un besoin vital.

— On devrait rentrer, dis-je.

— Et Preston ?

— Il suffira de laisser des petits cailloux dans notre sillage pour qu'elle retrouve son chemin.

Mes relations avec Preston avaient beaucoup évolué. Au départ, je la détestais car elle avait révélé mon grand secret dans les pages du *Boston Herald*. Depuis que nous collaborions sur des articles consacrés à mes clients d'« Amours perdues », nous nous entendions mieux. Je ne serais pas allée jusqu'à affirmer que nous étions proches, car je ne lui faisais pas totalement confiance, mais je ne cherchais plus à me débarrasser d'elle. C'était un début.

Sur les marches du perron menant au bureau, le froid commença à s'insinuer en moi. La porte de Valentine Inc. était entrouverte. En jetant un coup d'œil prudent à l'intérieur, je découvris Dovie, ma grand-mère, installée au bureau de Suzannah, en train de parcourir les dossiers des clients. Dovie était une entremetteuse dans l'âme. N'étant qu'une pièce rapportée dans la famille, elle ne possédait pas le don de voir les auras, que les Valentine se transmettaient de génération en génération. D'après la légende, nous tenions ce talent de Cupidon en personne.

C'était mon arrière-grand-père qui avait fondé l'agence matrimoniale Valentine Inc. Ce que nos clients ignoraient, c'était que le succès incroyable de l'entreprise n'avait pas grand-chose à voir avec les questionnaires et autres tests de personnalité auxquels les clients se livraient lors du premier rendez-vous. Tout était une question de... couleurs. Chaque être humain étant entouré d'une aura spécifique, que seules distinguaient ceux de ma famille possédant le don, il suffisait d'associer deux auras similaires pour former un couple solide.

Hélas, je perdis cette capacité à l'âge de quatorze ans, lors d'un orage qui transforma le cours de mon existence. À partir de cette date, je ne vis plus les auras, mais je devins par contre capable de retrouver des objets égarés, une qualité que j'ai longtemps jugée inutile. Pas seulement parce que je me démarquais de ma famille, mais aussi car je ne voyais pas en quoi localiser un portefeuille ou un trousseau de clés pouvait changer la face du monde.

Je me trompais. Ce don était bien plus précieux que je ne me l'étais imaginé.

— Qu'est-ce que tu fais là ? demandai-je à Dovie.

Mon père aurait eu une nouvelle crise cardiaque s'il l'avait trouvée en train de farfouiller dans ses dossiers. Essayait-elle de former des couples ou cherchait-elle le grand amour pour elle-même ? Sa dernière relation avec un homme que je lui avais présenté n'avait duré que le temps de trois week-ends, fort agréables au demeurant. Comme tous les Valentine, Dovie était réfractaire à tout engagement sentimental. Cela dit, elle changerait peut-être d'avis si le prince charmant frappait à sa porte.

Ma mère surgit du couloir du fond, tenant deux tasses de café. Elle en tendit une à Dovie et nous embrassa distraitement sur la joue, Suzannah et moi. Elle était radieuse. Ses yeux noisette pétillaient d'un éclat doré et elle avait un sourire au coin des lèvres.

— Qu'est-ce qui t'arrive ? lui demandai-je.

Elle était superbe avec son pull violet, un jean foncé et des ballerines. De plus, elle sortait de chez le coiffeur et avait opté pour une coupe courte et une teinture blonde. Elle semblait soudain rajeunie, heureuse.

— Moi ? fit-elle avec un geste désinvolte, avant de s'installer dans une chauffeuse. Rien. Rien du tout.

— C'est faux, intervint Suzannah en chassant Dovie de son fauteuil. Tu es superbe.

Elle haussa les épaules d'un air innocent.

— J'ai fait un petit régime.

— Un régime ?

Ma mère était réfractaire aux régimes. Elle mettait un point d'honneur à manger ce qu'elle voulait et se moquait éperdument des calories et du cholestérol. À ses yeux, vivre pleinement consistait à toujours avoir un cheese-cake en réserve dans son réfrigérateur. Le mot « régime » était une insulte en soi.

— Je me fais vieille, reprit-elle. Je dois surveiller mon poids. Je me suis mise à la zumba. D'ailleurs, tu devrais m'accompagner, Lucy.

— C'est quoi, au juste, la zumba ?

Dovie éclata de rire et se lança dans une démonstration de cha-cha-cha de ses longues jambes gracieuses. Dans sa jeunesse, elle avait été danseuse dans un cabaret, à New York. C'est là-bas qu'elle avait rencontré mon grand-père. Après leur mariage, puis leur divorce secret, elle avait continué à danser et était devenue chorégraphe. Ces derniers temps, elle mettait surtout ses talents au service du théâtre local et organisait des réceptions, mais elle ne rechignait jamais à esquisser un pas de danse.

— C'est génial ! s'exclama Suzannah. C'est quand ? et où ? Je suis partante.

Un régime et du sport ? Qui était cette femme ? Certainement pas ma mère.

— Qu'est-ce qui se passe ? Tu n'es pas malade, j'espère ?

Elle n'en donnait pas l'impression, mais il fallait un grand bouleversement, comme une maladie, pour qu'elle rompe avec ses mauvaises habitudes.

— Ai-je besoin d'une raison pour m'améliorer ? lança-t-elle en plissant le nez d'un air mutin.

Ah, elle voulait s'améliorer. Le régime et le sport ne l'enthousiasmaient pas tant que cela, finalement. Quant à ce mouvement de nez, elle me cachait quelque chose.

Dovie dansait toujours.

— Allez Judie, dis-le lui. Il est grand temps.

Ma mère la fusilla du regard. Par chance, elles étaient les meilleures amies du monde, ce qui contrariait mon père au plus haut point. Voir sa mère et la mienne aussi complices était pour lui un cauchemar.

— Me dire quoi ? implorai-je.

Dovie entraîna Suzannah dans la danse en battant la mesure.

— Un, deux, trois, cha-cha-cha, chantonna-t-elle en se déhanchant. Judie a un petit ami, cha-cha-cha.

— Ah bon ? soufflai-je, ahurie. Qui est-ce ?

— Quelqu'un, répondit ma mère.

— Dis-le-moi, insistai-je.

Mes parents étaient séparés, bien qu'ils soient restés légalement mariés. Ils continuaient à bien s'entendre. Ma mère n'avait pas eu d'autre relation sérieuse depuis plusieurs années. Ses quelques réconciliations fugaces avec mon père ne comptaient guère.

— Où est Sean, aujourd'hui ? demanda-t-elle.

Elle faisait allusion à Sean Donahue, le détective privé très sexy qui travaillait à l'étage supérieur, mon partenaire à l'agence. Nous étions également partenaires sur un autre plan. Il suffisait que je pense à lui pour me sentir toute chose.

Pendant presque quinze ans, le secret familial de mes capacités de médium avait été bien gardé, jusqu'à ce qu'un squelette dans les bois, un petit garçon perdu et Preston Bailey viennent bouleverser mon existence.

Dès que celle-ci m'avait « dénoncée » dans le *Boston Herald*, j'avais été assaillie par les médias. J'avais eu un peu de mal à m'adapter à cette notoriété soudaine mais, après une longue conversation avec mon père, « Amours perdues » était né. J'œuvrais désormais à réunir les amoureux séparés par la vie en m'appuyant sur de vieilles lettres, des bijoux, des photos… Si mon pouvoir paranormal avait ses limites, il se révélait irremplaçable pour nos dossiers les plus délicats.

— Ne détourne pas la conversation, dis-je.

— Je posais simplement une question, Lucy.

La porte de l'agence s'entrouvrit. Ébahie, je vis Preston entrer en boitillant.

— Comment a-t-il pu disparaître ? demanda-t-elle en levant les mains au ciel. Il s'est volatilisé. Un homme qui jette des billets de vingt dollars comme on lance du riz lors d'un mariage ne peut pourtant pas passer inaperçu.

Remarquant enfin la présence de maman et de Dovie, elle les embrassa. Que cela me plaise ou non, ma famille avait pris Preston sous son aile.

— Le cowboy solitaire ? demanda Dovie.

— Il a encore frappé, expliqua Suzannah en rangeant son bureau.

De toute évidence, ma grand-mère avait eu le temps de semer le désordre dans son espace de travail avant que nous ne l'interrompions.

— J'avais récolté cent quarante dollars, mais Lucy m'a poussée à les donner à un sans-abri.

— Il va sans doute en profiter pour se saouler, commenta ma mère en sirotant son café.

— C'est exactement ce que je lui ai dit ! s'exclama Suzannah, furibonde.

Je m'assis au bord du canapé. À quoi bon discuter ? J'étais en minorité.

— Moi, je n'ai rien obtenu, soupira Preston. Pas d'argent, pas de scoop, rien. En plus, j'ai cassé mon talon.

Elle prit place à côté de ma mère et ôta sa botte dont une partie pendait lamentablement.

— Quelqu'un a bien dû voir quelque chose.

— J'en doute, déclara Dovie en se tapotant les cheveux.

Les boucles blanches qui faisaient tout son charme étaient nouées en un chignon lâche sur sa nuque.

— Quand les billets commencent à voler, reprit-elle, les gens ne voient plus que du vert.

— Vous avez sans doute raison, admit Preston en s'adossant plus confortablement. Mais il doit bien exister un moyen de lui mettre le grappin dessus.

Je connaissais ce regard. La journaliste ambitieuse commençait à ébaucher un plan. Or nous avions rendez-vous avec un nouveau client dans peu de temps. Ma conversation avec ma mère au sujet de son nouveau petit ami devrait attendre, le temps pour moi de préparer une véritable inquisition.

— Vous êtes en ville pour faire un peu de shopping, toutes les deux ? demandai-je à Dovie.

— En fait, non.

Son ton grave m'intrigua.

— Une audience au tribunal, peut-être ?

Elles avaient été arrêtées récemment pour trouble à l'ordre public et manifestation illicite. Je pensais pourtant que l'affaire était réglée.

— J'ai purgé ma peine, intervint ma mère comme si elle avait écopé de vingt ans de prison au lieu d'un travail d'intérêt général.

Dovie sortit le dernier numéro du *South Shore Beacon* du sac fourre-tout posé à ses pieds et me le tendit.

— Nous sommes venues voir Sean.

— Sean ? Pourquoi ? fis-je en lisant la une :

Aucune trace de l'homme porté disparu

— J'espère que tu voudras bien nous le prêter, railla Dovie, car j'ai l'intention de l'engager.

2

Six semaines plus tôt, Macalaster Gladstone avait disparu de son domicile comme par enchantement.

Il avait été vu pour la dernière fois en train de promener Rufus, son golden retriever, dans les petites rues pittoresques de Cohasset, juste après le Nouvel An. Rufus était rentré à la maison, pas Mac.

Le portrait en noir et blanc publié en première page montrait un homme d'âge mûr. Avec son épaisse tignasse brune et sa barbe fournie, il n'était pas sans rappeler un vieux loup de mer. Il enlaçait un chien magnifique portant un bandana foncé noué autour du cou. La langue pendante, les yeux pétillants, Rufus semblait sourire, lui aussi.

Preston m'arracha le journal des mains. J'ignore pourquoi, étant donné qu'elle était l'auteur de l'article.

— C'est tellement triste. D'après les témoignages, ils étaient inséparables.

— Justement, dit Dovie avec ferveur. Il a dû arriver quelque chose de terrible à Mac. La police est dans une impasse. Je voudrais que Sean mène l'enquête avec un regard neuf.

— Tu le connais bien, ce Mac ?

J'avais entendu parler de cette affaire, bien sûr. Comment ne pas être au courant quand on habitait

Cohasset ? Au café, à la pizzeria, chez le marchand de primeurs, les conversations allaient bon train pour savoir ce qui avait pu arriver au vieux monsieur. J'ignorais que ma grand-mère était elle aussi investie dans les recherches.

— Pas très bien, concéda-t-elle. Betty, sa femme, faisait partie de mon club de Scrabble. D'après ce que je sais, c'était un homme adorable. Un de ces types réservés et solides, qui vivait un peu en reclus, surtout depuis la mort de Betty. Toutefois, il fréquentait encore le cinéma du coin et assistait aux événements artistiques. Il était illustrateur, tu sais.

Si je ne l'avais jamais rencontré, son nom était connu non seulement dans la communauté de South Shore mais aussi dans les milieux artistiques. Certains comparaient même son travail à celui de Norman Rockwell.

Preston rendit le journal à Dovie.

— Si la police ne fait pas grand-chose, c'est parce qu'elle le croit mort.

— C'est peut-être le cas, mais je veux connaître la vérité. Où est son corps ? Que lui est-il arrivé ? Jemima, sa fille, ne se démène guère pour obtenir des réponses. Elle pense qu'il s'est suicidé.

Ma mère secoua la tête et but une gorgée de café.

— Ne serait-ce pas une possibilité ? demandai-je prudemment pour ne pas contrarier Dovie.

— Tout est possible, mais il n'a pas laissé de lettre. De plus, je n'imagine pas Mac abandonnant Rufus de son plein gré. D'après ce que je sais, ce chien était son meilleur ami.

— C'est quoi le problème avec Jemima ? demanda Suzannah, les coudes sur son bureau.

Dovie se leva et se mit à arpenter la pièce.

— À dix-huit ans, elle a épousé un homme qui avait le double de son âge, une star du rock rencontrée alors qu'elle était groupie, après avoir abandonné ses études. On imagine aisément ce qu'en pensaient Betty et Mac.

Ma mère secoua la tête comme si ce triste sort était pire que la mort.

— Pauvres parents...

Je me réjouis de ne pas avoir été groupie.

— Mac et Betty n'ont jamais approuvé son choix, raconta Dovie. Betty laissait entendre que Rick, son rockeur de beau-fils, avait quelque chose d'inquiétant, sans préciser quoi. Qui voudrait voir sa fille chérie mener la vie d'une femme de star du rock ? Hélas, ils n'avaient pas leur mot à dire.

— Il est célèbre, ce type ? s'enquit Suzannah.

— C'est Rick Hayes, déclara Dovie, sceptique.

— Rick Hayes ! Bien sûr qu'il est connu, s'exclama Suzannah, impressionnée.

Dovie leva les yeux au ciel :

— Peut-être à une époque, il y a longtemps. À présent, c'est un rockeur sur le retour, complètement fauché. On dit qu'il essaie de lancer une émission de télé-réalité sur sa vie de famille dans l'espoir de faire son come-back. Il aurait toutes les peines du monde à trouver un financement.

— Il est ruiné ? demanda Suzannah, manifestement passionnée par le sujet.

— Complètement, confirma Dovie. Jemima et lui vivent chez Mac, qui leur donnait de l'argent depuis des années. Je ne serais pas étonnée qu'ils en profitent et tentent de le faire déclarer officiellement mort afin de mettre la main sur sa fortune. Mac menaçait de leur couper les vivres si Rick n'abandonnait pas son idée de télé-réalité.

Oubliant son talon cassé, Preston dressa l'oreille.

— Je n'ai jamais entendu parler de ce projet. Vous pensez que sa fille et son gendre ont quelque chose à voir avec la disparition de Mac ?

— Je n'en sais rien, mais cette piste mérite d'être exploitée.

Preston sortit son calepin. Apparemment, elle n'avait pas envisagé cette version.

— Avez-vous parlé de cette histoire à la police ?

— Naturellement, répondit Dovie. Je crois qu'ils ont envisagé cette hypothèse environ un centième de seconde. Voilà pourquoi j'ai besoin de Sean.

Sean. À l'évocation de son nom, je sentis mon sang bouillonner dans mes veines. Nous nous fréquentions depuis l'automne et c'était de plus en plus sérieux entre nous. Vraiment sérieux.

J'étais à la fois exaltée et terrorisée par cette relation. Les Valentine n'étaient pas très enclins à s'engager, même s'ils gagnaient leur vie en formant des couples.

Le problème était que notre don était assorti d'une malédiction. Les Valentine voyaient les auras des autres, mais pas la leur, ni celle des membres de la famille, de sorte que trouver le grand amour nous était pratiquement impossible. Le fait est que, depuis plusieurs générations, pas un seul couple n'avait survécu à l'épreuve du temps.

J'avais grandi dans deux mondes différents. Dans l'un, l'amour était omniprésent, et dans l'autre, mes parents vivaient chacun de leur côté et ma grand-mère demeurait meurtrie par un divorce secret et une série de désillusions. Dovie n'étant pas une Valentine, elle aimait raconter qu'elle était maudite par alliance, ce qui condamnait toutes ses relations sentimentales.

— Il ne devrait pas tarder.

Ancien pompier, Sean travaillait depuis presque un an en tant que détective privé dans l'agence de son frère Sam, SD Investigations. Ma section « Amours perdues » avait pour vocation de réunir les amants séparés par la vie grâce aux recherches menées par Sean et à mes capacités particulières de détection. Elle faisait officiellement partie à la fois de Valentine Inc. et de SD Investigations.

— Dans ce cas, nous attendrons, décréta Dovie en s'installant dans un fauteuil.

— Et si vous faisiez appel à Lucy ? suggéra Suzannah.

Elle se mit à imiter les gestes d'un magicien. Nullement offusquée, je me fis néanmoins la réflexion en moi-même que mon don ne devait rien à la magie.

— J'aimerais bien, avoua Dovie. Mais Mac a disparu avec uniquement les vêtements qu'il avait sur le dos. Pas de bijoux, ni de téléphone portable ou de portefeuille.

Je consultai ma montre. Mon client allait se présenter dans cinq minutes.

— Certains de ses vêtements étaient-ils des cadeaux ?

Ma capacité à retrouver les objets perdus était tributaire de deux règles essentielles. La première était que je ne pouvais avoir de visions qu'en tenant la main du propriétaire de l'objet égaré. Et l'autre que je ne pouvais pas retrouver d'animaux, ou d'êtres humains. Uniquement des objets.

Les cadeaux constituaient néanmoins une exception à la première règle, car ils avaient eu plus d'un propriétaire. C'est cette exception qui avait mené à la création d'« Amours perdues » et qui expliquait pourquoi mes interventions pour la police étaient généralement couronnées de succès.

— J'ai posé la question à Jemima qui m'a répondu que non.

— Nous croyons qu'elle ment, intervint ma mère.

— Selon vous, elle n'a pas envie que son père soit retrouvé ? demanda Preston en griffonnant furieusement dans son calepin.

— Tu as tout compris, déclara ma mère en lui adressant un clin d'œil.

Preston afficha un sourire radieux. Parfois, elle me faisait penser à un chihuahua à poils longs, avec ses cheveux dressés sur la tête, son regard vif et son besoin d'attention.

— Où est Sean ? Ne devrait-il pas être présent si tu attends un nouveau client ? s'enquit Dovie.

— Il ne va pas tarder. Il cherche un appartement. Mais rien ne t'oblige à l'attendre. Il vient à la maison ce soir. On fera un saut chez toi.

Rien de plus facile. Je vivais juste à côté de chez ma grand-mère, dans un cottage surplombant l'océan, au sein de sa vaste propriété. Pour ne pas m'offusquer, elle m'autorisait à lui payer un loyer, mais je savais qu'elle mettait cet argent de côté pour me le verser plus tard.

Tous les regards se posèrent sur moi.

— Quoi ?

— Il cherche un appartement ? répéta Suzannah. Pourquoi ne s'installe-t-il pas simplement chez toi ?

— C'est vrai, puisqu'il y passe le plus clair de son temps, renchérit Dovie avec un sourire entendu.

Elle ne cachait pas son envie de devenir arrière-grand-mère. À cette perspective, je fus envahie d'une douce chaleur qui me fit rougir.

— C'est trop tôt.

— Il n'y a rien de mal à vous installer ensemble, Lucy, dit ma mère.

— Tu devrais lui poser la question, renchérit Preston.

J'aurais dû me douter qu'elle ne prendrait pas mon parti.

— Tu n'as rien d'autre à faire, toi ?

— Tu sais bien que non. Nous avons un rendez-vous dans quelques minutes. Et inutile de t'en prendre à moi parce que tu as du mal à t'engager.

— Je n'ai aucun problème avec l'engagement.

J'avais craqué pour Sean Donahue à la seconde où j'avais posé les yeux sur lui. Un vrai coup de foudre. J'étais fichue. Pour moi, il n'y aurait pas d'autre homme que lui. Même si, comme tous les couples, nous avions nos difficultés.

— Elle est en plein déni, railla ma mère.

— Ce n'est pas un problème d'engagement, c'est la malédiction de Cup...

Je m'interrompis avant d'en dire trop. Preston n'était pas au courant de la malédiction qui frappait notre famille. Ni des auras d'ailleurs, même si elle avait des soupçons, car elle avait été témoin d'une conversation entre mon frère et moi, à Noël.

Mon frère.

Je n'avais toujours pas l'habitude de dire « mon frère », même en pensée. Le nom du père d'Oliver McCutchan, alias Cutter, était resté secret pendant plus de vingt-cinq ans. La révélation qu'il s'agissait d'Oscar, *mon* père, fut un choc pour tout le monde, surtout pour Cutter. Il avait un peu de mal à s'adapter à cette nouvelle famille quelque peu étrange, mais il déployait de gros efforts.

Nous tissions des liens pas à pas. Nous nous parlions au moins une fois par semaine, nous échangions des mails, et nous prenions un verre ensemble de temps en temps.

De peur d'en dire trop, je tins ma langue. Depuis des siècles, les membres de ma famille gardaient le secret sur leurs étranges capacités. Autrefois, les sorcières étaient condamnées au bûcher, comme à Salem. Nul ne souhaitait ce genre de notoriété, passer pour un charlatan ou être l'objet d'une trop forte curiosité publique. Ce vœu de silence se transmettait de génération en génération, au même titre que le don. Rares étaient les occasions de révéler ce secret. Preston brûlait de le découvrir.

— Sean et toi, vous êtes faits l'un pour l'autre, Lucy, dit doucement ma mère. Passez à l'étape suivante, installez-vous ensemble.

— Il faut toujours goûter le lait avant de l'acheter, renchérit Dovie. Pour s'assurer qu'il n'est pas tourné. Et qu'il ne laisse pas traîner ses chaussettes sales par terre.

Encore une conversation surréaliste. Cette journée était un véritable épisode de *Dallas*. Où était mon père alors que j'avais besoin de lui ? Lui, c'était certain, n'aurait pas aimé que Sean s'installe chez moi. Raphael non plus. Le chauffeur et bras droit de papa était un deuxième père pour moi. Peut-être même serait-il encore plus contrarié que lui.

— Je croyais que l'expression était : « Pourquoi acheter le lait... »

— Fais-moi confiance, Lucy, coupa Dovie.

Je secouais la tête quand la sonnerie de l'interphone retentit.

— C'est trop tôt, répétai-je.

— Valentine Inc., annonça Suzannah dans l'interphone.

Étais-je vraiment la seule à faire preuve de réalisme ?

— Meaghan Archibald, j'ai rendez-vous avec Lucy Valentine.

Sauvée par le gong.

Suzannah ouvrit la porte à la nouvelle cliente tandis que Preston enfilait sa botte cassée.

— Tu l'enverras dans mon bureau, s'il te plaît, dis-je en m'éloignant.

Preston me précéda dans notre kitchenette.

— Soyez sages, lançai-je à ma mère et ma grand-mère en les embrassant.

— Comme d'habitude, assura maman en glissant une mèche de ses cheveux derrière son oreille.

— Tu parles.

— Tu nous épuises, me lança Dovie. Et si on lui organisait une fête pour célébrer son installation avec Sean ? suggéra-t-elle d'un ton moqueur à ma mère.

— Tu n'es pas drôle ! m'écriai-je.

— Toi non plus.

Dans mon bureau, je sortis un bloc-notes d'un tiroir. Preston entra en claudiquant, avec un plateau chargé de tasses et d'une cafetière. Elle m'observait du coin de l'œil.

— Quoi ?

— Tu as failli dire quelque chose tout à l'heure, et tu t'es ravisée.

— Ah bon ?

— Tu mens très mal, Lucy.

Elle se trompait. Je mentais très bien, au contraire.

— Je ne vois pas de quoi tu veux parler.

— Tu as failli parler de « malédiction de Cupidon ».

— Malédiction de Cupidon ? répétai-je avec un rire forcé. On dirait une attraction dans une fête foraine. Une maison hantée.

— Tu devrais m'en parler. Tu sais très bien que je finirai par connaître le fin mot de l'histoire.

C'était bien ce que je craignais.

3

Les yeux vert pâle de Meaghan Archibald pétillaient de joie. Avec ses longues boucles brunes qui cascadaient dans son dos, elle ressemblait à une sirène de gravure ancienne. Les joues roses, un soupçon de mascara… Une beauté naturelle. Nous avions déjà passé les détails en revue. Vingt-trois ans, graphiste, elle vivait dans un appartement proche de Fenway. Célibataire, sans enfants.

— À quel âge êtes-vous tombée amoureuse pour la première fois, mademoiselle Valentine ?

Je fus prise de court. C'était moi qui posais ce genre de question à mes clients, en tant que spécialiste des retrouvailles d'amoureux, mais jamais le contraire.

Pourtant, la requête de Meaghan était simple. Un premier amour restait gravé à jamais dans la mémoire, et dans le cœur. Je répondis :

— J'avais cinq ans. Il s'appelait Gabriel Harris. Il avait un regard d'ange, une moue boudeuse, les cheveux en bataille. Il possédait quatre-vingt-seize feutres alors que nous autres n'en avions que quarante-huit. Il me choisissait toujours quand on jouait à la chandelle. Il fut l'amour de ma vie jusqu'à la fin de l'école primaire. Puis, pendant le spectacle de Thanksgiving, je l'ai surpris en train d'essayer de soulever la robe d'Emma Pilgrim, ma meilleure amie. J'ai été inconsolable. J'ai pleuré pendant des jours entiers. Plus tard, j'ai appris qu'il prêtait ses feutres à un tas d'autres filles de la classe, et pas seulement à moi. Aujourd'hui, il est père de triplées. C'est le karma.

Un camion de livraison passa dans la ruelle en contrebas de ma fenêtre, faisant vibrer les carreaux. Je tendis mes longues jambes pour me dégourdir le mollet gauche, puis je lissai un pli sur mon pantalon gris à fines rayures en m'efforçant de ne pas penser à Mac Gladstone. Pour être honnête, j'avais du mal à le chasser de mon esprit. Sa disparition m'intriguait. Quelles informations pourrais-je soutirer au lieutenant Aiden Holliday, mon contact dans la police d'État ?

Preston avait posé son dictaphone sur la table et commençait à son tour à répondre à la question de notre cliente.

— Moi, j'avais huit ans. Il se nommait Matthew Dennehy. Il me pourchassait dans la cour de récréation. J'avais vraiment le béguin pour lui jusqu'au jour où il a réussi à m'attraper pour me soutirer l'argent de mon déjeuner. Aux dernières nouvelles, il était pasteur. C'est le karma ou la prédestination ?

Je ne pus réprimer un sourire. Je devais l'admettre, il arrivait à Preston d'être supportable. Ces derniers temps, elle l'était même plus que jamais. Mais je me gardais bien de lui en faire part.

— Vous y croyez vraiment au karma ? Au destin ? me demanda Meaghan.

— Absolument.

— Moi, j'avais quinze ans, raconta-t-elle. Mon premier amour se nommait Tristan Rourke, et je veux que vous me le retrouviez, mademoiselle Valentine.

— Je vous en prie, appelez-moi Lucy. Depuis combien de temps n'avez-vous pas revu Tristan ?

Je notai son nom sur mon bloc-notes puis consultai discrètement ma montre.

J'espérais que Sean serait de retour à temps pour participer à cet entretien. Sans doute avait-il trouvé un logement à son goût. Il était capable de faire une offre sur une impulsion.

Depuis quelques mois, Sean et Thoreau, son Yorkshire, vivaient chez Sam, le frère de Sean. La semaine précédente, après quelques incidents liés au petit chien, il avait commencé à se sentir quelque peu indésirable. N'ayant nulle part où aller, il était contraint de trouver un appartement. Je ne lui connaissais pas d'autre famille. Il n'évoquait pas volontiers son passé, ce qui ne me dérangeait en rien, car je m'étais montrée discrète, au départ, moi aussi. Puis j'avais fini par tout lui avouer, Cupidon, la malédiction, les auras... Et je me demandais encore quand il allait m'ouvrir son cœur à son tour.

En imaginant que Sean avait trouvé un logement, j'eus soudain les mains moites. J'avais beau essayer de me convaincre du contraire, j'aurais adoré qu'il s'installe chez moi, même avec un chien qui avait tendance à s'oublier sur les tapis.

Sous le désir couvait la peur. Si nous nous installions ensemble, nous risquions de nous séparer plus vite. Et je ne voulais pas que notre histoire prenne fin. Jamais.

Je dressai l'oreille dans l'espoir d'entendre du bruit à la réception. Maman et Dovie bavardaient, mais je ne décelais aucun signe du retour de Sean.

Oscar, mon père, que beaucoup surnommaient « le roi de l'amour », avait un « déjeuner d'affaires ». Autrement dit, soit il déjeunait vraiment avec quelqu'un, soit il avait un rendez-vous galant avec Sabrina McCutchan, la mère de Cutter.

La Saint-Valentin étant passée, l'emploi du temps de mon père était plus calme. Il prenait de plus en plus de temps libre, pour ménager son cœur fragile, affirmait-il, mais j'étais persuadée qu'il soignait surtout sa libido. Pourquoi fallait-il que je sois mêlée à la vie sentimentale de mes parents ? Cette famille était pour le moins non conventionnelle.

— Voyons, cela fait environ huit ans, répondit enfin Meaghan.

— Vous sortiez ensemble au lycée ?

— En quelque sorte. Nous avons vécu dans la même maison pendant un moment. Au sein d'une famille d'accueil.

Je vis le regard de Preston pétiller de curiosité. Elle adorait les détails croustillants, qui valaient de l'or à ses yeux, car ils pouvaient alimenter sa rubrique consacrée aux « drames vécus » dans le journal local.

Je m'installai plus confortablement, mon bloc-notes sur les genoux. Meaghan se tordit nerveusement les mains. Ses manches se relevèrent légèrement, révélant des cicatrices éloquentes sur ses poignets. La jeune femme croisa mon regard et crut bon de s'expliquer :

— J'étais jeune et je voulais en finir avec la vie. Les médecins voulaient absolument me sauver. Ils ont réussi.

Je griffonnai distraitement un petit cercle sur le papier, puis une spirale.

— Vous avez manifestement fini par vous rallier à leur cause.

Une étincelle naquit dans ses yeux.

— Dieu merci. Tristan m'a beaucoup motivée, mais j'ai aussi puisé dans mes propres ressources.

Cette expression semblait sortir de la bouche d'un psychothérapeute, mais je ne pouvais nier que Meaghan semblait heureuse. Elle respirait la joie.

— Tristan vous a-t-il aidée à guérir ? s'enquit Preston. Est-il resté à votre chevet, par exemple ?

Meaghan esquissa un sourire.

— En fait, non. Il n'a pas eu le droit de me voir. J'ai été internée à l'hôpital psychiatrique, abrutie de médicaments, abreuvée de beaux discours qui m'ont fait passer de l'état de suicidaire à celui de meurtrière.

Elle se mit à rire. Je ne pus qu'espérer qu'elle plaisantait. En tant que consultante pour la police, je croisais mon lot de criminels.

— Dans ce cas, comment Tristan vous a-t-il motivée ? demanda Preston.

— Bien malgré moi, certains messages du personnel soignant se sont insinués en moi. Je n'avais jamais eu de chance dans la vie, mais j'avais encore le pouvoir de changer la donne. Seul Tristan me donnait envie de vivre. Je voulais le remercier pour ce qu'il avait fait pour moi. Il m'avait accordé de la valeur alors que je n'y croyais plus moi-même. J'ai vraiment besoin de le retrouver.

Preston ouvrit la bouche pour insister, mais je la fis taire d'un regard. Meaghan finirait par tout nous dire d'elle-même.

— Vous vous êtes rencontrés dans cette famille d'accueil, c'est bien cela ?

— Nous étions tous les deux placés dans la même maison, à Jamaica Plain. Il vivait là-bas depuis déjà un an quand je suis arrivée. Ma droguée de mère avait proposé à un dealer de m'échanger contre une dose. C'était un flic sous couverture. J'ai aussitôt été enlevée à ma mère et placée.

Rien que ça…

— Cela ne vous dérange pas que j'en parle dans mon article ? demanda Preston, faisant preuve d'une sensibilité qui ne lui était pas coutumière.

— Pas de problème, répondit Meaghan. En fait, vos articles m'intéressent. Si je peux toucher au moins une personne, changer sa vie grâce à mon expérience, je n'aurai pas souffert pour rien. Je souhaite aider les autres autant que possible. En réalité, je m'en suis bien sortie. L'un des médecins de l'hôpital a fini par me recueillir. Sa femme et lui m'ont ensuite adoptée. Je porte leur nom, Archibald. Avant, je m'appelais Meaghan Chaney. J'ai trouvé une famille qui m'a aimée, j'ai pu aller au lycée, puis à l'université. Que demander de plus ? À part…

Sa voix s'éteignit.

— Tristan ? hasarda Preston.

Gênée, la jeune femme baissa les yeux.

Pour une fois, je me réjouissais de la présence de Preston. Les articles qu'elle rédigeait sur mes clients ne me disaient rien qui vaille au départ. Mais elle avait conclu un accord avec mon père et je devais admettre qu'elle avait une belle plume. Meaghan avait raison, son expérience pouvait servir d'exemple. Cela valait la peine de supporter l'omniprésence de la journaliste.

Mes pensées vagabondèrent vers mon enfance. Elle n'avait pas été rose, loin de là, mais j'avais toujours été en sécurité, choyée et aimée plus que tout. Cet amour allait de soi à mes yeux.

— Quand je suis arrivée dans cette famille d'accueil, j'étais apeurée, solitaire. La maman, Mary Ellen Spero, était plutôt gentille. Nous sommes restées en contact d'ailleurs. En revanche, son mari ne s'intéressait absolument pas aux enfants. Nous le dérangions, plutôt. Tristan m'a prise sous son aile. Il avait deux ans de plus que moi. Il était comme un grand frère.

Elle afficha un sourire radieux, avant de nuancer :

— Enfin, au départ.

— Ah, fis-je.

— Il y a un « mais » ? intervint Preston, curieuse. Sûrement un problème à la *Roméo et Juliette*. Pourquoi auriez-vous tenté de vous suicider sinon ?

Avais-je vraiment cru en la sensibilité de Preston ?

— C'est vrai, admit Meaghan, nullement offusquée. Tristan m'a invitée à l'accompagner à son bal de fin d'année, mais je n'avais pas les moyens de m'acheter une robe. Pour faire court, je dirais que notre père d'accueil n'était pas… généreux. Jamais il ne m'aurait donné un sou. Ce qui l'intéressait, c'étaient les allocations. Un jour, j'ai eu la surprise de voir Tristan arriver avec une robe que j'avais repérée dans une vitrine.

— Oh... fit Preston d'un ton rêveur.

— Peu de temps après, la police est arrivée, continua Meaghan.

— Aïe... gémis-je.

— Il avait volé la robe dans le magasin. Les flics l'ont emmené. J'étais anéantie, ajouta-t-elle en désignant ses poignets. Je ne l'ai plus jamais revu. Aujourd'hui, j'ai vraiment envie de le retrouver. Je tiens à le remercier. Je voudrais... je voudrais vivre une histoire d'amour qui finisse bien, comme dans les contes de fées, conclut-elle en rosissant.

Preston en avait les larmes aux yeux. C'était une romantique dans l'âme. Bien que touchée par les confidences de Meaghan, je me devais de la mettre en garde.

— Il est possible que nous ne parvenions pas à le localiser, dis-je doucement.

— Je sais, mais je veux tenter ma chance. C'est le moins que je puisse faire.

Si Tristan Rourke possédait un bien immobilier, il me serait assez facile d'obtenir son adresse. Je commençais à connaître les ficelles du métier de détective privé. Dans le cas contraire, les recherches s'annonçaient délicates.

— Quelle est sa date de naissance ? demandai-je, appliquant les conseils de Sean pour réunir des informations.

— Le 14 octobre.

— Savez-vous où il est né ? Avez-vous des détails sur sa famille biologique ? Rourke est-il le nom de son père ?

— Il est né ici, à Boston. J'ignore dans quel hôpital. Il n'a jamais connu son vrai père et sa mère est morte quand il avait douze ans. Il avait une grand-mère, mais elle était trop pauvre pour le recueillir. C'est alors qu'il a été placé.

Je fus saisie d'un pressentiment.

14 plus 12, 26.

Je me ressaisis. Depuis mon enfance, j'avais coutume de faire du calcul mental pour contrôler mon stress. J'essayais de me défaire de cette habitude pour deux raisons : *primo*, à vingt-neuf ans, il était temps que j'apprenne à gérer mon stress autrement, *deuzio*, je n'aimais pas particulièrement le calcul.

Il fallait que je chasse ce pressentiment sans doute injustifié. Pourquoi m'inquiéter ? Meaghan avait besoin de mon aide et plaçait ses espoirs en moi. Je craquais toujours pour ce type de dossier. Sean appelait cela le syndrome de « l'amour est plus fort que tout », et j'en étais gravement atteinte.

— J'ai lu plusieurs articles sur vous et vos succès. Autant vous le dire, vos…

Elle s'interrompit pour chercher le mot juste.

— … vos voyances ne vous serviront à rien dans ce dossier.

Je souris. C'était un terme nouveau, pour moi.

— Ne vous inquiétez pas, déclarai-je. Nous avons réussi à retrouver de nombreuses personnes sans avoir eu recours à mes capacités. Je vais me lancer à la recherche de Tristan sans tarder.

Après avoir signé son contrat, elle rédigea un chèque de provision. Je n'avais plus qu'à me mettre à l'œuvre.

— Vous m'appelez dès que vous l'aurez trouvé, d'accord ?

Soudain, je me demandai de quelle couleur était son aura. Reflétait-elle sa joie de vivre ou bien exprimait-elle le désespoir que je percevais sous cette façade enjouée ? Je dus rester sur ma faim car mon père était absent, et il était le seul à pouvoir répondre à cette question, avec mon frère. Cutter possédait aussi ce don mais l'exploitait autrement. Il utilisait ses visions colorées pour réaliser des tableaux.

— C'est promis. N'oubliez pas ma mise en garde, toutefois.

— D'accord.

Sur le pas de la porte, elle se ravisa.

— J'ai peut-être quelque chose qui pourrait vous aider.

— Oui ?

— La dernière adresse connue de Tristan.

— Vous la connaissez ? demanda Preston.

Je pris mon bloc-notes. Visiblement nerveuse, Meaghan murmura :

— La prison d'État de Walpole.

4

— Et elle est partie, comme ça ? s'étonna Sean.

Perché sur le bord de la table de réunion, il était irrésistible. J'avais toutes les peines du monde à ne pas lui caresser la cuisse.

— Bon gré mal gré, intervint Preston.

C'était à cause d'elle que je me retenais. Elle n'aurait plus dû être là mais, après la révélation fracassante de Meaghan, elle avait décidé de sécher son cours de littérature à Quincy College. Elle venait de commencer un cursus de premier cycle avec l'objectif d'intégrer une école de journalisme. À ses yeux, un diplôme reconnu constituerait un atout majeur pour sa carrière.

Sean afficha un large sourire qui creusa sa fossette sur la joue. Naturellement, mon cœur s'emballa.

— Comment ça, bon gré mal gré ? demanda-t-il, interloqué.

— Façon de parler, répondit Preston.

— C'est une expression du siècle dernier, non ? rétorqua Sean. Et je ne vois pas le rapport.

— Je crois que Dovie l'utilise, dis-je.

Vexée, Preston croisa les bras.

— Vous vous croyez drôles, tous les deux.

En dépit de nos railleries, Preston avait parfaitement décrit la façon dont Meaghan nous avait livré son information.

Lorsque Sean nous avait rejointes dans le bureau, quelques minutes plus tard, nous n'en étions toujours pas revenues. Ma grand-mère lui avait mis le grappin dessus dès son arrivée pour l'encourager à retrouver Mac Gladstone sans, à mon avis, lui laisser vraiment la possibilité de refuser.

— Je me demande pourquoi Tristan Rourke a séjourné à Walpole, dit Preston.

En théorie, la prison d'État de Walpole avait changé de nom dans les années 1980 et s'appelait désormais Cedar Junction. Néanmoins, les gens de la région avaient conservé leurs vieilles habitudes, ce qui agaçait copieusement les habitants de la ville de Walpole. C'était l'un des établissements pénitentiaires les plus sécurisés du Massachusetts qui accueillait de dangereux criminels.

— Lors de son arrestation, il n'avait que dix-sept ans, dis-je. Il aurait dû être considéré comme un délinquant juvénile, au pire écoper d'une peine de probation.

— Il y a quelque chose qui cloche, renchérit Sean.

Assis devant mon écran, il tapota sur le clavier pour obtenir des informations sur Tristan Rourke.

Preston s'approcha pour lire par-dessus mon épaule.

— Tentative de meurtre ?

Je parcourus l'article de presse du *Boston Globe*. Tristan avait été arrêté à l'âge de dix-sept ans pour avoir tenté d'étrangler son père d'accueil à l'aide d'un cintre. Au vu de ses antécédents – une fâcheuse tendance aux menus larcins –, et de son absence de remords, il avait été jugé en tant qu'adulte. Au terme d'un bref procès, Tristan fut reconnu coupable et condamné à cinq ans d'emprisonnement.

— Vérifie sur le site du *Herald*.

Je préférais le ton plus décontracté de ce journal. En parcourant les archives, je lus les déclarations des parents d'accueil de Rourke, Anthony et Mary Ellen Spero, ainsi que celles d'autres enfants placés chez eux. Mme Spero avait réglé la caution de Tristan. Lorsque son mari avait raconté au jeune homme la tentative de suicide de Meaghan, mais sans lui dire où elle se trouvait ni comment elle allait, il était devenu fou.

Tout portait à croire que le juge l'avait condamné pour l'exemple.

— Je crois que j'en aurais fait autant, avoua Preston. On dirait que personne n'a vraiment pris en compte les sentiments des deux adolescents l'un pour l'autre.

J'étais d'accord avec elle, pour une fois. Un premier amour restait gravé à jamais dans le cœur. Cet homme avait été particulièrement cruel de ne pas donner de nouvelles de Meaghan à Tristan.

Sean entra l'adresse du Bureau fédéral des prisons pour tenter de le localiser.

— Il est sorti il y a trois ans. Il avait purgé sa peine, dis-je.

— Aujourd'hui, il a vingt-cinq ans. Il a eu le temps de se construire une identité, déclara Sean.

Je suivis son raisonnement. Si Tristan avait été libéré de prison récemment, il n'aurait pas pu être propriétaire d'une maison, détenir des cartes de crédit ou même avoir une adresse fixe. Nous aurions eu un mal fou à le trouver. Puisqu'il était en liberté depuis un certain temps, nous avions nos chances.

— Cette histoire a vraiment tout d'un *Roméo et Juliette* contemporain, répéta Preston en prenant des notes.

— Je connais quelqu'un qui en ferait des tonnes sur « l'amour plus fort que », railla Sean en me regardant. Il faut les réunir, ces deux-là. Au nom de l'amour.

— Tu n'es pas de cet avis ? demandai-je, amusée par son ton badin, sachant qu'il ne se moquait pas vraiment de moi. Mais faisons preuve de prudence dans cette affaire.

En créant mon propre service de mise en relation des amoureux perdus de vue, je ne m'attendais pas à traiter ce genre de dossier. Je voulais aider les gens et je croyais plus que jamais en la force de l'amour.

— Ne le jugeons pas trop vite. Tristan est peut-être devenu un citoyen respectable.

— C'est ça, marmonna Preston. Les zèbres ne changent pas de rayures.

Je vis Sean se crisper, mais il ne fit aucun commentaire. Très vite, il se détendit comme s'il n'avait rien entendu. Preston, elle, n'avait rien remarqué, trop préoccupée par son talon brisé. Croisant mon regard inquiet, Sean détourna les yeux.

— Qu'est-ce que tu as en ce moment, avec tes expressions bizarres ? demandai-je à la jeune femme.

— Je ne sais pas. Je passe sans doute trop de temps en compagnie de ta grand-mère.

Enfin une parole sensée.

— Et si tu prenais des vacances ? lui proposai-je pour la décourager de m'interroger sans cesse sur la malédiction de Cupidon.

— Non, répliqua-t-elle.

J'avais essayé.

— Tristan Rourke ne devrait pas être trop difficile à retrouver, déclara Sean. Je vais mener quelques recherches dès cet après-midi.

— Ce soir, je suis libre pour aller lui rendre visite dès que tu auras une adresse, conclut Preston en prenant appui sur son talon brisé.

Je jetai un coup d'œil en direction de Sean. Nous avions pour projet de regarder un film en grignotant du pop-corn. À en juger par l'intensité de son regard, nous n'allions pas voir grand-chose du film.

— Cela peut attendre à demain, dis-je.

— De plus, ajouta Sean, j'ai promis à Dovie de me mettre sur le dossier Gladstone.

Preston perdit l'équilibre et se rattrapa au dossier d'une chaise.

— Tu ne me laisserais pas t'accompagner, par hasard ? lui demanda-t-elle.

Sean secoua la tête.

— Je m'en doutais, maugréa-t-elle en examinant sa botte. Vous croyez que Suzannah aurait de la colle ?

— Elle a tout, assurai-je.

Dès que Preston fut sortie en claudiquant, Sean m'attira sur ses genoux pour m'embrasser, les doigts dans mes cheveux. Je sentis le battement effréné de son cœur contre ma poitrine.

— Je t'ai vue fixer ma cuisse, souffla-t-il.

— Tu crois vraiment me connaître, n'est-ce pas ? répondis-je avec un sourire.

Ses mains glissèrent sur mes épaules, le long de mes bras et se posèrent sur mes paumes, déclenchant en moi comme des décharges électriques. Je ne comprenais toujours pas pourquoi j'avais des visions de nous deux chaque fois que nos mains entraient en contact. Des images de notre avenir, ce que j'appréciais beaucoup. Mais j'avais tendance à éviter ce contact de peur d'assister à des scènes déplaisantes, ou de ne plus rien voir du tout.

— Au fait, tu as trouvé un appartement ? demandai-je en retenant mon souffle.

— Rien qui me convienne totalement.

J'eus du mal à réprimer un soupir de soulagement.

— Tu peux…

Je faillis le dire, l'inviter à s'installer chez moi.

Quelle mouche m'avait piquée ? Ce devait être l'influence néfaste de Dovie. Ou celle de ma mère. Pour quelle autre raison aurais-je pris un tel risque ?

Parce que tu l'aimes, imbécile.

Justement. N'était-ce pas la raison pour laquelle il ne fallait pas qu'il emménage avec moi ?

— Quoi ? fit-il.

— Rien.

— Tu es sûre, Lucy ?

Il prononça mon nom avec tant d'amour, de tendresse et de passion que je me sentis fondre. Dès qu'il plongea dans mon regard, je me perdis dans ses prunelles grises.

Si seulement il venait vivre avec moi.

— Non. Enfin, oui. En fait, non.

J'oscillais entre panique et euphorie.

— Voilà qui a le mérite d'être clair, plaisanta-t-il.

Un signal d'alarme se déclencha dans mon esprit.

— Non.

— Ce n'est pas clair ?

Agacée, je lui donnai un coup d'épaule.

— Non, je ne suis sûre de rien. Pourquoi me regardes-tu comme ça ?

— Parfois, je me demande vraiment ce qui se passe dans ta petite tête.

— Il vaut mieux que tu ne le saches pas.

— Je ne suis pas d'accord, répondit-il en me serrant plus fort contre lui.

— Crois-moi, c'est vraiment le chaos là-dedans.

Il se mit à rire et m'embrassa. Je m'abandonnai aussitôt à la chaleur de ce baiser, au contact troublant de sa langue sensuelle, comme si nous allions passer la journée à nous embrasser.

— Hum, hum, fit une voix.

Je m'écartai vivement de Sean, qui murmura à mon oreille :

— On reprendra cette conversation plus tard.

Ce qui me laissa ivre de désir.

Ma mère se tenait sur le seuil :

— Désolée de vous interrompre, mais j'aimerais te parler, Lucy. Tu as une minute ?

— Je m'en vais, déclara Sean.

— Non, non, c'est inutile, assura ma mère en s'asseyant près de nous. Tu peux rester.

— Qu'est-ce qui ne va pas ? demandai-je, intriguée par ce comportement inhabituel.

— J'ai un service à te demander.

— Quel service ?

Elle se mordilla la lèvre avant de se lancer.

— À une époque, je n'étais pas très heureuse avec ton père.

— Pendant presque toute mon enfance, je dirais.

Elle ignora cette réflexion.

— Comme tu le sais, j'ai arrêté de porter mon alliance et ma bague de fiançailles depuis longtemps. Alors voilà : j'ai retrouvé mon alliance, mais pas ma bague. Je croyais pourtant avoir rangé les deux dans mon coffret à bijoux, or il n'y avait que mon anneau.

Je revis le magnifique solitaire serti de rubis. J'adorais cette bague, son éclat, ce qu'il représentait. Mon père avait choisi des rubis car ils étaient assortis à l'aura de ma mère.

— J'ai cherché partout, Lucy. Peux-tu m'aider à remettre la main dessus ?

— Évidem… attends ! Pourquoi ?

Elle rougit violemment.

— Que veux-tu dire ? bredouilla-t-elle.

— Pourquoi en as-tu besoin maintenant ?

— Je…

— Non, non et non, fis-je en me levant d'un bond.

— Allons, Lucy.

— Que se passe-t-il ? demanda Sean.

— Elle sort avec mon père !

— C'est vrai, ça ? s'enquit-il en se tournant vers elle.

Maman se leva à son tour :

— À vous entendre, ce serait mal ?

Ils étaient séparés depuis une éternité, mais étaient restés en bons termes. Il leur était même arrivé, certains soirs, de rentrer ensemble. Toutefois, jamais je n'avais vu ma mère amoureuse de lui. Que fallait-il en penser ? Mes parents étaient heureux chacun de leur côté depuis plus de vingt-cinq ans.

Chacun avait rencontré d'autres partenaires, d'où l'existence de Cutter.

— Je croyais que papa sortait avec Sabrina ?

L'aveu de maman venait de faire basculer mon univers. Mon lourd bagage affectif revint à la charge. Sean eut la sagesse de ne rien dire.

— Cette histoire s'est arrêtée presque aussi vite qu'elle avait commencé, répondit-elle en tripotant le col de son pull.

Papa et Sabrina McCuchan s'étaient remis ensemble quand Cutter, le fils de Sabrina, avait appris qu'il était son père.

— Merci d'avoir abordé ce sujet délicat, ajouta ma mère, vexée. Quel rabat-joie.

Je songeai aussitôt à Preston qui n'allait pas tarder à adopter cette expression.

Durant des décennies, papa avait pu jouer les coureurs de jupons en toute discrétion, jusqu'à ce qu'il soit foudroyé par une crise cardiaque, sur la plage, en galante compagnie. Le *Herald* avait naturellement eu vent du scandale qui, Dieu merci, s'était calmé. En revanche, mon père portait à jamais l'étiquette d'homme à femmes.

— Vous sortez ensemble depuis combien de temps ?

Ma question était idiote, je l'admets, car mes parents étaient toujours légalement mariés.

— Ce doit être sérieux pour que tu t'inquiètes de ta bague de fiançailles, ajoutai-je.

Elle fit mine d'examiner le tapis.

— Un certain temps.

— Et je l'apprends seulement aujourd'hui ?

— Nous voulions garder le secret au départ. Mais je pensais que cela te ferait plaisir. Tout enfant se réjouit de voir ses parents réunis, non ?

— Je... je suis contente.

Enfin, peut-être.

— Dovie est au courant ? ajoutai-je.

— Oui.

— Encore mieux.

— Nous lui avons demandé de ne rien te dire, Lucy, ajouta-t-elle pour me calmer.

— Et Raphael ? insistai-je, le cœur serré.

— Il sait toujours tout.

Raphael était non seulement le bras droit de mon père mais surtout son meilleur ami depuis presque vingt-cinq ans. Il devait bientôt partir en voyage pendant un mois avec sa petite amie, Maggie Constantine, pour mettre son couple à l'épreuve. Ils avaient peine à croire que le grand amour ait été si proche, pendant toutes ces années, sans qu'ils en prennent conscience. Si Raphael travaillait encore à plein temps pour mon père et vivait dans son loft, il consacrait désormais une partie de sa journée au restaurant de Maggie, le Porcupine, situé au rez-de-chaussée de l'immeuble.

L'histoire d'amour de Raphael avait-elle joué un rôle dans la réconciliation de mes parents ? Il n'allait pas tarder à épouser Maggie et mon père détestait être seul.

Il y avait là de quoi s'inquiéter. De plus, ces cachotteries commençaient à m'agacer.

— Je suis une grande fille, affirmai-je.

Sean semblait brûler d'envie de s'enfuir. Soudain, il m'adressa un clin d'œil qui me mit dans tous mes états.

— Tu restes mon bébé, déclara ma mère en m'embrassant.

Son parfum familier me fit chaud au cœur. Son étreinte avait toujours quelque chose de rassurant. J'étais tellement ridicule que j'eus envie de rire de la situation. Je ne voulais surtout pas la blesser.

— Toi et papa…

— Je vois bien que tu es contrariée, me coupa-t-elle, mais tu n'as aucune raison de t'en faire. Nous sommes deux adultes. Nous savons ce que nous faisons.

Je m'écartai d'elle.

— Voilà qui explique ton régime.

Obsédé par sa santé, mon père prônait une vie saine avec une alimentation diététique, si bien que sa crise cardiaque avait été un grand choc pour nous.

— J'aurais dû m'en douter, repris-je.

— Allons, il est grand temps que je prenne soin de moi.

— Tant que tu fais cela pour toi et non pour papa.

— C'est le cas, assura-t-elle en glissant une mèche de mes cheveux derrière mon oreille. Nous sommes heureux, Lucy.

Je devais admettre qu'elle avait raison. Mon père était d'excellente humeur ces derniers temps. Quant à elle, elle semblait sur un petit nuage.

— D'accord. Je suis heureuse pour vous.

— Je reconnais là ma petite fille. À propos de ma bague, je voudrais faire une surprise à ton père en la portant de nouveau avec mon alliance.

Je fus soudain envahie d'un sentiment de culpabilité. Quand j'étais plus jeune, j'adorais porter les bijoux de ma mère. Je convoitais notamment cette bague de fiançailles. Je pensais qu'il n'existait pas de plus beau joyau au monde. En y repensant aujourd'hui, j'avais la terrible impression de l'avoir égarée, mais sans avoir aucune idée de l'endroit où j'aurais pu la laisser.

— Lucy ? fit ma mère en tendant la main. À toi de jouer.

Elle avait la paume striée de lignes entrecroisées. Laquelle était la ligne d'amour ? Si j'avais su lire dans les lignes de la main, aurais-je pu voir si son aventure avec mon père allait durer ?

À quoi bon m'interroger ? Je pouvais au moins essayer de retrouver cette bague.

Je posai donc la main sur la sienne. J'avais besoin de l'énergie que dégageait sa paume pour avoir une vision de l'objet disparu. Dès que le contact fut établi, des images floues me vinrent.

Je rompis le contact et rouvris les yeux pour chasser le vertige qui s'emparait de moi.

— Alors, tu l'as vue ?

— Oui, répondis-je en plissant le nez.

— Qu'est-ce que c'est que cette grimace ?

— Elle est dans mon ancienne chambre, dans la petite boîte à musique, près de mon lit, au milieu d'un tas de babioles, avouai-je alors.

— Qu'est-ce qu'elle fait là-bas, Lucy ?

Je haussai les épaules et pris un air contrit en lui révélant ma passion pour le bijou.

— J'ai dû oublier de la remettre à sa place. Désolée.

— Non, ne le sois pas. Je suis ravie que tu t'en sois servie. Elle est trop belle pour rester au fond d'un tiroir. Franchement, je l'ai toujours trouvée un peu voyante.

J'en eus le souffle coupé.

— Je sais, mais je suis une femme simple, dit-elle en guise d'explication

Moi aussi, mais j'adorais cette bague.

— Tu ne le diras pas à ton père, n'est-ce pas ?

— Motus et bouche cousue.

— Tant mieux. Tu le connais. Tout doit être parfait à ses yeux. Il ne comprendrait pas.

Elle avait raison.

— J'ignore pourquoi je m'en soucie, admit-elle en observant son annulaire. Si encore ton père envisageait de remettre son alliance…

— Il en a une ?

Ma mère se mit à rire.

— Il ne l'a jamais portée, même aux débuts de notre mariage. J'aurais dû me douter de ce qui se préparait.

— Et tout aurait changé ?
— Absolument.
— Tu es sûre ?
— Aussi sûre que possible.

Elle parvint presque à me convaincre. Je ressentis le besoin de la soutenir.

— Cela me fait penser à Em qui portait rarement sa bague de fiançailles. Elle aurait préféré quelque chose de plus modeste, mais Joseph ne l'entendait pas de cette oreille.

C'est à l'école maternelle que j'avais rencontré mes deux meilleures amies, Marisol Valerius et Emerson Baumbach.

— Essaierais-tu de me dire que cette histoire finira mal, elle aussi ? demanda ma mère, les mains sur les hanches.

Em venait de rompre ses fiançailles et vivait chez Dovie.

— Mais non.

Enfin, peut-être, de façon inconsciente.

Elle m'embrassa et posa une main sur le bras de Sean.

— Ne vous inquiétez pas, tout ira bien.

Sur ces mots, elle quitta la pièce d'un pas chaloupé.

Sean m'enlaça.

— Tu t'inquiètes déjà, n'est-ce pas ? me demanda-t-il.

Entre les roucoulades de mes parents, Preston sur la piste de mes secrets de famille, la vie amoureuse de Meaghan Archibald et la disparition de Mac Gladstone, je sentais venir l'ulcère.

— Pas le moins du monde, répondis-je.

5

En fin de journée, je rangeais mes affaires pour rejoindre Sean, avec qui je devais me rendre chez Mac Gladstone, quand quelqu'un frappa à la porte de mon bureau.

— Salut, lançai-je. Qu'est-ce que tu fais là ?

Cutter m'embrassa.

— Je passais juste te dire au revoir sur le chemin de l'aéroport. Mon vol décolle dans deux heures.

— Au revoir ?

Chaque fois que je le voyais, j'étais frappée par sa ressemblance avec notre père. Même taille, même sourire, mêmes pommettes, même menton volontaire, sans parler de ses petites manies.

— Je serai absent quelques jours. J'ai une exposition à New York, puis une autre à Miami à la fin de la semaine. Je devrais être de retour ce week-end.

— Tu es très occupé.

— À t'entendre, c'est une mauvaise chose.

Je fermai mon sac.

— J'ai l'impression que tu es souvent parti ces derniers temps, voilà tout.

— C'est mon travail qui l'exige.

Cutter était un peintre de talent. Son œuvre était étonnante, surtout ses portraits. Il exploitait ses visions colorées en les intégrant dans des tableaux époustouflants qui faisaient beaucoup parler d'eux dans le monde de l'art.

— Je sais. Tu m'enverras des cartes postales ?

— Non.

— Tu m'appelleras ?

— Peut-être.

— Un mail alors ?

— Promis, répondit-il en m'étreignant. Je file avant qu'Oscar ne me repère.

— Tu as un problème avec lui ?

— Je n'en aurai aucun si j'accepte de reprendre l'affaire familiale.

Mon cœur se serra.

— Et si tu n'en as pas envie ?

— Le problème est là.

— Peut-être changeras-tu d'avis dans l'avenir ?

Les mois qui venaient de s'écouler avaient été riches en émotions. Cutter avait découvert l'identité d'un père dont il ignorait tout, il avait hérité d'une sœur, une grand-mère… et il était le dernier de la lignée à voir les auras. L'ultime héritier.

Nos retrouvailles étaient généralement pleines de chaleur et de tendresse, sans arrière-pensées professionnelles. Néanmoins, je comprenais le point de vue de mon père.

— C'est toi qui devrais reprendre l'entreprise, déclara-t-il.

— Elle ne s'en remettrait pas. Je ne vois plus les auras. Seuls papa et toi en êtes capables.

— La pression est trop forte. De plus, j'aime peindre.

Je ne pus m'empêcher d'insister, même si je m'en voulais.

— Tu pourrais conjuguer les deux.

— Oh non, je t'en prie ! Tu ne vas pas t'y mettre, toi aussi.

— Désolée, dis-je en l'embrassant encore.

— Je te pardonne. Je t'enverrai peut-être même une carte postale.

— Dis donc, le jet-setter, on se fait un dîner à ton retour ?

— Samedi soir, promis, m'accorda-t-il en consultant sa montre. Il faut que je file.

— Ne t'avise pas de me poser un lapin, parce que j'aimerais te parler de quelque chose. Enfin, de quelqu'un.

— Très intéressant. Chercherais-tu à me caser ?

— Pas du tout.

Je tenais à le mettre en garde contre Preston.

— Et il est temps que tu sois informé de la malédiction, repris-je.

— Quelle malédiction ?

— La malédiction de Cupidon.

— C'est bizarre, mais j'ai l'impression que cette histoire n'augure rien de bon.

— Tu n'as pas tort.

— Mais tu vas quand même m'en parler.

— C'est mon devoir de sœur. Mais dépêche-toi, les contrôles de sécurité sont parfois très longs.

Il prit congé sans demander son reste. Comment allais-je convaincre mon père et mon frère de trouver un compromis ? Par chance, j'avais une semaine pour réfléchir à l'avenir de Valentine Inc.

Cohasset est une petite ville de Nouvelle-Angleterre si pittoresque qu'elle sert de décor à de nombreux films. La vue sur l'océan y est saisissante et ses rues regorgent de boutiques et de petites maisons, sans oublier le charme de son port et de son parc municipal. Elle attire les touristes qui cherchent à repérer des célébrités derrière les grilles de ses belles demeures. Autrefois, c'était l'endroit de villégiature des Bostoniens riches et célèbres. Peu à peu, ils y demeurèrent à l'année. Pour ce qui concerne ma famille, mes grands-parents s'y étaient installés dans les années 1940. Ma mère vivait à quelques kilomètres, dans Jerusalem Road, autre site très prisé.

J'avais toujours vécu dans ce cadre, mais il ne cessait de me fasciner. Il avait quelque chose de magique. Pourvu qu'il ne soit rien arrivé de grave à Mac dans cet environnement qui m'était si familier. Cohasset n'était pas le genre d'endroit dont on disparaissait sans laisser de traces.

Je vérifiai mon téléphone. J'attendais un appel du lieutenant Aiden Holliday. Cohasset ne faisait pas partie de sa juridiction, mais il était mon interlocuteur au sein de la police d'État du Massachusetts et pouvait obtenir des renseignements pour moi. Avec un peu de chance, les informations détenues par les autorités n'avaient pas encore été rendues publiques, elles pourraient nous aider à retrouver Mac.

Il neigeait quand nous nous engageâmes, Sean et moi, sur Atlantic Avenue, l'une des plus belles artères du Massachusetts, bordée de manoirs victoriens donnant sur la mer. Un kilomètre après l'allée menant au manoir de Dovie, nous tournâmes dans une ruelle pavée. Une grille en fer forgé ornée de motifs géométriques bloquait l'accès à la propriété où pourtant Jemima Hayes, la fille de Mac, attendait notre visite.

Sean baissa sa vitre et appuya sur le bouton de l'interphone. La maison n'était pas visible depuis la route.

— Oui ? fit une morne voix féminine.

— Sean Donahue et Lucy Valentine. Nous avons rendez-vous.

La grille s'ouvrit lentement.

— Sympa, commenta Sean avec un sourire ironique.

L'allée serpentait dans un bosquet verdoyant dont certains arbres étaient nus. De part et d'autre se dressait un muret de granite dans lequel étaient encastrées des lampes. Le bois cédait ensuite la place à une pelouse en sommeil couverte d'un manteau blanc.

Plus loin, l'allée s'élargit. En été, les massifs de fleurs devaient être chatoyants. La maison se dressait fièrement au bord de la falaise. C'était un chef-d'œuvre d'architecture contemporaine aux lignes épurées, constitué de cubes de verre, contrairement à ses voisines de style traditionnel.

Cinq ans plus tôt, le manoir d'origine avait été ravagé par un incendie provoqué par un court-circuit. Betty, la femme de Mac, y avait péri.

Si les Gladstone étaient une vieille famille bourgeoise, Mac avait fait fortune en tant que graveur et illustrateur de livres pour enfants. Certains de ses dessins étaient parus dans des revues comme le *New Yorker* et *Life*. Des dizaines de musées s'enorgueillissaient de pièces originales réalisées au début de sa carrière.

Des bourrasques de vent provenant de l'océan venaient rafraîchir l'air déjà froid de février. Je relevai le col de mon manteau, mais les flocons de neige venaient me picoter les joues. Sean actionna la sonnette.

À travers la porte vitrée, je vis une forme floue se dessiner, se redresser, puis foncer droit sur nous. Des aboiements s'élevèrent. Je retins mon souffle de peur que le chien ne brise la vitre et ne nous saute au cou. Mais il se contenta de sauter en l'air en attendant avec impatience que quelqu'un nous fasse entrer.

— Rufus, je présume, marmonnai-je.

Une silhouette se profila au loin.

— Rufus ! Du calme !

D'un coup de hanche, elle écarta le chien et ouvrit la porte. Rufus bondit. Elle s'empara de son collier et le tira en arrière.

— Du calme, bon sang !

Un bandana rose et noir se détacha de l'encolure de l'animal et tomba à terre. Le chien aboyait avec entrain.

— Esme, venez chercher Rufus !

Elle marmonna quelques mots sur la difficulté de trouver du personnel, puis entraîna le chien vers l'escalier, tout en lançant en direction des étages :

— Christa chérie ?

— Vous êtes Jemima Hayes ? lui demandai-je alors.

— Hélas oui.

D'accord.

Elle était toute petite, pas plus d'un mètre cinquante, et voluptueuse comme une actrice hollywoodienne. Ses cheveux roux tombaient dans son dos et sa poitrine généreuse semblait déborder de son bustier moulant. Une partie de son ventre plat était visible au-dessus de sa ceinture de marque qui retenait un jean de créateur. Ses biceps étaient ornés de tatouages figurant des barbelés. Elle était pieds nus, les ongles vernis en rose vif et parsemés de petits brillants.

Elle ressemblait à une groupie des années 1980, mais elle s'exprimait avec un raffinement dénotant une éducation dans les meilleures écoles. Elle était extrêmement bien maquillée ; pas de liner ni de faux cils, mais une ombre à paupières subtile qui rehaussait ses prunelles brunes.

Jemima se tourna vers l'escalier en marbre et, cette fois, hurla :

— Christa !

Peut-être que Mac avait fugué, finalement. Pour fuir sa furie de fille et ses éclats de voix.

Rufus renifla la main de Sean. Le golden retriever avait le regard vif, la fourrure soyeuse. De toute évidence, il était bien traité.

Une adolescente mince et pâle apparut au sommet des marches, baladeur dans une main et téléphone dans l'autre. Ses longs cheveux auburn lui tombaient sur le visage.

Jemima s'adoucit. Aussitôt, elle me plut davantage. Enfin, un peu plus.

— Christa chérie, je t'en prie, viens chercher ce chien. Emmène-le en bas.

Christa descendit lentement les marches. Rufus se précipita vers elle.

Jemima se pencha pour ramasser le bandana. Elle l'agita sous les yeux de la jeune fille et le posa sur la rampe avec un sourire.

— Encore du rose ? Tu vas finir par lui donner des complexes, déclara-t-elle, avant d'ajouter à notre intention : Entrez. Si vous voulez bien me suivre dans la cuisine.

Du coin de l'œil, je vis Christa nouer le bandana autour du cou de Rufus. Jemima me regarda par-dessus son épaule tout en commentant la scène.

— Cette bête est une vraie plaie, à sauter partout, à baver, à réclamer de l'attention sans cesse. Je ne suis pas une amoureuse des chiens. Je ne l'ai jamais été et je ne le serai jamais. Asseyez-vous, nous proposa-t-elle en désignant deux tabourets devant l'îlot central de la cuisine.

Des surfaces de travail en inox étincelaient à la lueur de cette fin de journée. Au-delà des baies vitrées se déployait une vue à couper le souffle sur l'océan, qui était agité ce jour-là.

— Après la mort de ma mère, mon père a voulu un chien. Comment l'en dissuader ? Mais je n'en peux plus, continua-t-elle sur un ton énervé.

Une casserole était posée sur la gazinière. Jemima trempa un doigt dans la sauce puis la goûta. Elle ajouta une pincée de sel, un soupçon de poivre et une branche de thym, puis entreprit de peler et d'émincer avec habileté une gousse d'ail.

— Vous n'en pouvez plus de quoi ? s'enquit Sean.

Il approcha un tabouret à mon intention, un meuble design qui devait coûter une petite fortune mais ne ressemblait à rien, selon mes critères.

— De ce chien, répondit-elle en agitant son couteau. Il faut qu'il s'en aille de cette maison. Je ne le dis pas de gaieté de cœur, croyez-moi, mais il ne peut pas rester ici.

— Vous ne pouvez pas vous débarrasser de lui. Et si Mac rentrait ?

Elle sortit des champignons d'un sac en papier, les rinça et les disposa sur son plan de travail. Des notes de musique classique nous parvenaient, un air à la fois enjoué et rebelle.

Jemima Hayes me regarda droit dans les yeux. Le soleil couchant semblait adoucir ses traits et la rendre jolie.

— S'il revient, fit-elle en essuyant ses champignons à l'aide d'un torchon.

— À ce propos, reprit Sean, vous savez que Dovie Valentine m'a engagé pour enquêter sur sa disparition ?

— Je vous souhaite bonne chance. S'il devait revenir, il serait déjà rentré. Jamais il n'abandonnerait son chien. Ni Christa d'ailleurs. Ils étaient très proches, tous les deux.

La voix de Jemima n'exprimait aucun chagrin face au drame qu'elle évoquait tacitement. Elle ne disait pas que Mac était proche d'elle. Je percevais chez elle comme un courant sous-jacent, une décharge électrique prête à exploser au moment où l'on s'y attendrait le moins.

Sean sortit un calepin de sa veste en cuir.

— Quand avez-vous remarqué la disparition de Mac ? demanda-t-il.

Elle poussa un long soupir qui faillit faire déborder ses seins généreux de son débardeur moulant.

— Vous voulez vraiment que je raconte tout une nouvelle fois ?

— Cela peut m'aider à retrouver Mac.

— Maman ?

L'entrée de Christa me fit sursauter. Je ne l'avais pas entendue arriver.

— Ils cherchent grand-père ?

Quelque part au sous-sol, Rufus se mit à aboyer. Jemima pinça les lèvres.

— Seigneur, ce chien me tuera. Va le faire taire, emmène-le en promenade, fais quelque chose, implora Jemima.

— Mais…

— Christa, coupa sa mère en s'efforçant de ne pas perdre patience. On en a déjà parlé.

Je vis les yeux de Jemima s'embuer de larmes. Elle se détourna en poursuivant :

— S'il te plaît, va t'occuper de Rufus. Le dîner est presque prêt. On en reparlera plus tard.

L'adolescente tourna les talons et s'éloigna en silence.

— Cette enfant a le don de surgir sans qu'on l'entende, déclara Jemima en augmentant le feu sous sa casserole. Le 3 janvier, Mac est allé promener Rufus. Cet imbécile de chien est rentré tout seul, sans Mac. J'ai aussitôt compris que quelque chose n'allait pas. Esme et moi avons pris la voiture pour patrouiller dans le quartier. Nous avons fouillé les moindres recoins, les plages, la falaise. Pas une trace de lui. Il s'était volatilisé.

Nous étions à la mi-février et le vieil homme n'avait toujours pas donné de nouvelles.

— Comment était-il habillé ? s'enquit Sean.

— Un jean, des chaussures de sport, des chaussettes blanches, un affreux pull, une veste en velours côtelé et des gants.

— Parmi ces articles, certains lui avaient-ils été offerts ? demandai-je.

Jemima détacha le chapeau d'un champignon.

— Pas à ma connaissance. C'étaient surtout des vêtements de remplacement.

Elle se mordit les lèvres.

— Après l'incendie ? suggérai-je.

Elle se redressa et décapita un autre champignon.

— C'est ça, souffla-t-elle. Nous nous sommes installés ici après la reconstruction de la maison. Papa avait besoin qu'on s'occupe de lui, à l'époque. C'est même moi qui ai eu l'idée de lui prendre un chien. Incroyable, non ? Je dois admettre qu'il était bien plus heureux après l'arrivée de Rufus.

Elle secoua la tête en s'affairant.

— Voilà comment je sais qu'il ne reviendra pas, reprit-elle. Ce chien était tout pour lui.

Une employée de maison apporta une pile de torchons.

— Merci, Esme, dit Jemima en en prenant un.

— Avait-il autre chose sur lui ? demandai-je. Des lunettes, un baladeur, un portable ?

— Non. Mac voyait clair et il n'aimait pas la technologie moderne.

J'arquai les sourcils en balayant du regard la cuisine high-tech dotée d'une cave à vins et de tous les derniers appareils électroménagers.

Jemima sourit.

— Mac m'a donné carte blanche pour les travaux. Il m'a dit de concevoir la nouvelle maison à mon goût puisqu'elle me reviendrait un jour. C'est superbe, n'est-ce pas ? La maison de mes rêves.

— C'est impressionnant, en effet, admis-je de mauvaise grâce.

Elle n'était pas dans le style des demeures voisines, mais représentait tout de même un vrai bijou architectural.

— Mac avait-il des ennemis ? s'enquit Sean en tapotant son calepin.

— Il n'avait qu'une poignée d'amis proches. Il aimait être seul. Je n'imagine pas que quelqu'un ait pu lui vouloir du mal.

— Aurait-il pu fuguer ? demandai-je.

— Ce n'est pas plausible.

— Et un suicide ?

Ses yeux exprimèrent soudain une telle tristesse que j'en eus le cœur serré.

— Vous avez bientôt terminé ? fit-elle en haussant les épaules.

— Pourrions-nous jeter un coup d'œil dans la maison ? répondit Sean. Mac a-t-il un bureau, par exemple ?

— L'espace de Mac se trouve en bas, dit-elle. On n'a touché à rien depuis sa disparition. Je vous donne cinq minutes. Ensuite, il faudra partir.

6

En ouvrant la porte du niveau inférieur de la bâtisse, j'eus l'impression de me retrouver dans le terrier du lapin d'*Alice au pays des merveilles*.

Dès que j'en eus franchi le seuil, je compris que c'était le domaine de Mac. Ici, rien de contemporain. Des marches en chêne cirées avec soin et couvertes d'un tapis d'escalier menaient vers un studio confortable. Une odeur de pipe me rappela mon grand-père Henry. Je me revis petite fille, sur ses genoux, dans son fauteuil favori, lorsqu'il me lisait des histoires de princesses dans des contrées lointaines. Je fus envahie par une vague de chaleur et de tendresse, au point que des larmes me montèrent aux yeux.

Rufus se précipita vers nous en frétillant et déposa un jouet en caoutchouc figurant un poulet rôti aux pieds de Sean.

— Le lancer de poulet est son divertissement favori, expliqua Christa.

Recroquevillée dans un fauteuil en cuir fauve, elle sortit un écouteur de son oreille et étira ses longues jambes. Âgée de seize ou dix-sept ans, elle avait déjà l'air d'une femme.

Sean ramassa le jouet et le lança à travers la pièce. Fou de joie, le chien se lança à sa poursuite.

Le logement était spacieux. Des rayonnages en bois tapissaient des murs brun chocolat dépourvus de tableaux. Sur la cheminée étaient exposés des portraits de famille qui m'attirèrent irrésistiblement. Il s'agissait de clichés récents représentant surtout Christa et Rufus.

— Toutes les vieilles photos ont brûlé dans l'incendie, expliqua la jeune fille, derrière moi.

Sean lança de nouveau le jouet du chien et se dirigea vers un bureau en L installé dans un coin de la pièce.

— Tu as dû passer des moments terribles.

— Vous connaissiez ma grand-mère ?

— Pas vraiment. On se disait bonjour. En revanche, ma grand-mère était l'une de ses amies.

— Vous croyez qu'elle a des photos d'elle ?

Pourquoi n'y avais-je pas songé ?

— J'en suis sûre. Tu veux que je t'en fasse tirer des copies ?

Elle hocha la tête.

Je balayai les lieux du regard. Il y avait une kitchenette, une salle de bains et une chambre à coucher. Près de la porte-fenêtre menant à l'extérieur, je découvris un chevalet vide. Sur une étagère, des centaines de tubes de peinture, des dizaines de pinceaux et des châssis de tous les formats.

— Ton grand-père peignait encore ?

— Il venait de terminer un projet quand il a disparu.

— Il se passait quelque chose de particulier à l'époque ? demandai-je, espérant ne pas me montrer trop insistante.

Elle était en âge de comprendre la situation, mais cela ne signifiait en rien qu'elle n'en souffrait pas.

Sean parcourut les dossiers, sans cesser de jouer avec Rufus.

— Pas vraiment, répondit Christa.

— Mac avait-il beaucoup d'amis ?

Deux gamelles pour chien étaient posées au fond de la kitchenette. L'une était pleine d'eau. L'autre débordait de croquettes. De grosses boulettes brunes gisaient à terre, comme si Rufus s'était contenté de jouer avec sa nourriture au lieu de manger. Sur une patère étaient accrochées deux laisses, une ordinaire, de couleur bleue, et une rouge, rétractable, ornée d'un motif animalier, ainsi qu'un long sifflet.

— Des amis avec qui sortir ? demanda-t-elle. Il jouait au poker une fois par semaine chez M. Ross. Tous les mercredis soir. Il ne ratait ça pour rien au monde.

Fred Ross vivait dans la maison située juste en face. C'était un ami de Dovie depuis près de trente ans. Je me promis d'aller lui rendre visite.

Sean me rejoignit, tenant une feuille de papier.

— Christa, ton grand-père était-il en bonne santé ?

— Oui, fit-elle en haussant les épaules. Il n'était presque jamais malade.

Sean glissa le document dans sa poche et m'adressa un regard entendu : il avait trouvé quelque chose d'intéressant.

— D'après toi, Christa, que lui est-il arrivé ? m'enquis-je.

Elle se mordit la lèvre, la mine soucieuse.

— Je n'en sais rien. La veille de sa disparition, je l'ai entendu parler au téléphone. Il était furieux.

Je lançai une œillade à Sean.

— Sais-tu à qui il s'adressait ? demanda-t-il.

— Non, répondit-elle en rougissant. Grand-père ignorait que je l'écoutais.

La jeune fille avait en effet le don de se faufiler discrètement partout.

J'eus l'impression que Christa était au courant de tout ce qui se passait dans cette maison.

— Te souviens-tu de ce qu'il disait ? insista Sean.

— Quelque chose comme : « Ma vie ne regarde que moi. Je prends mes propres décisions. Occupe-toi de tes affaires. »

— C'était juste avant sa disparition ? poursuivis-je.

— La veille au soir. Je l'ai dit à la police.

— C'est bien, répondis-je.

Ils avaient peut-être consulté les relevés téléphoniques et savaient qui était le mystérieux correspondant.

— D'après toi, portait-il quelque chose sur lui, ce jour-là, que quelqu'un lui aurait offert en cadeau ? Ta mère a parlé d'un pull affreux... Quelqu'un le lui aurait-il tricoté ?

— Grand-père l'avait acheté pour faire enrager maman. Elle voulait à tout prix lui faire changer de look. Chaque année, à Noël, elle lui achetait des pantalons en cuir hors de prix. Elle trouvait qu'il s'habillait comme un ringard. Il m'a confié qu'il allait lui montrer ce qu'était un ringard et avait acheté ce pull dans un dépôt-vente de Hingham, le plus moche de tous.

Je dus me retenir de sourire.

— Il devait être vraiment moche.

— Orange vif avec un motif bariolé. On aurait dit des confettis.

— Oh là là, j'imagine.

J'aurais aimé interroger Jemima sur les relations de Mac, mais je n'en avais eu ni l'occasion ni le courage.

— Vous pensez que vous arriverez à le retrouver ? fit Christa, plus curieuse que désespérée.

Sean ramassa le poulet en caoutchouc et le lança. Rufus sauta du canapé en cuir, dérapa sur le parquet et heurta une petite table. Une lampe vacilla avant de tomber à terre avec fracas.

— Oh non, marmonna Christa en se précipitant pour ressembler les débris.

Je me penchai pour l'aider. Rufus saisit le jouet dans sa gueule et le rapporta à Sean.

Jemima surgit dans le studio.

— Que s'est-il encore passé ?

— C'est de ma faute, déclara Sean en brandissant le poulet.

Rufus s'en empara et le déposa aux pieds de Jemima, qui frémit.

— Je remplacerai la lampe, proposa Sean.

— Je croyais qu'on avait jeté cette chose à la poubelle la dernière fois qu'il a cassé quelque chose, dit Jemima en désignant le jouet.

Christa plaça les débris dans un sac en papier. En ouvrant un placard pour chercher un balai, je découvris une poubelle de recyclage que personne n'avait vidée au cours du mois écoulé. Parmi les bouteilles vides et autres emballages alimentaires, je repérai un flacon de médicaments. L'étiquette portant le nom du patient était en partie arrachée, mais la posologie était lisible. J'empochai ma trouvaille.

— Je n'en peux plus, maugréa Jemima en agitant le jouet.

Rufus l'observa avec convoitise tandis que je balayais vivement les débris de porcelaine et de verre.

— Cela ne se reproduira pas, promit Christa.

— Tu me l'avais promis la dernière fois, gronda sa mère. Rufus va devoir trouver un nouveau foyer.

Christa se leva lentement. Je m'interrompis.

— C'est ma faute, répéta Sean. Pas celle de Rufus.

— Il est temps que vous partiez, vous aussi, répliqua Jemima, furieuse. Vos cinq minutes sont largement écoulées.

— Où va aller Rufus ? demanda Christa, comme si elle s'attendait depuis longtemps à cette échéance.

— Pour l'heure, au chenil, répliqua Jemima en lâchant le poulet. Quelqu'un l'adoptera bien.

Rufus s'empara de son jouet. Je n'eus pas une seconde d'hésitation :

— Je le prends.

Sean esquissa un sourire. Christa posa sur moi un regard embué de larmes.

— Comme vous voudrez, fit Jemima en haussant les épaules. Vous connaissez le chemin, je ne vous raccompagne pas, ajouta-t-elle en tournant les talons. N'oubliez pas ce maudit poulet en caoutchouc. Christa, le dîner est prêt.

— Mais il faut que je prépare les affaires de Rufus, ses croquettes...

— Tout de suite ! ordonna sa mère.

— Tu pourras lui rendre visite quand tu voudras, murmurai-je.

Christa hocha la tête.

— Sa laisse est accrochée à l'entrée. Il préfère celle qui est ornée de poulets que grand-père a commandée spécialement pour lui. Son coussin est dans la chambre. Sa brosse et son peigne sont dans un panier, près du lit.

Sur ces mots, elle étreignit le chien et grimpa les marches quatre à quatre.

Rufus déposa une nouvelle fois son jouet aux pieds de Sean, qui le lança à travers la pièce. Puis il se tourna vers moi.

— Ton chat va être furieux, déclara-t-il.

Je n'osais en effet imaginer la réaction de Grendel. Sans doute allait-il piquer une crise de nerfs.

— Ne t'inquiète pas, j'ai un plan.

Ce plan impliquait ma grand-mère.

— Non, pas question ! affirma-t-elle en lança le jouet en caoutchouc.

Elle n'en pensait pas un mot. C'était manifeste.

— Tu as vu son regard ?

— Tu te crois où ? Dans un centre de transit ?

— Merci pour moi, lança Em en fouillant le réfrigérateur de Dovie en quête de quelque chose à grignoter.

— Je ne parlais pas pour toi, lui dit Dovie en lui envoyant un baiser.

Emerson Baumbach, l'une de mes deux meilleures amies, séjournait chez ma grand-mère après avoir rompu ses fiançailles. Peu avant Noël, elle avait dû quitter l'appartement qu'elle louait avec son ex. Elle aurait pu retourner chez ses parents, au bout de la rue, mais ils s'étaient querellés à propos de ce mariage et ils étaient toujours en mauvais termes.

Em lui rendit son baiser.

— Vous me gênez toutes les deux, dis-je.

Sean était retourné chez Sam chercher Thoreau, son yorkshire, et des vêtements propres, avant de revenir chez moi. C'était comme si nous vivions ensemble en réalité. Hélas, à mon goût, officialiser une cohabitation équivalait à tenter le diable.

Em croqua une pomme et vint s'asseoir à côté de moi, dans le petit salon de Dovie, ma pièce favorite. Il faisait sombre mais le matin, le soleil emplissait la pièce de joie en baignant les murs bleus, les meubles anciens et les bibelots dans une douce lumière dorée. Dovie y passait le plus clair de son temps, comme en témoignaient le siège avachi de son fauteuil, la théière posée sur la table et le recueil de mots croisés près de la cheminée.

Rufus trottina vers nous et déposa son poulet aux pieds d'Em, avant de placer sa tête sur ses genoux.

— Il adore Em, commenta Dovie. Tu n'as qu'à le lui donner.

— D'accord, dis-je. Félicitations, c'est un garçon.

Em nous observa avec stupeur.

— Dovie, tu te rends compte que j'habite ici, n'est-ce pas ? Et ton commentaire sur les centres de transit…

— Marisol ! lança ma grand-mère en claquant des doigts.

Marisol Valerius était mon autre meilleure amie. Elles faisaient partie de ma vie depuis la plus tendre enfance, lorsque nous courions sur la plage, à l'âge de trois ans. Après un départ un peu agité, notre amitié avait perduré au fil des ans.

En tant que vétérinaire, Marisol avait la fâcheuse habitude de me confier des petits protégés à adopter, ce qui expliquait la présence de Grendel, mon chat à trois pattes, et d'Odyssée, mon hamster borgne. Il était temps qu'elle me renvoie l'ascenseur, non ?

— Je vais l'appeler.

— Il est mignon, commenta Em.

Rufus posa sur elle un regard plein d'adoration.

— Quand j'aurai trouvé un logement à moi, je serai heureuse d'avoir un peu de compagnie, ajouta-t-elle.

— Je plaisantais en parlant de centre de transit, tu sais, précisa Dovie. Ne va pas déménager à cause de ça.

— Il est temps que je me mette à chercher, non ? fit Em en mordant dans sa pomme.

La conversation me ramena à Sean et sa recherche d'appartement. Je l'attendais dans moins d'une heure. Comme il serait facile de le garder pour toujours chez moi !

— Non, décréta Dovie. Quelqu'un veut du thé ?

— Moi, je veux bien, répondis-je, un peu nerveuse.

Em avait relevé ses cheveux roux en un chignon souple. Son visage était radieux. Depuis sa rupture, elle avait pris un peu de poids, et elle remontait doucement la pente.

— Comment se passent tes cours ?

Elle avait quitté son poste d'interne en pédiatrie pour reprendre des cours à l'université afin de devenir enseignante.

— Très bien, répondit-elle avec un sourire. Les vacances commencent dans quelques jours.

— Tu pars quelque part ?

— J'ai passé l'âge d'aller m'éclater à la plage et de m'enivrer entre copains, tu ne trouves pas ? Je compte me détendre et m'adonner à la lecture.

— Tout un programme.

Elle ignora ma réflexion sarcastique.

— Tu ferais mieux de t'évader un peu, au lieu de traîner ici à te morfondre, ajoutai-je.

— Je ne me morfonds pas.

Si, justement.

— De plus, où veux-tu que j'aille ? demanda-t-elle.

— Où tu veux.

— Pas à Paris.

Rufus convoitait sa pomme. Elle se laissa attendrir et lui en donna un morceau.

— Surtout pas, admis-je.

Elle avait prévu de partir en lune de miel à Paris. Si le mariage n'avait pas été annulé, elle s'y trouverait déjà. Pas étonnant qu'elle ait un petit moral.

— Ailleurs, n'importe où.

— Toute seule ?

C'était toujours mieux que de rester à la maison à se morfondre.

— Et pourquoi pas ? fis-je après réflexion.

— Oh, je ne sais pas. J'ai un tas de livres à lire.

Dans la cuisine, Dovie se mit à grommeler.

— Quoi ? lui lança Em.

— Il faut profiter un peu de la vie, de ta jeunesse, répondit ma grand-mère.

— J'ai l'impression que vous vous êtes liguées contre moi.

Mon téléphone se mit à sonner. Le générique de la série *Hawaii 5-0* m'annonça qu'Aiden cherchait à me joindre.

— Salut, Aiden ! lançai-je.

Le visage d'Em s'illumina, puis elle se ressaisit aussitôt pour se concentrer sur Rufus. Mon père avait vu que son aura et celle d'Aiden étaient parfaitement assorties. Ils étaient faits l'un pour l'autre. Le grand amour, deux âmes sœurs. Ils avaient tout pour être heureux. Encore fallait-il que l'un d'eux ose faire le premier pas. J'avais l'impression que ce jour ne viendrait jamais, tant ils se tournaient autour sans passer à l'action. Papa avait informé Em qu'Aiden était l'homme de sa vie, mais elle prétendait ne rien vouloir brusquer. Quant à

Aiden, il attendait que la jeune femme se remette de sa rupture.

Ils me rendaient folle, tous les deux.

— J'ai reçu ton message, à propos de Mac Gladstone, me dit-il. Et j'ai passé quelques appels. Je dois voir le responsable de l'enquête à la première heure, demain matin. Il m'a laissé entendre qu'il tenait peut-être des éléments intéressants, mais il refusait d'en parler au téléphone. Je te tiens au courant.

Je parcourus mon programme de la matinée. En tête de liste, retrouver Tristan Rourke.

— Appelle-moi quand tu veux, lui répondis-je avant de raccrocher.

Tandis que je passais devant l'îlot central de la cuisine, Dovie me tendit une tasse de thé.

— Du nouveau ? me demanda-t-elle.

Rufus ronflait déjà aux pieds d'Em. Je leur répétai les propos d'Aiden.

— Sean a aussi trouvé un courrier de la compagnie d'assurances sur le bureau de Mac, ajoutai-je.

Je sortis le document de mon sac pour le tendre à Em.

La mention « Ceci n'est pas une facture » barrait le texte de la lettre qui était un récapitulatif des remboursements de Mac. Au cours des trois derniers mois, il avait consulté trois médecins différents, s'était rendu deux fois à l'hôpital et passait tous les mois à la pharmacie.

— Le docteur Gregory McDonald est un oncologue de renom, déclara Em.

— Mac avait un cancer ? intervint Dovie.

— Peut-être, dit Em en se levant. Ces visites à l'hôpital correspondent sans doute à des scanners.

Je cherchai le flacon de médicaments récupéré chez Mac.

— Et ça ?

— C'est un puissant antalgique prescrit en oncologie, expliqua Em. Je pense que Mac souffrait bien d'un cancer. Aiden pourra sans doute obtenir son dossier médical.

— Mais sa petite-fille a affirmé qu'il allait bien.

J'avais du mal à assimiler cet élément nouveau.

— Elle n'est peut-être pas au courant, hasarda Dovie. Pour ma part, j'ignorais totalement qu'il avait un problème de santé. Même si les nouvelles de ce type vont vite.

Je leur parlai aussi de la conversation téléphonique que Christa avait écoutée à l'insu de Mac. Dovie poussa un soupir et m'adressa un regard entendu.

— On dirait que quelqu'un voulait l'empêcher de faire quelque chose de terrible.

— Comme un suicide ? demanda Em.

C'était hélas une hypothèse à envisager.

7

Le café, mon premier geste du matin.

Je dégustais ce nectar des dieux, Thoreau endormi sur mes genoux, tandis que Sean nous conduisait dans les rues adjacentes de Roxbury. À ma grande surprise, il n'avait pas réussi à localiser Tristan Rourke sur Internet. Cet homme était un fantôme. Pas de carte de crédit, de permis de conduire, de pièce d'identité, de curriculum vitae, de dossier de contribuable, de titre de propriété… ni d'acte de décès.

Il n'existait pas, voilà tout.

Sauf que nous savions qu'il existait.

Les pneus de la voiture crissaient sur les routes sablées à cause du mauvais temps. Durant la nuit, il était tombé presque vingt centimètres de neige. Preston avait dû renoncer à nous accompagner car son rédacteur en chef lui avait confié une mission impromptue. Elle nous avait toutefois fait promettre de prendre des notes.

Jusqu'alors, il ne s'était pas passé grand-chose.

Je devais l'admettre, rechercher un ancien détenu ne m'enchantait guère. Je devais sans cesse me rappeler que je n'avais pas à juger ni Meaghan ni Tristan. Mon travail était de leur permettre de se retrouver, puis de laisser faire le destin. Mais je ne pouvais m'empêcher d'avoir certaines réserves.

— J'espérais qu'il aurait opté pour une vie normale et tourné la page sur son passé de délinquant.

— Quelle incorrigible optimiste. Mais il reste de l'espoir. Cela dit, le fait qu'il vive caché n'augure rien de bon, concéda-t-il.

— C'est très suspect. Qu'est-ce que je vais pouvoir dire à Meaghan ?

— Ne lui dis rien pour l'instant.

Sean était la voix de la raison. Pour l'heure, nous n'avions aucune certitude. Nous ne disposions que de l'adresse de la grand-mère de Rourke, qui était citée comme son parent le plus proche par l'administration pénitentiaire, et d'une photo de lui, que Sean avait obtenue grâce à un contact à Cedar Junction.

Je sortis le portrait du dossier. Il avait les cheveux blond clair coupés à ras, des yeux d'un bleu pâle saisissant et une cicatrice sur le nez. Il n'avait rien du mauvais garçon tel qu'on se l'imaginait. En l'observant avec attention, je discernais presque l'adolescent qu'il avait été, celui que Meaghan Archibald avait aimé.

Et qu'elle aimait encore.

Dans ce dossier, je devais conserver cet élément à l'esprit. Garder l'esprit ouvert.

Dans la rue où vivait Maureen Rourke, la grand-mère de Tristan, les maisons étaient étonnamment bien entretenues par rapport au reste du quartier. Les bâtisses de trois niveaux étaient repeintes, avec des porches récents et des fenêtres propres. Les pelouses étaient parsemées de neige. Aucune barrière ne protégeait les foyers douillets d'un monde extérieur réputé plutôt hostile dans le coin. La plupart des voitures garées devant étaient coincées par une épaisse couche blanche, attendant que quelqu'un vienne déblayer les lieux, ou que la neige fonde.

Roxbury était un quartier assez défavorisé, où les honnêtes citoyens gagnant leur vie à la force du poignet devaient côtoyer le crime, la drogue et les fusillades. Maureen Rourke était au-dessus de tout soupçon. D'après les informations glanées par Sean, elle avait cumulé plusieurs emplois depuis l'âge de quinze ans, de femme de chambre à blanchisseuse. Elle avait même créé sa propre entreprise.

Je me souvins des propos de Meaghan. La grand-mère de Tristan n'avait pas eu les moyens de le recueillir après la mort de sa mère. Quelle terrible épreuve cela avait dû être pour tous les deux ! Avait-elle travaillé d'arrache-pied pour faire des économies et récupérer sa garde pour le voir ensuite se faire arrêter ?

Trois ans plus tôt, juste après la sortie de prison de Tristan, elle avait ouvert sa laverie automatique. Nous étions passés devant en chemin. Elle l'avait, non sans humour, appelée « Le linge propre en famille ».

Thoreau était toujours recroquevillé sur mes genoux. Nous avions préféré l'emmener avec nous pour ne pas le laisser chez moi. Dovie était accaparée par Rufus qui s'adaptait à son nouvel environnement. Elle avait accepté de l'adopter, ce dont je n'avais jamais douté.

Chez Maureen Rourke, quelqu'un s'était donné beaucoup de peine. Non seulement la neige avait été dégagée autour de la voiture, de modèle récent, mais l'allée et les marches du porche étaient également nettoyées.

Devant la maison, Sean déclara :

— L'acte de propriété est au nom de Maureen, qui l'a apparemment payée comptant, il y a deux ans. Il n'y a aucune trace de crédit immobilier.

Je compris aussitôt à quoi il faisait allusion. Les raisons ne manquaient pas pour expliquer pourquoi Maureen s'était retrouvée en possession d'une telle somme. Tristan avait probablement aidé sa grand-mère à acquérir ce bien. Sa sortie de prison correspondait à l'ouverture de la laverie automatique et à l'achat de la maison.

Ce ne pouvait être une coïncidence. Où diable avait-il trouvé cet argent ? Pour l'heure, cela demeurait un mystère. Hélas, mon instinct me disait que les activités de Tristan n'étaient pas forcément recommandables.

Sean descendit de voiture, enleva la chaise en plastique qui gardait l'emplacement et se gara. J'enveloppai Thoreau dans une couverture avant de le laisser sur mon siège.

La porte en chêne était peinte en rouge et surmontée d'une fenêtre cintrée d'une propreté impeccable. Quelques secondes après que j'eus frappé, une vieille dame vint nous ouvrir. Ses cheveux roux striés de blanc étaient relevés en chignon sur sa nuque. Elle avait le teint très clair, le visage parsemé de taches de rousseur et des rides marquées au coin des yeux. Ses yeux très pâles pétillaient tandis qu'elle se séchait les mains à l'aide d'un torchon.

— Qu'est-ce que je peux faire pour vous, les enfants ? demanda-t-elle d'une voix mélodieuse, avec un accent irlandais.

Elle avait dû être d'une grande beauté autrefois.

— Vous êtes Maureen Rourke ? demandai-je en guise de réponse.

Derrière elle, le parquet foncé étincelait. Il flottait un parfum de café. Elle inclina la tête, la mine soudain plus grave.

— Qui êtes-vous ?

— Sean Donahue, dit Sean en tendant la main. Et voici Lucy Valentine.

— Donahue ? Vous êtes un bon Irlandais, mon garçon ?

— Tout dépend à qui vous posez la question.

Elle se mit à rire et porta son attention sur moi.

— Valentine ? Ce n'est pas irlandais, par contre.

— Je ne connais pas très bien l'origine de mon nom, avouai-je.

Elle secoua la tête comme si j'avais commis un grave péché.

— Qu'est-ce qui vous amène ? demanda-t-elle à Sean.

— Nous sommes à la recherche de Tristan Rourke, déclara-t-il en lui tendant une carte professionnelle.

Le logo des « Amours perdues » occupait une moitié de l'espace : deux cœurs, dont l'un s'effaçait peu à peu en arrière-plan. L'autre moitié indiquait le nom, la fonction et les coordonnées de Sean.

— Vous êtes détective ? demanda-t-elle.

— Détective privé, précisai-je. Nous avons été engagés pour retrouver Tristan.

La vieille dame observa longuement la carte avant de lever les yeux vers nous.

— Je regrette, mais cela fait des années que je n'ai pas vu Tristan. Il a rompu tout contact.

Je lus dans son regard pâle qu'elle mentait.

— Vous êtes sûre ? insista Sean.

— Absolument, jeune homme. Je ne suis pas encore sénile, malgré mon grand âge.

Elle ne pouvait avoir plus de soixante-cinq ans. Elle ajouta :

— Vous perdez votre temps. Tristan a quitté la région. Il ne me passe même pas un coup de fil. Dommage pour vous.

— En effet, fis-je d'un ton sec.

Son regard retrouva sa lueur espiègle.

— Valentine, vous dites ?

Je hochai la tête.

— Vous avez peut-être du sang irlandais finalement. À présent, je vous souhaite une bonne journée à tous les deux.

Elle nous fit un clin d'œil et nous ferma la porte au nez.

— Cela s'est mieux passé que je ne le redoutais, déclara Sean tandis que nous descendions les marches.

— C'est parce que tu lui as plu, en tant que bon Irlandais, raillai-je en imitant son accent.

— Tu es jalouse ? répondit-il en riant.

— Terriblement.

— Nous ne sommes pas seuls, murmura-t-il.

Deux hommes étaient appuyés contre la voiture. Le petit museau noir de Thoreau était appuyé contre la vitre, comme s'il parvenait à renifler au travers. Il n'avait pas aboyé. Il n'avait rien d'un chien de garde.

Ils étaient en costume sombre, en pardessus sombre et portaient des lunettes noires. Chacun ouvrit un petit portefeuille pour révéler son insigne.

— FBI, annonça celui de gauche.

Il avait un air grincheux et minable presque attendrissant. Le genre de type dont les femmes tombent amoureuses en croyant pouvoir le transformer en prince charmant. Mais qui ne changera jamais. En résumé, l'homme à fuir comme la peste.

— Agent spécial Thomas.

— Agent St John, ajouta l'autre, chauve et plus petit que son collègue.

— Monsieur Donahue, c'est bien cela ? demanda l'agent Thomas. Et vous êtes Lucy Valentine ? Que vouliez-vous à Maureen Rourke ?

J'aurais dû me douter qu'ils savaient qui nous étions. S'ils nous avaient vus arriver chez Maureen alors qu'ils surveillaient sa maison, il leur avait suffi de vérifier la plaque d'immatriculation de Sean, puis de trouver qu'il travaillait avec moi, ce qui n'était un secret pour personne.

Pourtant, je me tournai vers la porte de Maureen. Et si la maison était sur écoute ? Ils auraient alors entendu notre conversation avec la grand-mère de Tristan.

— Nous recherchons Tristan Rourke, expliqua Sean.

Ils n'en furent guère surpris. C'était certain, la maison faisait l'objet d'une surveillance rapprochée, ce qui confirmait la nature illicite des activités du jeune homme. En général, le FBI ne s'intéresse pas aux honnêtes citoyens.

— Et nous n'avons pas réussi dans notre mission, ajoutai-je en lui remettant une carte. Une de ses anciennes petites amies nous a engagés pour le retrouver.

— « Amours perdues » ? lut St John avec un sourire narquois.

De la buée semblait s'élever de son crâne chauve et lisse. Je m'efforçai de ne pas m'offusquer de son ironie manifeste.

— C'est un nom comme un autre.

L'agent Thomas me foudroya du regard.

— Je vous suggère d'arrêter vos recherches.

— Pourquoi ? m'enquis-je.

— Il est le suspect numéro un dans une affaire au niveau fédéral.

Sean se redressa.

— Fait-il l'objet d'un mandat d'arrêt ? demanda-t-il avec audace.

— Pas encore.

— Qu'a-t-il fait ? demandai-je.

— Vous n'avez pas à le savoir.

— Nous en prenons bonne note, dit Sean en déverrouillant les portières de la voiture.

— Mademoiselle Valentine, rendez-nous service, retournez vous amuser avec la police d'État, me conseilla l'agent Thomas. Nous veillerons à ce que vous le fassiez.

Sur ces mots, ils tournèrent les talons pour se diriger vers leur 4 × 4 noir garé un peu plus loin.

La police d'État. Leur mépris évident faisait mal, d'autant que je détestais que l'on me dise ce que je devais faire.

— Charmant, murmurai-je tandis que Sean me tenait la portière ouverte.

— Cette affaire ne me dit rien qui vaille, répondit-il en suivant les deux hommes du regard.

J'avais un mauvais pressentiment, moi aussi. J'avais du mal à refouler mon instinct. Seule l'expression de Meaghan Archibald m'avait incitée à accepter le dossier.

Et voilà que le FBI m'interdisait de m'en mêler. Raison de plus pour continuer.

En déplaçant Thoreau pour m'asseoir, je perçus un mouvement derrière la fenêtre de l'étage, dans la maison voisine. Un rideau de dentelle bougea.

Les agents du FBI n'étaient pas les seuls à nous surveiller.

8

Le restaurant Le Porcupine était bondé. Je me frayai un chemin vers le bar et attendis que quelqu'un s'en aille pour m'installer sur un tabouret. Raphael s'affairait parmi les tables, prenant les commandes, débarrassant les assiettes…

Je consultai mon téléphone pour lire mes messages, espérant avoir des nouvelles du lieutenant Aiden. En début de matinée, il devait rencontrer l'enquêteur qui travaillait sur la disparition de Mac, mais il ne m'avait toujours pas appelée. Je brûlais de curiosité et je n'étais pas réputée pour ma patience.

J'avais un message vocal de ma mère : « C'est une belle journée, Lucy. Ma bague se trouvait à l'endroit précis que tu m'avais indiqué. Merci. Bisous. »

Je levai les yeux au ciel et glissai mon téléphone dans mon cabas.

— Bonne nouvelle ? demanda Raphael en m'embrassant.

Il fit signe à un autre serveur de le remplacer.

— Maman. Elle a retrouvé sa bague de fiançailles.

— Alors, elle te l'a dit… fit-il, la mine grave.

— Pour elle et papa ? J'ai deviné toute seule.

Combien de temps auraient-ils attendu pour m'en parler ?

— Tu restes déjeuner ?

— Pas aujourd'hui. Il me faut un café et deux sandwichs dinde-épinard à emporter, s'il te plaît.

— Tu veux quelque chose pour le toutou ? demanda-t-il en désignant Thoreau, blotti dans mes bras.

Sean cherchait une place pour garer la voiture. Pourquoi ne pas accorder un petit plaisir à Thoreau ?

— Un peu de dinde, répondis-je.

— À emporter, tu es sûre ? insista Raphael en entrant ma commande dans l'ordinateur.

— Certaine. C'est une maison de fous ici.

Toutes les tables étaient occupées et les clients faisaient la queue pour acheter des plats à emporter.

— C'est le cowboy solitaire.

— Où ça ? demandai-je en scrutant les alentours avec attention à travers la vitrine.

— Il n'est pas là mais il a fait augmenter la fréquentation. Les gens se servent du Porcupine comme base en espérant le voir.

— Et surtout pour prendre son argent.

— Ou profiter de nos toilettes.

Je souris, mais le cœur n'y était pas. Trop d'idées se bousculaient dans ma tête.

— Quelque chose te tracasse, Uva ?

Il faisait partie de ma vie depuis que j'avais trois ans. Pour être totalement honnête, il s'était montré plus présent que mon propre père au fil des années, même si je m'en voulais de cette pensée.

Il me surnommait Uva, « grain de raisin » en espagnol, depuis que, petite, j'avais piqué une grosse colère en arborant un visage écarlate. En représailles, je lui avais attribué le surnom de Pasa, « raisin sec », en référence à son visage plissé, lorsqu'il m'avait grondée. Un jour, j'espérais devenir aussi bonne, aussi sage que lui.

Je n'étais pas étonnée qu'il ait deviné mon tourment. Nul autre que lui ne me connaissait aussi bien et savait deviner ce qui se passait sous la façade.

— Ce serait trop long à raconter.

Mac, Tristan, le FBI et l'envie que Sean s'installe chez moi.

— Hum, murmura Raphael.

Maggie Constantine s'approchait, portant une assiette qu'elle posa devant un client assis à côté de moi.

— Lucy ! Tu restes déjeuner ? Je peux te libérer ta table favorite si tu veux, ajouta-t-elle en scrutant la salle.

Qu'en penserait le couple déjà attablé à ma place de prédilection ?

— Non, je ne reste pas, répondis-je.

Maggie et Raphael étaient manifestement très heureux ensemble, même si, en théorie, tout semblait les opposer. Elle était fan de l'équipe des Yankees et lui soutenait les Red Sox avec ferveur. Elle appréciait la musique classique, que Raphael ne supportait pas. Elle avait au moins dix ans de moins que lui. Et pourtant, ils s'entendaient à merveille.

Un grand fracas retentit dans la cuisine. Maggie fit la grimace.

— Je crois que je devrais aller voir ce qui se passe, dit-elle en m'embrassant. On dîne ensemble un de ces soirs, d'accord ?

— D'accord.

Raphael la dévora des yeux tandis qu'elle s'éloignait.

— Quand comptes-tu l'épouser ? demandai-je.

— On a le temps.

— Ah bon ?

Il lissa le comptoir du plat de la main.

— J'ai l'impression que ce n'est pas de moi que tu parles.

Une serveuse me tendit un sac en papier.

— Parfait, dis-je en descendant de mon tabouret. Je file. Sean m'attend sans doute en haut.

— Uva...

— Pasa, tu crois que ça va durer ?

Il comprit aussitôt à qui je faisais allusion.

Mes parents.

Il prit un air pensif, puis sceptique.

— Est-ce vraiment important ? demanda-t-il.

Il voulait dire qu'ils étaient heureux pour l'heure. N'était-ce pas l'essentiel ? La vérité faisait parfois mal.

— À mes yeux, c'est important.

— Dans cette question, il s'agit de toi et non de tes parents, non ?

Il avait raison, bien sûr. Il avait toujours raison.

— Et avec Sean ? demanda-t-il.

Thoreau me lécha le menton. Je lui grattai le dessus de la tête.

— J'essaie vraiment de ne pas avoir peur de l'avenir.

— La malédiction existe uniquement dans ta tête, assura-t-il.

— Comment peux-tu dire une chose pareille ? Sans les auras…

— Même avec des auras compatibles, l'amour n'est jamais facile. Il faut faire des compromis, des concessions, comprendre la personne que l'on aime, ses espoirs, ses craintes.

— Mais les auras ne mentent jamais. Quand on a la certitude d'être parfaitement assorti à son partenaire, il est plus facile de régler les problèmes qui se présentent. On est certain que l'amour sera plus fort que tous les obstacles. Avec Sean, je n'en sais rien. Je n'ai pas cette garantie.

— Mais si. Il se suffit de décider de croire en lui.

Frustrée, je fermai les yeux.

— Tu verras, ajouta-t-il.

En rouvrant les yeux, je le vis sourire.

— Tu crois ?

— Bien sûr. Je ne me trompe jamais, tu le sais bien.

Je glissai Thoreau sur mon autre bras et saisis mon sac.

— Sauf le jour où tu as prétendu que la tomate était un légume, rétorquai-je.

— Sors d'ici, dit-il en me donnant un coup de torchon. Il suffit d'y croire ! me lança-t-il tandis que j'ouvrais la porte.

Facile à dire.

9

Armée de ses jumelles, Suzannah regardait par la fenêtre.

— Preston, souffla-t-elle en guise d'explication dès que je franchis le seuil.

Je posai Thoreau à terre. Il se précipita vers Suzannah pour renifler ses bottes.

— Elle t'a recrutée pour guetter la venue du cowboy solitaire ?

— Je ne me suis pas fait prier, avoua-t-elle, penaude. J'ai repéré un nouvel appareil photo pour l'anniversaire de Teddy. Quelques billets seraient les bienvenus.

Je scrutai le parc enneigé.

— Elle est en bas ?

— Oui. Elle attend depuis une heure. En général, il se présente à l'heure du déjeuner.

— Mais il est venu hier. Il ne repassera pas avant plusieurs jours.

— Qu'est-ce que tu en sais ?

— Juste du bon sens.

Elle rit mais ne bougea pas de son poste.

— Au fait, Sean et Aiden sont dans ton bureau.

Aiden devait avoir des nouvelles intéressantes s'il s'était déplacé. Je tapotai ma cuisse pour inciter le chien à me suivre.

— Mon père est là ? demandai-je.

Je voulais avoir son avis sur le dossier de Meaghan.

— Non. Il a pris son après-midi. À mon avis, il a des projets avec ta mère.

Elle m'adressa un clin d'œil complice.

— Je crois que je vais être malade, répondis-je.

Elle rit et reprit ses jumelles.

Sean et Aiden étaient déjà en pleine discussion à mon entrée dans la pièce. Thoreau réclama aussitôt l'attention de son maître.

— Tiens, voilà la meilleure amie du FBI, me lança Aiden.

Lieutenant de la police d'État du Massachusetts, Aiden Holliday était entré dans ma vie à l'occasion de la disparition d'un petit garçon dans le parc de Wompatuck. À l'issue de cette affaire, il m'avait proposé de devenir consultante pour la police. Grâce à mes dons de voyance, je participais à des enquêtes sur des personnes disparues, que ce soit depuis longtemps ou pas.

Parfois, l'histoire se terminait bien.

Mais pas souvent.

Au fil des derniers mois, Aiden était devenu plus qu'un interlocuteur, c'était dorénavant un ami.

Il continua :

— J'ai reçu un appel de l'agent spécial Thomas en personne. Il apprécierait beaucoup que tu cesses, je cite, de « fourrer ton adorable petit nez » dans ce dossier.

— Quel culot ! répondis-je.

— C'est vrai qu'il est adorable, ce petit nez, intervint Sean.

— La bonne blague, fit Aiden en s'asseyant lourdement.

Je tendis à Thoreau les morceaux de dinde qui lui étaient destinés. Et tant pis si je le gâtais trop.

— Tu en trouverais d'aussi bonnes si tu te donnais seulement la peine de te déclarer à Em, ripostai-je à l'encontre d'Aiden.

— Pourquoi faut-il toujours que cela se retourne contre moi ? demanda-t-il à Sean.

— C'est ton ironie à propos de mon humour d'homme amoureux qui ne lui a pas plu.

— Donc, comme je vous le disais, éluda-t-il, l'agent Thomas m'a téléphoné et m'a parlé de votre visite chez Maureen Rourke.

Thoreau commençait à s'impatienter, désireux d'obtenir un autre morceau de dinde. Je ne fis aucun commentaire sur la façon dont Aiden détournait la conversation, mais il n'était pas question que je laisse tomber. Em et Aiden finiraient en couple tôt ou tard. Cupidon avait simplement besoin d'un petit coup de pouce.

— A-t-il le pouvoir de nous empêcher d'enquêter ?

— Pas officiellement, répondit Aiden.

— Mais il peut faire de notre vie un enfer si nous n'obéissons pas, renchérit Sean.

Aiden passa une main dans ses cheveux blonds coupés en brosse. Il portait un pantalon bleu marine, une chemise blanche avec une cravate également bleu marine et une veste en velours côtelé. Son insigne de policer était fixé à sa ceinture.

— Vous avez manifestement dérangé deux agents importants.

— Pourquoi ? Qui diable est Tristan Rourke ? Qu'est-ce qu'il a fait ?

— Il y a un problème avec Tristan ? demanda Preston, sur le pas de la porte.

À son expression, je devinai que le cowboy solitaire ne s'était pas montré.

Sean lui fit signe d'entrer. Comme elle écrivait un article sur Meaghan, elle était en droit d'être informée.

— Tristan Rourke est soupçonné d'avoir commis le plus grand nombre de vols d'œuvres d'art des États-Unis, expliqua le policier. Résidences privées, musées, peu lui importe. Il a dévalisé le Heinz, le Mayhew…

Preston écarquilla les yeux et s'assit.

Le Mayhew était un petit musée privé de Boston qui détenait parmi les plus belles œuvres du monde. Trois ans plus tôt, il avait fait l'objet d'un cambriolage. Les toiles volées valaient des millions de dollars. La police n'avait trouvé aucun indice, aucune piste, et elle n'avait arrêté aucun suspect. L'affaire du siècle.

— Comment sait-on que Tristan est derrière tout ça ? demanda Sean.

— Et pourquoi ne l'ont-ils pas appréhendé ? ajouta Preston.

— Je ne suis que le porte-parole, répliqua Aiden. Je ne sais rien de ce dossier.

— Mais tu peux te renseigner ? demandai-je avec espoir.

— Je peux fouiner.

— Sean, il faudra le dire à Meaghan, repris-je.

— Naturellement, intervint Preston.

— Tu n'es pas avide de sa réaction et de ses déclarations, j'imagine, raillai-je.

— Rabat-joie, maugréa-t-elle.

Aiden sourit. Preston semblait l'amuser plus qu'autre chose.

Je décidai d'ignorer la jeune femme. C'était parfois l'attitude la plus raisonnable.

— Quoi que vous fassiez, soyez prudents. Vous jouez avec le feu, prévint-il en s'apprêtant à partir.

— Tu t'en vas déjà ? Qu'as-tu déniché sur Mac ?

— Je n'en sais guère plus que vous sur Mac Gladstone, mais j'attends des nouvelles du dossier médical. Il y a un détail qui attire l'attention.

— Lequel ?

— Il a retiré neuf mille dollars de son compte en banque tous les mois pendant six mois. Une partie est allée à sa fille et son gendre, une sorte d'allocation mensuelle, mais on ne sait rien pour le reste, environ cinq mille dollars par mois.

— Pourquoi ? demanda Sean, impressionné.

— On n'a aucune certitude. Mais nous avons déjà connu de tels schémas.

Soudain, je n'eus plus d'appétit pour mon sandwich tant l'angoisse m'étreignait.

— Quel genre de schémas ?

— Des affaires de chantage. À mon avis, Mac Gladstone achetait le silence de quelqu'un.

10

La révélation d'Aiden mettait à mal notre théorie du suicide. Si Mac était victime d'un chantage, peut-être avait-il disparu volontairement. À moins qu'il n'ait mis en scène sa propre mort.

Il devait être au désespoir pour laisser derrière lui sa petite-fille adorée, qui était morte d'inquiétude. Sans parler de Rufus.

Mais qui pouvait lui soutirer de l'argent ? D'après sa famille et ses amis, il n'avait aucun ennemi.

Sean, Preston et moi réfléchissions aux hypothèses envisageables.

— Aurait-il fraudé le fisc ? suggérai-je.

Preston leva les yeux au ciel.

— Ce n'est pas si grave. D'après nos sources, Mac pèse plus de cinquante millions. Il a les moyens de payer ses impôts.

Sean s'installa à mon bureau, nous tournant le dos pour effectuer quelques recherches sur le cambriolage du Mayhew. Depuis la visite d'Aiden, il était silencieux. Bien trop silencieux.

J'appelai Meaghan Archibald, mais je tombai sur la boîte vocale. Je la priai de me rappeler.

— Et si Jemima était le fruit d'une relation illégitime ? proposa Preston. Lucy, on ne parle pas de ta famille.

— Très drôle, maugréai-je en encaissant ce coup bas.

— Comment va Cutter, au fait ? demanda-t-elle.

— Il va bien.

— Combien de temps sera-t-il absent de Boston ?

Elle examina ses ongles comme si elle se moquait éperdument de ma réponse, mais quelque chose dans le ton de sa voix m'incita à l'observer de plus près.

Elle avait les joues légèrement empourprées.

— Pourquoi cela t'intéresse-t-il autant ? demandai-je.

— Qui dit que cela m'intéresse ?

En me voyant ramasser mon sac pour ranger le dossier de Meaghan, Thoreau s'agita sur son coussin, dans un coin de la pièce.

— Moi, répondis-je sans ambiguïté.

— Moi aussi, intervint Sean.

Elle se leva et lissa son pantalon.

— Eh bien, vous vous trompez tous les deux, protesta-t-elle. Tu as trouvé quelque chose, Sean ?

Voilà qu'elle détournait la conversation.

— Aucune œuvre du Mayhew n'a été récupérée, répondit-il en tapotant l'écran. Il y avait des Van Gogh, des Monet, mais aussi des pièces plus récentes d'Andy Warhol. Plusieurs bijoux anciens ont aussi été dérobés dans une exposition, dont un diamant rose d'une valeur de plus de deux millions. Il y avait plusieurs œuvres de Norman Rockwell et…

Il s'interrompit brutalement.

— Quoi ? demandai-je.

— Deux gravures étaient des Mac Gladstone.

— Mac ? Il ne peut s'agir que d'une coïncidence. Ce vol remonte à trois ans.

Preston se pencha sur l'épaule de Sean pour regarder l'écran.

— Une journaliste ne croit pas aux coïncidences, déclara-t-elle.

— Très bien, mademoiselle la journaliste, quelle est ta théorie ? m'enquis-je.

Elle fronça les sourcils.

— Je n'en ai pas vraiment. Je ne crois pas aux coïncidences, c'est tout. De plus, mes moyens sont limités. Vous, vous êtes détectives. Vous n'avez qu'à trouver la solution. Faites-moi signe quand vous aurez réussi, que je rédige un article.

Elle se dirigea vers la porte.

— Je retourne au parc pour voir si le cowboy solitaire a procédé à une distribution, reprit-elle. Préviens-moi si Meaghan donne signe de vie, d'accord ?

— Promis, répondis-je.

À la sortie de la jeune femme, Thoreau leva de nouveau la tête, puis se rendormit. Sean éteignit l'ordinateur et s'approcha de moi.

— Qu'est-ce qui te tourmente ? lui demandai-je en caressant son front soucieux.

Il me prit dans ses bras et me serra contre lui.

— Ce dossier. J'ai un mauvais pressentiment.

— Nous avons des clauses qui nous permettent de nous retirer. Il nous suffit de lui rembourser sa provision. Si tu es à ce point contrarié, autant laisser tomber.

— Non, dit-il en m'embrassant dans le cou. Pas encore. Pas avant d'avoir plus d'informations sur Tristan.

En prononçant son nom, Sean se crispa. La veille, il avait déjà réagi de la sorte. Je m'écartai pour le regarder dans les yeux.

— Qu'est-ce qui t'a troublé, hier, quand Preston a suggéré que, compte tenu de son enfance, Tristan n'était sûrement pas devenu un citoyen respectable ?

— Je n'étais pas troublé.

Il m'embrassa et s'écarta de moi.

En le regardant ranger ses documents et prendre Thoreau dans ses bras, je ne pus m'empêcher de me demander pourquoi il me mentait.

Afin d'obtenir des renseignements sur Tristan, nous étions en route pour Squantum, une petite péninsule située entre le port de Boston et Quincy Bay.

Les Spero, les parents d'accueil de Tristan et Meaghan lorsqu'ils étaient adolescents, vivaient dans un quartier modeste et familial aux rues bordées d'arbres. Sean gara la voiture près d'une énorme congère haute de plus d'un mètre.

Le soleil déclinait à l'horizon. Je me plongeai dans le dossier de plus en plus fourni pour rafraîchir mes connaissances. D'après ce que nous avions réussi à glaner, Anthony Spero avait passé toute sa carrière dans la sidérurgie, mais il était désormais invalide à la suite d'un accident du travail au chantier naval de Quincy. Sa femme, Mary Ellen, née Murphy, avait un emploi à plein temps de bibliothécaire à la bibliothèque Thomas Crane, à Quincy. Ils n'avaient pas d'enfants. Ils avaient contracté un crédit pour acheter un pick-up. En revanche, la maison appartenait à Catherine Murphy, la sœur de Mary Ellen. Les Spero y vivaient depuis neuf mois. Leur ancienne maison de Jamaica Plain avait été saisie quand Anthony avait dû cesser de travailler.

Je refermai le dossier et le rangeai dans mon sac. Puis je caressai les oreilles de Thoreau, qui bâilla en faisant sortir sa petite langue rose.

Nous espérions que Mary Ellen et Anthony Spero nous donneraient leur version de ce qui était arrivé huit ans plus tôt. Cette version correspondrait-elle aux déclarations de Meaghan et aux informations publiées dans les journaux ?

— On y va ? me demanda Sean.

Thoreau se leva d'un bond en agitant sa queue minuscule.

— Pas toi ! m'exclamai-je en ouvrant légèrement la vitre.

Je l'enveloppai d'une couverture avant de sortir de la voiture.

La maison était modeste, sans doute construite dans les années 1950, peinte en beige foncé avec une frise plus claire. L'allée en béton menant à la porte d'entrée était craquelée.

À peine Sean eut-il frappé qu'un homme apparut sur le seuil, occupant toute l'embrasure de sa corpulence. Une bedaine flasque se devinait sous son T-shirt blanc et son pantalon de jogging était trop lâche, comme s'il avait perdu du poids dernièrement.

— Oui ? bougonna-t-il.

— Anthony Spero ? fit Sean.

— Ouais, c'est pour quoi ?

Il avait une tête à faire la tournée des bars tous les week-ends en parlant très fort, surtout de lui-même. Le genre de personnage peu fréquentable. J'avais de la peine pour sa femme.

— Nous aimerions vous parler, ainsi qu'à votre épouse, annonçai-je en affichant un large sourire. À propos de Tristan Rourke et Meaghan Ar…

Je m'interrompis car il ne connaissait peut-être pas son nom d'adoption.

— Chaney, repris-je.

— Vous êtes qui ?

Sean lui tendit sa carte de détective.

— Nous cherchons Rourke.

D'un geste, Spero nous fit signe d'entrer. Il ne retint pas la porte. Dans la minuscule cuisine, il ouvrit le réfrigérateur.

— Il ne reste qu'une seule bière, dit-il en la décapsulant. Vous voulez un verre d'eau ?

Face à cet effort, je me retins de sourire.

— Non merci.

À l'expression tendue de Sean, je devinai qu'il n'appréciait pas du tout le personnage.

— Pourquoi vous le cherchez, ce voyou de Rourke ? demanda Spero en gagnant le salon d'un pas traînant.

Il s'écroula dans un fauteuil couvert d'une housse et posa sa bouteille sur son ventre.

— Rien de tel qu'un bon fauteuil. Ici, ce n'est pas chez moi. C'est la maison de la sœur de ma bonne femme. On est là depuis plusieurs mois, mais c'est provisoire. Le temps de trouver un logement à nous. Ça fait une sacrée économie. C'est Meaghan qui vous a dit qu'on était là ?

Les murs rose pâle et les meubles anciens conféraient à la pièce une atmosphère féminine un peu surannée. Je remarquai quelques antiquités de choix, des chaises en acajou et une élégante table de style géorgien. Spero était certainement incapable d'apprécier leur qualité.

— C'est le service des immatriculations, répondit Sean en s'asseyant sur un divan. Mary Ellen a signalé le changement d'adresse.

Le visage de Spero se crispa comme s'il avait des difficultés à assimiler cette information. Il se gratta le ventre. Il arborait une barbe poivre et sel de trois jours. En le regardant, je ne pus m'empêcher de penser à un malfrat. Il fallait vraiment que j'arrête de lire les journaux à scandale chez le coiffeur.

— Mary Ellen est là ?

— Non. Elle rentre tard toute la semaine. Elle travaille en heures sup. On a besoin d'argent.

— Vous voyez souvent Meaghan ? s'enquit Sean en recentrant la conversation.

— Moi ? Non. Mary Ellen lui parle encore de temps en temps. Elle croit que je ne suis pas au courant. Mais je la laisse faire.

— Vous la laissez faire ? répéta Sean.

— Ces gosses avaient de gros problèmes, déclara Spero en posant un index sur sa tempe. On n'a pas besoin qu'ils viennent se mêler de notre vie. Elle nous a écoutés ? Non. Voilà pourquoi les femmes ne devraient pas prendre de décisions. Si j'avais eu le choix, ces gosses seraient restés dans leur trou à rat.

Sean paraissait sur le point de se jeter sur lui. Je posai une main sur sa cuisse. Il irradiait de colère. Que lui arrivait-il donc en ce moment ?

— Ces gamins ne sont que des pleurnichards, des sangsues. Il n'y a qu'un seul avantage à les avoir eus ici.

— Lequel ? maugréa Sean, les dents serrées.

— Le fric. Ça rapportait pas mal, à l'époque. On en aurait bien besoin, aujourd'hui.

— Pourquoi n'êtes-vous plus famille d'accueil ? demandai-je.

Il écarquilla les yeux.

— Parce que j'ai besoin de respirer, tiens ! Quand Rourke a voulu me faire la peau, j'ai levé le pied. C'était le plus beau jour de ma vie en fait.

Je le voyais très bien raconter cette histoire dans un bar, ricanant avec ses amis.

— Le jour où il a tenté de vous étrangler, vous voulez dire ? demandai-je, incapable de m'en empêcher.

Il inclina la tête comme pour me jauger.

— Non, ma belle. Le jour où je les ai mis à la porte à coups de pied où je pense.

— Et Mary Ellen ? demanda Sean.

— Elle s'en est remise.

Manifestement pas puisqu'elle était restée en contact avec Meaghan.

— Savez-vous si Mary Ellen est aussi en relation avec Rourke ?

Une lueur de rage naquit dans son regard.

— Elle n'a pas intérêt à lui adresser la parole, sinon elle va le regretter.

J'eus envie de lui demander ce qu'il lui ferait, mais je me retins de peur d'entendre sa réponse.

Je fis signe à Sean et me levai. C'était à Mary Ellen que nous devions parler pour découvrir ce qui s'était passé huit ans plus tôt.

Anthony Spero était parfaitement inutile à notre enquête.

11

En descendant les marches du perron, je pris garde de ne pas glisser sur le verglas.

— Tu veux faire un saut à la bibliothèque avant de rentrer à la maison ?

À la maison…

Comment ce simple mot pouvait-il être si fort de sens désormais ?

Sean passait tout son temps libre chez moi. Il avait de la place dans mon armoire, sa brosse à dents à côté de la mienne et deux tiroirs dans mon bureau. Il maîtrisait à merveille les caprices du robinet d'eau chaude de ma douche et savait mettre en marche mon lave-linge.

Ma maison était aussi la sienne, alors pourquoi ne pas officialiser ?

Ah oui, la malédiction…

Elle m'empoisonnait décidément l'existence.

— C'est sur le chemin, dit-il, toujours contrarié.

— Tu as l'intention de m'expliquer ce qui ne va pas ? demandai-je en me tournant vers lui.

— Qu'est-ce que tu veux dire ?

— Manifestement, tu es furieux.

— Ce type est une ordure, Lucy.

— Il n'y a pas que cela. Depuis que nous avons accepté cette affaire, tu n'es plus toi-même.

— Il se fait tard. On devrait y aller.

Même dans la pénombre, je lisais de la souffrance dans ses yeux. Quelle en était la raison ? Si seulement j'avais eu le pouvoir de l'apaiser. Mon cœur se serra, mais ce n'était ni le lieu ni le moment de le pousser dans ses retranchements. Me voyant trébucher, il me retint par le bras. Je sentis la pression de sa main à travers le tissu de mon manteau et ne pus réprimer un frisson qui se propagea jusqu'au bout de mes doigts.

— Eh bien, fit-il, conscient de mon trouble.

— Regarde ! m'exclamai-je alors en désignant la voiture.

Non seulement les portières en étaient grandes ouvertes, mais Thoreau n'était plus là.

Le temps d'assimiler la situation et de sortir de notre torpeur, Sean me lâcha et se précipita vers le véhicule. Il se pencha vers l'intérieur de l'habitacle.

— Il a disparu, annonça-t-il d'un ton désolé, quelques secondes plus tard. J'avais verrouillé les portières, non ? Je m'en souviens.

Je me souvenais avoir entendu un déclic.

— Ont-ils emporté autre chose ?

— Non. Il ne manque rien, apparemment.

Sean ouvrit le coffre et en sortit deux lampes torches.

Heureusement que je n'avais pas laissé mon sac dans la voiture.

— Le salaud, maugréa Sean dans sa barbe. Mieux vaut se séparer. Cherche des traces dans la neige au cas où Thoreau se serait enfui tout seul. Il n'a peut-être pas été volé.

Mon cœur se serra de plus belle. Thoreau était un yorkshire de pure race susceptible de rapporter pas mal d'argent à un vendeur à la sauvette.

73 moins 5 égale 69. Non. 68.

Même le calcul mental ne parvenait pas à me calmer.

Je m'éloignai dans la rue en appelant le chien. Les rares réverbères n'éclairaient guère le quartier. Je braquai ma torche sur les pelouses en quête d'un signe. Je ne vis rien, pas une trace.

Vingt minutes plus tard, je cherchais encore, arpentant les rues, avant de retourner à la voiture. Ravalant une nausée, je regardai à l'intérieur. La laisse du chien n'était plus là. Il était détaché lorsque nous l'avions laissé dans la voiture. Cela ne faisait plus aucun doute, quelqu'un avait fracturé le véhicule pour dérober Thoreau.

Découragée, je m'appuyai contre la portière, au bord des larmes. J'étais très attaché à ce petit chien. Comment avait-il pu se volatiliser ? Et je ne pouvais même pas exploiter mes capacités extra-sensorielles pour le retrouver.

Je ne pus m'empêcher d'éclater en sanglots. En voyant Sean s'approcher en courant, dérapant sur le verglas, je tentai de me ressaisir.

— Tu as trouvé quelque chose ? me demanda-t-il.

Incapable de contenir mon chagrin, je secouai la tête. Il me prit dans ses bras et me serra contre lui.

— On va le retrouver, promit-il en m'embrassant sur la tempe.

— Sa laisse a disparu. Quelqu'un l'a enlevé, c'est certain.

Sean passa une main dans ses cheveux, puis un sourire naquit sur son visage, creusant une fossette sur sa joue. Il chassa mes larmes de son pouce.

— Pourquoi souris-tu ? bredouillai-je.

— Tu peux le trouver.

Sean connaissait les spécificités de mon don. Je n'avais de visions que pour les objets perdus, pas pour les êtres vivants. Je voulus le détromper :

— Mais non, je ne peux pas.

Il me prit par les épaules.

— La laisse, Lucy.

La laisse ! Je pouvais effectivement en avoir une vision en passant par Sean car elle lui appartenait. Mon cœur se mit à battre la chamade. Je n'avais jamais tenu sa main pendant plus de quelques secondes et, dans ces moments-là, je ne voyais que nous deux. Étais-je capable de fonctionner normalement avec lui ?

— Tu penses y arriver ? me demanda-t-il, devinant mon appréhension.

Prise de sueurs froides, j'ouvris mon manteau et déroulai mon écharpe.

— Je l'ignore, mais nous n'avons rien à perdre, de toute façon.

— Tu te sens bien ? Tu es pâle. Tu n'es pas obligée de faire ça, tu sais. Je vais alerter la police, distribuer des tracts…

Je posai un index sur ses lèvres.

— Arrête, il faut essayer. Pense à Thoreau. Grendel ne me pardonnerait jamais de m'être défilée.

Mon chat était en effet amoureux du chien de Sean. J'avais intérêt à le ramener sain et sauf à la maison.

« Maison ». Décidément, ce mot me poursuivait.

— Tu te préoccupes plus de ton chat que de moi, constata Sean non sans humour.

— Eh oui, il y a des priorités, lui répondis-je du tac au tac.

Il me sourit en me tendant la main, paume vers le haut. Je me concentrai puis lui donnai mes indications :

— Pense à cette laisse, d'accord ? Efforce-toi de rester concentré dessus. Aucune autre idée ne doit s'insinuer dans ton esprit.

— Comme toi et moi ce soir, enlacés devant la cheminée, par exemple ?

— Par exemple, répondis-je en lui donnant une tape sur le bras.

— Je vais faire de mon mieux, promit-il, mais j'ai cette idée en tête maintenant.

Je fermai les yeux.

— Prêt ?

— Oui.

— Bien.

Mon bras se mit à trembler tandis que je plaçais doucement ma paume contre la sienne. Aussitôt, j'eus le souffle coupé. Des clichés me vinrent peu à peu, comme toujours lorsque nos mains se rencontraient.

Je vis d'abord Thoreau, dont l'image se mêla à d'autres de Sean et moi, dans ma maison. Les deux scènes se heurtèrent, puis se dissipèrent. Il me restait à réunir les pièces du puzzle. Une voiture noire. Moi en peignoir. La plaque d'une rue. Sean allongé dans la neige. Un Thoreau frétillant. Je me penche sur le corps inerte de Sean. Ses yeux bleus sont fixes. Il a le cœur brisé.

Pantelante, j'écartai ma main de la sienne.

— Lucy ? demanda Sean en prenant mon visage dans ses mains. Que se passe-t-il ? Qu'as-tu vu ?

Je me penchai vers lui pour sentir les battements de son cœur. En percevant leur rythme régulier, j'eus les larmes aux yeux. J'avais ressenti une telle souffrance, l'espace d'un instant.

Sean m'attira dans ses bras. Dès que je me fus ressaisie, je levai les yeux vers lui :

— Il nous observe, murmurai-je.

— Qui ? Spero ? demanda Sean en se crispant de plus belle.

— Tristan Rourke. Et c'est lui qui détient Thoreau.

— Où ça ?

— De l'autre côté de la rue, un peu plus loin. Dans une voiture noire stationnée. Il nous surveille depuis le départ.

La voiture en question avait des vitres teintées. Sean se précipita dans sa direction. Je lui emboîtai le pas. À ma grande surprise, je vis la portière du conducteur s'ouvrir. Tristan Rourke nous applaudit, tenant Thoreau sous son bras.

— Bravo ! lança-t-il en posant le chien à terre.

Sean l'appela aussitôt. Il courut vers son maître, se jeta dans ses bras et se mit à lui lécher le menton.

Rourke s'avança vers nous d'un air désinvolte.

— Très impressionnant, commenta-t-il. Désolé d'avoir enlevé votre chien, mais j'ai lu un article sur vos capacités de voyance, mademoiselle Valentine, et j'ai eu envie de les mettre à l'épreuve. N'y voyez aucune attaque personnelle, aucune malveillance.

Il avait un certain charme et une assurance à toute épreuve. Ses cheveux blonds un peu trop longs lui donnaient un air juvénile. Avec son regard bleu très amical, il ne correspondait en rien à l'idée que l'on se fait parfois d'un criminel. Je lui aurais même donné le bon Dieu sans confession.

Je tendis la main vers Thoreau, tellement soulagée de le voir sain et sauf que je n'arrivais pas à me mettre vraiment en colère.

— Il paraît que vous voulez me parler, reprit Rourke en s'asseyant sur le capot de sa voiture, qui n'avait pas de plaque d'immatriculation à l'avant. Vous allez me trouver bien curieux, mais j'aimerais beaucoup savoir ce que me veut une personne qui gagne sa vie en retrouvant des amoureux perdus de vue.

Je me mis à trembler comme une feuille.

— Et si nous allions nous mettre au chaud ?

— Désolé, mais je n'ai pas beaucoup de temps, répondit Tristan avec un sourire étincelant. Parlez maintenant ou taisez-vous à jamais, comme on dit.

Je ne savais pas vraiment quoi lui raconter. Meaghan ne m'avait pas encore rappelée, de sorte que j'ignorais si elle souhaitait une entrevue avec lui. Mieux valait jouer la prudence.

— Meaghan nous a engagés pour vous retrouver. Meaghan… Chaney.

Aussitôt, il écarquilla les yeux, puis il pâlit.

— Qu'est-ce que c'est que cette plaisanterie de mauvais goût ? demanda-t-il d'une voix brisée.

— Ce n'est pas une plaisanterie, assura Sean, qui l'observait de près.

En proie à une angoisse manifeste, Rourke nous dévisagea tour à tour.

— Meaghan est morte.

— Comment ? m'exclamai-je.

— Elle s'est suicidée il y a huit ans.

— Non, répondis-je. Elle a survécu.

— Vous mentez !

— Pourquoi vous mentirions-nous ? s'enquit Sean.

Je sentis mon cœur se serrer.

— Elle est été admise dans un hôpital, puis soignée, avant d'être adoptée par un médecin qui s'était attaché à elle. Meaghan est bien vivante, Tristan.

Rourke s'accroupit, tête baissée, le souffle court.

— Il m'a dit qu'elle était morte et que c'était de ma faute.

Intrigué, Sean se tourna vers moi, puis lui demanda :

— Qui vous a dit une chose pareille ?

— Spero.

— Quand ?

— Ce jour-là, quand je suis rentré. Je n'avais que dix-sept ans. Je l'ai cru.

Il se redressa et poussa un cri de douleur déchirant.

— Pourquoi l'ai-je écouté ? Ma vie aurait été tellement différente, si je ne l'avais pas cru.

Les pièces du puzzle se mirent en place. Tristan s'était présenté chez les Spero après avoir été libéré sous caution à la suite du vol de la robe de soirée. Il savait ce qui était arrivé à Meaghan, et Spero, cette ordure, ce malade, avait affirmé au jeune homme qu'elle était morte. Ivre de douleur, il s'était jeté sur son père d'accueil et avait même failli le tuer.

— Pourquoi a-t-il fait une chose pareille ? demanda Tristan.

— Je l'ignore, avouai-je.

— Et elle vous a chargés de me retrouver ? répéta-t-il, toujours sceptique.

En lui expliquant l'objectif de mon agence, je remarquai que ses mains tremblaient.

— Elle est vraiment en vie ?

— Oui, vraiment, répondis-je en prenant le bras de Sean.

— Comment puis-je la joindre ? demanda le jeune homme. Je veux l'appeler tout de suite, donnez-moi son numéro.

— C'est impossible, dis-je.

Face à son regard courroucé, je compris à quel point il pouvait être dangereux sous ses airs de gentil garçon.

— Excusez-moi, mais je croyais que des retrouvailles étaient prévues.

— Si vous nous donnez vos propres coordonnées, nous les transmettrons à Meaghan. À elle de décider de vous contacter ou pas.

— Mais c'est elle qui me recherche.

— Elle n'est pas au courant de... votre choix de carrière, dis-je en cherchant les mots justes. Nous-mêmes ne l'avons appris que cet après-midi. Mais donnez-nous donc votre numéro.

En cette froide soirée, de la buée s'échappa de ses lèvres alors qu'il rétorquait :

— Je suis désolé mais, comme vous vous en doutez, je garde secrètes mes données personnelles, dit Rourke en montant en voiture. J'obtiendrai le numéro de Meaghan d'une façon ou d'une autre.

Ces paroles ne me disaient rien qui vaille.

— Avez-vous quelque chose à nous dire sur Mac Gladstone ? intervint Sean.

— Je connais ses œuvres d'art, répondit-il, sincèrement surpris.

Je n'en doutais pas.

— Il a disparu depuis un mois. Vous n'auriez pas une idée de l'endroit où il se trouve ? insista Sean.

Tristan afficha un sourire, puis il leva les mains en signe de reddition.

— Ça, ce n'est pas de mon domaine, mon vieux.

Face à son étonnement manifeste, j'eus envie de le croire. En revanche, il était facile de se faire manipuler par ce genre de personnalité et d'oublier le criminel qui se cachait derrière sa façade.

Rourke se tourna soudain vers la petite maison beige. Je regardai à mon tour par-dessus mon épaule, Anthony Spero nous épiait derrière la fenêtre de son salon.

Le regard meurtrier, Rourke monta en voiture, puis il fit demi-tour et s'éloigna.

Sean poussa un long soupir.

— Tu crois que nous devrions mettre Spero en garde ? me demanda-t-il.

Tristan venait d'apprendre qu'il lui avait menti des années plus tôt, et que la fille dont il était amoureux n'était en fait pas morte. Il aurait pu être heureux avec elle. Anthony Spero n'était décidément pas un homme honorable.

— Non, mais il faudrait peut-être en toucher deux mots à sa femme.

En vérité, j'avais simplement envie de rentrer à la maison et d'oublier tout cela.

À la maison.

Je ne pouvais chasser de mon esprit une sourde appréhension, car je n'avais pas raconté à Sean tous les détails de ma vision.

Certaines images en étaient bien trop angoissantes.

12

Vieille bâtisse impressionnante avec ses pierres et ses vitraux, la bibliothèque Thomas Crane se trouvait non loin du centre de Quincy. Sean glissa une pièce dans le parcmètre tandis que j'enveloppai Thoreau dans sa couverture.

— Prends garde à ne pas te faire enlever cette fois, tu m'entends ?

En guise de réponse, il me lécha le nez, ce que je pris pour un « oui ».

Sean s'assura que le véhicule était bien verrouillé, puis il me prit par les épaules.

— Ce n'est pas exactement ce que j'avais prévu pour ce soir.

— Et qu'envisagiez-vous, monsieur Donahue ?

— Ceci, murmura-t-il en se penchant pour déposer des baisers furtifs dans mon cou.

— C'est tout ?

— Tu peux négocier, répondit-il en ouvrant la porte de la bibliothèque. Je suis corruptible.

Ce moment de complicité atténua le côté sombre de ma vision.

— Belle mentalité.

À l'intérieur, je me renseignai auprès d'une réceptionniste des plus austères pour savoir où travaillait Mary Ellen. Son badge indiquait son nom : Abigail A.

— C'est personnel ou professionnel ? demanda-t-elle, les lèvres pincées.

C'était personnel pour elle et professionnel pour nous.

— Professionnel, répondis-je en détournant quelque peu la vérité.

J'affichai une assurance que j'étais loin de ressentir. Avec son chignon, ses petits yeux de fouine et son menton pointu, Abigail ne semblait pas très complaisante.

Elle me toisa d'un air signifiant qu'elle ne me croyait pas.

Je n'étais pas si bonne menteuse finalement.

Je ne voulais pas trahir mes véritables intentions. Cette femme était certainement capable de me faire avouer tous mes petits arrangements avec la vérité.

Sean dégaina son sourire irrésistible :

— Il est très important que nous puissions lui parler.

Abigail se détendit aussitôt. Comme d'habitude, la fossette de Sean avait encore frappé.

— En haut, indiqua-t-elle alors. Chez les enfants.

— Tu sais, dis-je à Sean en gravissant les marches, tu uses d'armes déloyales.

— Tu as ton don, et moi le mien.

Je pouvais effectivement attester de son talent de séduction.

— Modeste, avec ça, raillai-je en le dépassant. Allez, on fait la course.

En arrivant au sommet, je fis volte-face. Aussitôt, mon cœur cessa de battre.

Sean était plié en deux, se tenant la poitrine, hors d'haleine.

— Sean ! m'exclamai-je en me précipitant vers lui. Qu'est-ce que tu as ?

Oh non ! Je savais que ce jour viendrait. N'avais-je pas appris les gestes qui sauvent pour ce type d'incident ?

Et j'avais tout oublié. Le bouche-à-bouche, le massage cardiaque, tout s'était envolé.

Il leva les yeux vers moi en me tirant la langue, puis il se précipita pour gravir les dernières marches quatre à quatre.

— Gagné !

— Tu n'es pas drôle, protestai-je. Tu m'as fait à moitié mourir de peur !

J'en avais encore des palpitations. Je pensai à ma vision de Sean livide, inerte, sans vie. Mais la scène se déroulait chez moi, et non ici. Je savais donc qu'elle se produirait dans l'avenir.

— Seulement à moitié ? J'espérais compter davantage à tes yeux.

Les mains tremblantes d'émotion, je lui donnai une tape sur le bras.

— En ce moment, tu ne comptes plus le moins du monde.

Il m'embrassa néanmoins tendrement.

— Et maintenant ?

— Je vais réfléchir.

Il m'embrassa encore, avec plus de fougue.

— Et maintenant ?

— C'est un peu mieux.

En réalité, j'avais les jambes en coton.

— Je suis désolé, Lucy. Je ne recommencerai plus.

— C'est promis ?

— Promis, dit-il d'un ton grave.

Je le croyais. Ce qui voulait dire que le malaise de ma vision deviendrait réalité. Je ravalai mes larmes.

— Très bien, tu comptes à mes yeux, mais rien qu'un peu, admis-je.

Presque deux ans plus tôt, Sean était pompier à Boston. Il était en intervention sur un accident de la circulation quand il avait perdu connaissance.

Il était resté comme mort.

Par miracle, il avait été ranimé et vivait désormais grâce à un défibrillateur. Hélas, il avait dû changer de vie et de métier.

Son défibrillateur pouvait connaître une défaillance, son cœur fragile lâcher à tout moment. Ces craintes ne me quittaient pas, surtout depuis ma vision.

— Qu'est-ce que c'est que ça ? demanda-t-il en séchant mes larmes de son pouce. Lucy, je regrette, sincèrement.

— Je t'aime, murmurai-je.

— Moi aussi, je t'aime, Lucy Valentine.

Il me prit dans ses bras et m'embrassa tendrement. J'avais si souvent rêvé d'un tel baiser, si plein d'amour et de promesses d'avenir, d'une maison, d'une famille, d'un bonheur sans faille.

Au plus profond de mon âme, je ressentis une douleur, mais il ne fallait pas céder, pas aujourd'hui. Il fallait profiter de l'instant présent.

— Excusez-moi, fit une voix tandis qu'on me tirait par la manche.

Je m'écartai vivement de Sean.

Deux yeux bleus nous observaient. C'était une femme d'environ cinquante ans aux cheveux blond vénitien, très frêle, aux traits délicats. Sa petite carrure ne l'empêchait pas de porter plusieurs rangées de perles, des boucles d'oreilles assorties, ainsi que plusieurs bagues. Elle souriait, et ses yeux pétillaient presque autant que ses énormes boucles d'oreilles.

— Les romans d'amour, c'est en bas, dit-elle avec un clin d'œil complice.

— Pardon, bredouilla Sean.

Elle fit mine de s'éventer le visage.

— Je m'étonne que vous n'ayez pas déclenché l'alarme incendie tous les deux.

— Nous sommes vraiment désolés, ajoutai-je.

— Ce n'est rien, assura-t-elle avec un geste désinvolte. Mais ce n'est pas l'endroit rêvé pour une telle démonstration de… disons d'affection.

Je scrutai les alentours. La bibliothèque était tapissée de bois sombre, baignée d'une lumière douce. Plusieurs personnes nous regardaient fixement. Dans un coin, un homme âgé leva un pouce comme pour féliciter Sean.

Je rougis de plus belle.

— Nous cherchions la section des livres pour enfants.

— Vraiment ? fit l'employée en arquant les sourcils.

— Nous nous sommes laissé distraire par l'escalier, son cœur et...

Je me tus. Inutile d'entrer dans les détails.

— Ce que Lucy essaie de vous dire, c'est que nous cherchons Mary Ellen Spero, déclara Sean, réprimant avec peine son hilarité.

Sur le badge de l'employée était inscrit « Catherine M. ».

— Seriez-vous Catherine Murphy, la sœur de Mary Ellen ? repris-je.

Elle nous fit signe de la suivre. Dans la section des enfants, j'avais l'impression d'être Gulliver, au milieu de tables et de chaises miniatures. De jeunes visages nous observaient d'un air intrigué tandis qu'une voix apaisante racontait une histoire.

Le groupe de bambins captivés écoutait la lectrice. Assez corpulente, avec un visage doux et des yeux tristes, Mary Ellen me plut aussitôt, peut-être parce que je connaissais les épreuves qu'elle endurait depuis vingt ans.

— Elle termine sa lecture dans dix minutes, nous annonça Catherine. Qui êtes-vous ?

Sean lui tendit une carte et lui parla de Tristan Rourke. Elle crispa un poing rageur et son regard se voila. D'un signe de tête, elle désigna un coin de la pièce où deux bureaux collés l'un en face de l'autre formaient un espace de travail. En s'asseyant à son poste de travail, elle déclara :

— Je savais bien que j'entendrais à nouveau parler de lui, mais plutôt il y a trois ans, quand il est sorti de prison.

— Vous pensiez qu'il viendrait s'en prendre une nouvelle fois à Anthony ? demandai-je en m'installant en face d'elle.

Sean en fit autant.

— Absolument. Et je l'aurais compris. J'ai su ce qu'Anthony lui avait infligé et c'est impardonnable.

— C'est le moins que l'on puisse dire, confirma Sean. Tristan n'est pas un garçon violent par nature.

Le bureau était jonché d'ouvrages les plus divers. Dans un coin, une pile de romans classiques, dont *Mansfield Park* de Jane Austen. En dessous, une tranche jaune vif attira mon attention, *Le Guide du scénario catastrophe*. Je le feuilletai avec curiosité, un sourire aux lèvres. On y apprenait à résoudre à peu près tous les problèmes : faire atterrir un avion, courir sur le toit d'un train, se battre contre un alligator...

Je reposai le livre pour me tourner vers *Mansfield Park*, le seul titre de Jane Austen dont je n'étais pas folle.

— Ne pensez-vous pas, monsieur Donahue, que chacun a ses limites ? Qu'au-delà d'un certain point, la souffrance appelle une réaction ? Je suppose que oui, puisque vous êtes là.

L'espace d'un instant, j'eus l'impression qu'elle ne parlait pas de Tristan.

Sean hocha la tête.

— Nous voulions vous mettre en garde. Tristan connaît désormais la vérité, déclarai-je. Il sait aussi que Meaghan cherche à le retrouver et à renouer avec lui.

— Il sait où j'habite ?

Sean parut un peu gêné.

— Il a dû nous suivre.

— Je vois. Je vais devoir faire des réservations dans un hôtel. Je ne suis pas rassurée à l'idée de rentrer chez moi ce soir. Tristan n'aurait aucun mal à mettre le feu à la maison pendant notre sommeil. Ou bien il pourrait entrer par effraction. C'est une vieille bâtisse. Les serrures ne sont pas très solides, les fenêtres non plus. Je n'ai pas de système d'alarme, pas même un chien. Je n'en ai jamais ressenti le besoin. C'est un quartier tranquille. Du moins, c'était un quartier tranquille.

— Madame Murphy, fit Sean, mais elle l'interrompit d'un geste.

— Non, non, tout va bien. Je suis un peu secouée, voilà tout. Je vais appeler un hôtel. Anthony nous rejoindra ici. Vous croyez que Tristan pourrait le suivre ? ajouta-t-elle d'un air pensif.

J'eus envie de la rassurer, de lui dire que Tristan ne lui ferait aucun mal. Hélas, au fond de moi, je sentais la colère du jeune homme, son besoin de se défouler à l'idée du bonheur dont il avait été privé. Catherine avait sans doute des raisons de se méfier.

— Mieux vaut qu'il se montre prudent, déclara Sean. Et qu'il prenne certaines précautions comme regarder dans son rétroviseur ou emprunter des rues secondaires. Il saura ainsi s'il est suivi.

— Très bien, répondit-elle en rangeant ses papiers d'une main tremblante. Nous en ferons autant. C'était un garçon intelligent. J'imagine qu'il nous suivrait nous plutôt qu'Anthony, afin que nous le conduisions à sa cible. Nous ne prendrons aucun risque.

Je commençais à m'inquiéter sérieusement. Peut-être fallait-il alerter le FBI.

— Vous connaissiez bien Tristan ? demandai-je.

— Bien sûr. Je connaissais tous les gamins. Tristan a posé des problèmes dès le départ, mais Mary Ellen avait un faible pour les cas difficiles, surtout pour lui. Elle avait le sentiment qu'il s'était forgé une carapace pour se protéger de toute souffrance. Nous-mêmes, nous avons eu une enfance malheureuse. Elle a cru pouvoir faire la différence dans l'existence de ce gosse. Je dois dire qu'elle a en effet réussi. Il avait de bonnes notes à l'école, il était plus souriant. Meaghan était naturellement pour quelque chose dans son épanouissement.

— Et Anthony ? demanda Sean. Que pensait-il des enfants qu'on leur confiait ?

Elle leva les yeux au ciel.

— Il était rarement à la maison, ce qui valait mieux pour les petits. Il était la marâtre de Cendrillon en version masculine, si vous voyez ce que je veux dire.

— Catherine !

Mary Ellen Spero regardait fixement sa sœur, visiblement abasourdie.

— Comment oses-tu affirmer une chose pareille ?

Catherine se redressa et se mit à tripoter nerveusement son collier.

— Je ne fais que dire la vérité.

Catherine se chargea des présentations et expliqua les raisons de notre présence.

Mary Ellen blêmit et porta une main à son cou, puis à une de ses boucles d'oreilles.

— La bibliothèque va bientôt fermer, déclara-t-elle. Vous feriez mieux de vous en aller tous les deux.

13

Dovie devait guetter notre retour. À peine Sean eut-il coupé le moteur que Rufus traînait sa nouvelle maîtresse à travers la pelouse à notre rencontre.

Pendant que j'ouvrais la porte d'entrée, Thoreau et Rufus firent connaissance. Le golden retriever n'aurait sans doute fait qu'une bouchée du petit yorkshire, si l'envie lui avait pris de s'attaquer à lui.

J'éteignis le signal d'alarme et pris Grendel dans mes bras pour lui murmurer des mots doux. Il manifesta son contentement en ronronnant.

Mon maine coon souffrait en effet d'une angoisse de la séparation. Heureusement, il m'était facile de le rassurer. Il entretenait une relation très intéressante avec Thoreau, dont la présence lui était une joie de chaque instant.

— Je n'ose pas détacher la laisse de Rufus à l'extérieur, dit Dovie en entrant à son tour. J'ai peur qu'il ne s'enfuie en courant. Il risquerait de tomber du haut de la falaise.

Dès qu'il repéra Rufus, Grendel sortit les griffes et se percha sur mon épaule, faisant le dos rond en sifflant. Ses griffes s'enfoncèrent dans ma chair.

— Aïe !

Sean le fit descendre et le déposa à terre. Il s'enfuit sur ses trois pattes en direction de ma chambre. De toute évidence, Rufus le prenait pour un poulet en caoutchouc car il se lança à sa poursuite.

— Oh là là, fit Dovie avec consternation.

— Soit Grendel est jaloux de voir que Thoreau a un nouvel ami, soit il n'aime pas les chiens plus gros que lui, commentai-je en me massant l'épaule.

Par chance, je n'avais saigné que quelques gouttes.

Grendel trouva refuge sous mon lit, puis il se mit à siffler de plus belle. Il allait certainement rester à l'abri jusqu'à ce que la grosse bête soit partie. Je me promis de me faire pardonner en lui donnant quelques friandises.

Sean alluma du feu et, en croisant mon regard, arqua les sourcils. Mon cœur s'emballa. Je n'avais pas oublié ce qu'il avait prévu pour la soirée, devant la cheminée.

— Quelqu'un veut du thé ? proposai-je en rougissant.

J'étais prête à tout pour échapper à son regard torride. Et je ne voulais pas choquer Dovie. En fait, il en aurait fallu beaucoup plus pour effaroucher ma grand-mère, qui aurait pu m'en apprendre sur bien des sujets. Néanmoins, je préférais qu'elle ne se doute de rien.

— Volontiers, déclara-t-elle en s'installant dans un fauteuil en cuir. Je m'inquiète pour le chien. Il ne mange pas. J'ai tout essayé.

— Vous avez appelé Marisol ? suggéra Sean.

— Elle passe demain pour l'examiner. Pauvre bête. Sa maison lui manque, sans doute.

Je lançai une œillade à Sean. Dovie semblait bien partie pour s'incruster un long moment. Or j'avais des projets très précis pour lui et moi, seuls et en très petite tenue.

— Tu veux du thé, Sean ? demandai-je en m'efforçant de masquer mon impatience.

— Non merci, répondit-il avec un sourire désolé, mais plein de promesses.

Il sortit une bière du réfrigérateur.

Pendant que l'eau chauffait, je pris des nouvelles de Grendel, qui ne crachait plus, mais refusait de me regarder. Assis, battant la queue, Rufus attendait visiblement que le chat réapparaisse et joue avec lui. Aucune chance.

Thoreau, lui, ne leur prêtait aucune attention. Roulé en boule au coin du feu, il avait apparemment eu son lot d'émotions pour la journée.

— Des nouvelles de Mac ? s'enquit Dovie.

Assis sur le divan, Sean passa une main sur son visage. Il semblait épuisé.

— Pas encore, dit-il. On essaie de déterminer si le vol de plusieurs de ses gravures, il y a quelques années, a quelque chose à voir avec sa disparition.

Dovie écarquilla les yeux. En faisant un effort, j'imaginais son aura, une lueur dorée pleine d'énergie. J'eus soudain des remords. Parfois, je regrettais vraiment de ne pas pouvoir voir l'aura des gens que j'aimais.

— Il y a un rapport ? demanda-t-elle.

La bouilloire se mit à siffler. Je m'en saisis.

— Apparemment pas, répondis-je.

Tandis que je préparais le thé, Sean lui expliqua l'histoire de Meaghan et Tristan.

— Comme c'est romanesque ! Un homme recherché par la femme qui l'aime.

— On dirait plutôt un scénario de film, commentai-je.

— Ou une catastrophe annoncée, puisque le FBI est impliqué, intervint Sean.

Dovie retint son souffle.

— Pourquoi faut-il toujours que je rate les détails intéressants ?

Il fallut lui raconter les derniers développements. Je m'installai à côté de Sean sur le canapé, plaquée contre lui. Il croisa mon regard.

— Donc on se retrouve au point de départ avec Mac ? reprit ma grand-mère en posant sa tasse sur la table basse.

— En gros, oui, répondit Sean.

— Dans ce cas, vous avez du pain sur la planche, jeune homme, dit-elle en se levant.

— Je rêve ou ta grand-mère vient de m'appeler « jeune homme » ? fit Sean en se tournant vers moi.

— Je le crains.

— Dois-je m'en inquiéter ?

— Je suis là ! s'exclama Dovie en tapant du pied.

— Je ne te le fais pas dire, raillai-je.

— Cet autre dossier peut attendre, non ? demanda-t-elle.

Il n'était pas question que je me laisse régenter.

— On peut travailler sur les deux affaires, assurai-je.

— Tu crois ? fit-elle, perplexe.

— J'en suis certaine, dis-je en étouffant un bâillement.

— Et comment peux-tu en être aussi certaine ?

— Je suis médium, non ?

— Vas-y, remue le couteau dans la plaie.

Dovie se plaignait sans cesse que, en tant que pièce rapportée dans la famille, elle ne possédait aucun don surnaturel. Je n'en étais pas si sûre. Elle semblait posséder certaines capacités.

— Rufus ! Viens, mon chien, on s'en va.

Ouf. Le golden retriever surgit d'un bond et s'assit près de Dovie avant de poser sur elle un regard d'adoration. Elle avait le don de s'attirer la sympathie des animaux.

Elle lui mit sa laisse et redressa le bandana qu'il avait autour du cou. Je me promis de contacter Christa pour lui proposer de rendre visite au chien.

— Je passe te voir demain, promis, dis-je à Dovie en l'embrassant.

Elle me fit signe de la suivre à l'extérieur. Sur le seuil, elle me demanda :

— Alors, tu lui as demandé ?

— Lui demander quoi ? fis-je en sachant très bien à quoi elle faisait allusion.

— De s'installer chez toi.

L'espace d'un instant, je crus qu'elle allait encore taper du pied rageusement, mais elle se contenta de river les yeux sur moi.

— C'est trop tôt.

Combien de fois allais-je répéter cette phrase ?

— Qu'est-ce que tu attends ?

— Je ne sais pas, Dovie.

Ses yeux verts se radoucirent pour exprimer une compassion qui me serra le cœur.

— Je ne suis peut-être pas médium, mais je sais reconnaître l'amour, Lucy. Je sais que tu n'es pas dupe. Fais ce qu'il y a à faire. Je suis trop vieille pour m'inquiéter de ta vie sentimentale.

— Tu t'occupes déjà de celle d'Em.

— Insolente, va. Je file, tu vois ?

— Je vois.

— Et ne m'implore pas de rester, je ne céderai pas.

En voyant le chien l'entraîner dans l'allée, je me mis à rire.

— Rufus ne te le permettrait pas, de toute façon.

— Et ne va pas croire que je t'ai pardonné de me l'avoir refilé, lança-t-elle.

Je n'étais pas dupe, elle l'adorait déjà. Claquant des dents, je regagnai la maison.

Je tendis les mains vers les flammes pour les réchauffer. Sean s'approcha de moi et me prit dans ses bras. Il écarta mes cheveux pour m'embrasser dans le cou.

— Est-ce que cette conversation en privé avec ta grand-mère avait un rapport avec la vision que tu as eue, aujourd'hui, en me tenant la main ?

Je me raidis et m'écartai de lui.

— Non.

— Qu'as-tu vu au juste, Lucy ?

Je m'affairai à redresser les coussins du canapé.

— J'ai vu Thoreau avec Rourke.

— Et quoi d'autre ?

Oh non. Sous les coussins, je ne dénichai qu'une pièce de monnaie et des miettes.

— Je ne vois pas que ce que tu veux dire.

— Tu mens très mal.

C'était la deuxième fois de la journée que quelqu'un me faisait cette réflexion. Je cessai de m'intéresser au canapé, tout en me promettant de passer l'aspirateur.

— Mentir, moi ? Ah ah !

Il osa sourire, comme si ses ravissantes fossettes pouvaient m'inciter à tout avouer.

Il me connaissait trop bien.

— Bon, d'accord. Je nous ai vus, tous les deux et, tu étais, eh bien…

— Quoi ?

Mon téléphone se mit à sonner.

— Ne réponds pas, suggéra Sean.

— C'est peut-être important, protestai-je. Et si c'était une question de vie ou de mort ?

Il leva les yeux au ciel en me regardant prendre l'appel.

— Empêche-moi de faire une bêtise, me dit alors ma mère au bout du fil.

— Quelle bêtise ? lui demandai-je, tout en murmurant à Sean : Tu vois ? C'est bien une question de vie ou de mort.

— Un cheese-cake, fut la réponse laconique de ma mère.

Peut-être pas, finalement.

— Tu me parles de ton régime ?

Sean s'éloigna vers la chambre et s'allongea sur le sol pour vérifier sous le lit. Il fut accueilli par un crachement.

— Essaie les croquettes, dis-je à Sean.

— Quoi ? fit ma mère. Tu veux ma mort ?

— Je parlais de Grendel, maman.
— Je préfère.
— Tu es sur les dents ?
— Je meurs de faim.
— Tu n'as pas besoin de faire un régime. Tu es parfaite telle que tu es.
— Mais non. Tu as bien vu le genre de fille qui plaît à ton père. Elles s'habillent en douze ans et on leur voit les os. Pour ma part, ils sont enfouis sous une bonne couche de graisse.
— Maman…
Je m'écroulai dans mon fauteuil favori.
— Oui, Lucy ?
— Mange-le, ton cheese-cake.
— Tu parles d'un conseil. Tu ne m'aides pas beaucoup.
— De toute évidence, papa t'aime en l'état.
— En l'état ? Tu parles d'une voiture d'occasion qui n'est plus sous garantie.
J'entendis un signal de double appel. Sauvée par le gong.
— Maman, il faut que je te laisse.
— Attends, qu'est-ce que je fais pour le cheese-cake ?
— Une petite bouchée ne te fera pas de mal. Tu n'auras qu'à faire quelques exercices de plus, demain à la gym.
— Des exercices ? Génial. Je t'embrasse.
Je pris l'autre appel :
— Ici Lucy Valentine.
— C'est Meaghan. Je viens d'avoir votre message. Je n'arrive pas à croire que Tristan soit recherché par le FBI. De quoi est-il coupable, d'après eux ?
Sa façon de s'exprimer était intéressante. Elle n'était pas disposée à le croire capable du pire. Enfin, pas encore.
— Théoriquement, il n'est pas recherché. Pour l'heure, il est simplement impliqué dans une enquête.

Je lui relatai les cambriolages.

— Ça alors.

— J'ai besoin que vous me disiez comment procéder. À moins que vous ne préfériez tout arrêter, en ce qui me concerne.

J'entendis la porte de son réfrigérateur s'ouvrir et se refermer, puis le bruit d'un emballage, suivi d'un long silence. Je n'avais pas envie de raconter à la jeune femme que nous avions rencontré Tristan, que nous lui avions parlé. Il était trop tôt. Il fallait d'abord déterminer si elle voulait continuer.

— Meaghan ?

— Je suis un peu sous le choc.

— C'est normal. Et si vous réfléchissiez jusqu'à demain ? C'est une décision importante.

— Je vous appelle demain matin, répondit-elle.

Je coupai la communication. Sean était en train de se rincer la main.

— Grendel a pris les croquettes et m'a remercié à sa façon.

Il me montra une griffure lacérant son poignet. Je pris une serviette en papier pour tapoter la blessure.

— Et il refuse toujours de sortir de sa cachette. C'était Meaghan ?

— Elle m'appelle demain pour me faire part de sa décision.

Je déposai un baiser sur son bras, près de son poignet.

— Tu te sens mieux ?

— Je ne sais pas. Recommence, pour voir.

Je l'embrassai à plusieurs reprises, remontant le long de son bras.

— Et maintenant ?

— Mon bras va mieux, mais j'ai une douleur.

— Moi aussi, je ne me sens pas très bien.

— Voyons si on peut se soigner mutuellement.

Il m'attira vers lui et m'embrassa avec fougue en glissant les mains sous mon chemisier pour caresser ma peau. Sa chaleur se diffusa en moi, attisant mon désir.

Comme s'il lisait mes pensées, Sean déboutonna sa veste qu'il fit tomber à terre, puis il me débarrassa de mon pull.

Les doigts enfouis dans ses cheveux, je l'embrassai avec une passion décuplée. Nous exprimions toujours notre désir avec ardeur, comme si nous ne parvenions pas à nous passer l'un de l'autre, comme si nous étions conscients de ce que nous risquions de perdre.

Il s'attaqua enfin aux boutons de mon chemisier.

— Combien portes-tu donc de couches de vêtement ? souffla-t-il.

— Encore deux, enfin, trois avec mon soutien-gorge.

— Tu veux ma mort, murmura-t-il.

— C'est encore l'hiver, répondis-je contre ses lèvres. Il fait un froid de canard.

Enfin, le fin tissu glissa le long de mes bras.

— C'est bizarre, parce que tu ne me donnes pas l'impression d'être frigorifiée, en ce moment précis.

Je dénudai son torse pour en caresser la peau soyeuse, avant de m'attaquer au bouton de sa ceinture, dont je vins à bout sans la moindre difficulté.

— Tu trouves ?

Au moment où il allait libérer mes seins de leurs entraves, le générique de *Hawaii 5-0* retentit : la sonnerie de mon téléphone.

Sean se figea :

— Il est tard.

— Il ne peut s'agir que d'une mauvaise nouvelle à cette heure-ci.

Je songeai aux affaires que j'avais traitées pour Aiden. Ces appels tardifs signifiaient en général qu'il était sur une autre enquête de disparition inquiétante et que le temps pressait. Après un enlèvement, les trois premières heures sont cruciales.

— Décroche, me dit Sean en me tendant mon appareil.

Je poussai un soupir en baissant les yeux vers la ceinture de Sean, et décrochai la mort dans l'âme.

— Désolé, Lucy, fit la voix d'Aiden. Je sais qu'il est tard.

— Une nouvelle affaire ? demandai-je avec un frisson qui n'avait rien à voir avec ma petite tenue.

— D'une certaine façon, oui. Je viens de recevoir un appel de l'agent spécial Thomas.

Je fus saisie d'un terrible pressentiment.

— Et alors ?

— Il voulait nous informer... Je regrette, mais Anthony Spero est mort. Et Tristan Rourke est activement recherché pour ce crime.

14

Durant les trois heures que je passai au lit, je ne parvins pas à fermer l'œil. Allongée sur le dos, je fixais le plafond et les ombres qui flottaient dans la chambre, sans bouger, de peur de réveiller Sean. Je redoutais la journée à venir. Comment annoncer à Meaghan que Tristan était désormais recherché pour meurtre ? Cette perspective m'angoissait terriblement.

Ce dossier ne me disait rien qui vaille et je ne voyais aucune issue à cette impasse.

Pendant des années, j'avais enchaîné les petits boulots sans avenir, à chercher ma vocation, persuadée que mes capacités spéciales ne me serviraient qu'à retrouver mon trousseau de clés, un livre ou un téléphone portable. Rien d'important. En dix ans, j'avais été assistante d'un juriste, promeneuse de chiens, auxiliaire de vie… À aucun moment, je n'avais eu l'impression de me rendre utile.

En retrouvant cet enfant perdu dans le parc de Wompatuck, j'ai compris que je détenais la clé de mon bonheur. Je pouvais désormais venir en aide aux autres, retrouver un être cher, apaiser les angoisses. C'était ma vocation et j'y tenais plus que tout.

Pourquoi alors avais-je soudain envie de retourner travailler dans le télémarketing ? À l'époque où les disparitions n'étaient pour moi que des faits divers dont on parlait dans les journaux, le mal ne me concernait pas outre mesure. Il était réservé aux autres.

Dans des journées de découragement comme celle-ci, je devais me souvenir de la joie indicible que j'éprouvais de voir deux amoureux enfin réunis ou deux parents retrouvant leur enfant disparu. J'avais même ressenti une grande satisfaction à mettre la main sur la bague de fiançailles de ma mère.

De toute façon, j'avais détesté le télémarketing. J'avais démissionné au bout d'une demi-journée.

Je me levai à 7 heures. Je nourris Grendel, qui retourna vite dans sa tanière. Sean dormait sur le côté, le bras sorti des couvertures. Il avait le sommeil agité. Ses rêves l'emmenaient sans doute vers des contrées que je n'imaginais même pas.

Jusqu'à présent, cela n'avait eu aucune importance à mes yeux. Mais maintenant, j'aurais aimé tout savoir des épreuves passées qui avaient façonné cet homme. Je voulais découvrir ses petits secrets, ses envies, ses cauchemars. Cela n'aurait été que justice, car je lui avais confié tous les miens.

Je tapotai ma cuisse pour attirer Thoreau, qui sauta à terre. Naturellement, Grendel le suivit dans la cuisine pour ne pas être en reste. Ils vidèrent leur gamelle côte à côte, mais à distance car Grendel avait tendance à détourner l'attention de Thoreau pour lui chiper ses croquettes. Pendant ce temps, je me servis du café. Les voir manger ensemble était un spectacle cocasse. Grendel avait tendance à sortir les croquettes pour bondir dessus comme sur des proies. Pour sa part, Thoreau se hâtait de gober sa nourriture de peur de se faire dépouiller par le chat.

Quelqu'un frappa doucement à la porte. Thoreau se mit à sautiller comme s'il était monté sur ressort.

— Tu es vraiment une bête féroce, lui dis-je, moqueuse, tout en jetant un coup d'œil par la fenêtre avant d'ouvrir.

— J'ai vu de la lumière tandis que je promenais le monstre, déclara Dovie en entrant, Rufus sur ses talons.

Si Rufus et Thoreau décidaient de s'allier, ils seraient redoutables.

— J'ai préparé un somptueux petit-déjeuner à la maison, reprit ma grand-mère. Viens te joindre à nous. Marisol est là.

— Ah oui ? fis-je, ravie.

— Elle est venue examiner le chien.

— Sean dort encore, répondis-je.

— Laisse-lui un petit mot.

— Je n'ai pas encore pris ma douche.

— C'est impardonnable, railla Dovie avant d'ajouter d'un air mutin : les gaufres sont déjà sur la table.

Je n'avais pas très faim. J'étais même un peu barbouillée, mais les gaufres étaient mon péché mignon et Dovie avait fait l'effort de venir me chercher.

— Ta proposition est alléchante.

— Rejoins-nous dans quelques minutes, conclut-elle avec un clin d'œil complice.

Je fis sortir Thoreau pour sa promenade, expédiai la vaisselle et laissai un petit mot sur le comptoir, près de la cafetière, pour Sean.

Le soleil se levait à peine à l'horizon tandis que je foulais la neige avant de gravir avec précaution les marches de la maison de Dovie. Sous le porche, je sentis un fumet de bacon. En m'essuyant les pieds, je jetai un coup d'œil vers mon cottage niché en bout de l'allée, en contrebas. D'un côté, les falaises et le précipice. De l'autre, les bois. Un cadre idyllique, une véritable carte postale. J'étais très attachée à ma maison.

Au moment d'entrer, je perçus un mouvement dans les arbres. Intriguée, je scrutai les alentours. Je ne vis rien ni personne, mais j'avais un mauvais pressentiment.

— Lucy !

Au moment où la porte s'ouvrit, je faillis tomber à la renverse.

— Tu m'as fait peur ! lançai-je à Preston. Tu aurais pu me tuer.

— Ça ferait un excellent article. Qu'est-ce que tu regardes ?

— Tu ne vois rien dans les bois ?

La pénombre régnait au milieu des pins.

— Je vois des arbres, fit Preston.

— Très drôle. Qu'est-ce que tu fais là, d'ailleurs ?

— Dovie m'a invitée à prendre le petit-déjeuner. Il y a des gaufres. Tu n'as pas pris ta douche ? ajouta-t-elle en plissant le nez d'un air dégoûté.

Ignorant cette attaque perfide, j'entrai dans la maison. Surtout, ne pas céder à la paranoïa. Ma réaction était normale après les incidents de la veille. Anthony Spero traversait le parking de l'hôtel dans lequel Catherine avait réservé des chambres quand il avait été renversé par une voiture roulant à vive allure. Il avait succombé à un traumatisme crânien dans l'ambulance qui le conduisait à l'hôpital. La police de Boston avait saisi les images des caméras de surveillance de l'hôtel et recherchait activement la voiture, mais ils n'avaient qu'un seul suspect en tête.

D'autant que Tristan Rourke ne donnait aucun signe de vie.

Dans la cuisine, Dovie avait posé le *South Shore Beacon* grand ouvert sur l'îlot central. Je rejoignis Marisol et Em, qui étaient attablées. Em avait posé des brochures devant elle.

Marisol était en grande conversation avec Rufus.

— Je sais qu'il te manque, mais il faut que tu te nourrisses.

Le chien pencha la tête.

— Même si tu n'as pas grand appétit, poursuivit-elle.

Il posa une patte sur son poulet en caoutchouc posé aux pieds de Marisol. Elle soupira et lança le jouet à l'autre extrémité de la pièce. Le chien se précipita à sa poursuite.

— Dovie, je vais peut-être devoir effectuer quelques examens à la clinique vétérinaire.

Dovie ôta ses lunettes de lecture.

— Tu crois ? Il semble se porter très bien, à part son manque d'appétit.

Les brochures d'Em étaient illustrées de photos de plages de sable fin bordées de palmiers.

— Tu comptes partir ? lui demandai-je.

— Oui, à Hawaii, répondit Em. Tu avais raison, Lucy.

— Ah oui ?

— Vraiment ? renchérit Preston.

Em avait relevé ses cheveux en un chignon lâche qui soulignait ses pommettes saillantes et son long cou gracieux.

— Il serait dommage que je passe tous mes congés à ne rien faire et à me morfondre. Je vais échanger mon billet d'avion pour Paris contre un autre pour une destination ensoleillée. Je crois que je vais me prélasser au soleil.

— Paris ? fit Preston. Tu échanges Paris contre Hawaii ? Tu es folle ?

Je poussai vivement l'assiette de gaufres vers elle, tout en lui demandant, furibonde :

— Tu n'as pas faim ?

— C'est bon, Lucy, fit Em. Preston, Joseph et moi devions passer notre lune de miel à Paris.

— Ah…

Preston considéra les gaufres, puis en coupa un morceau qu'elle porta à sa bouche avec emphase. Avec ses joues gonflées, elle me rappela Odyssée, mon hamster.

— Désolée, marmonna-t-elle.

— Ce n'est pas grave, assura Em. Il faut que je parle de cette rupture pour m'en remettre plus vite. Grâce à Oscar, je sais que Joseph et moi n'étions pas faits l'un pour l'autre.

Je me figeai, Marisol se mit à tousser. Dovie se précipita pour lui taper dans le dos avant de fourrer un morceau de bacon dans la bouche d'Em.

— C'est bon ? demanda-t-elle, histoire de détourner l'attention de Preston. Marisol, que disais-tu à propos de Rufus ?

En entendant son nom, le golden retriever se mit à aboyer et apporta son jouet à Preston. Elle s'empressa de le lancer dans le couloir.

— Attendez une minute. Comment Oscar peut-il savoir…

— Rufus est peut-être malade, coupa Marisol. Autant l'examiner tout de suite, ajouta-t-elle en se levant d'un bond. Le plus tôt sera le mieux.

Em me fit signe qu'elle était désolée de sa bévue. Elle avait oublié que Preston ignorait l'existence des auras. Or elle était très présente ces derniers temps, à tel point qu'il était facile d'oublier qu'elle n'était pas un membre de notre famille si spéciale, mais une journaliste en quête du scoop de sa vie.

— Tout de suite ? demanda Dovie.

— Tout de suite. Tu viendras le chercher dans l'après-midi.

— Je le récupérerai en rentrant du travail, proposai-je.

— Non ! s'écria Marisol.

Tous les regards se posèrent sur elle.

— Je veux dire, il y aura des documents à remplir. Il faut que ce soit Dovie.

— Je vais chercher sa laisse, annonça ma grand-mère.

Marisol m'empoigna le bras.

— Je peux te parler une minute ?

Elle m'entraîna dans l'entrée, tandis que j'entendais Preston demander à Em :

— Qu'est-ce que tu sais, au juste, sur Cutter ?

J'aurais mieux fait de rester au lit.

Les talons de Marisol résonnèrent sur les dalles du vestibule. Je m'appuyai sur la rampe de l'escalier majestueux.

— Que se passe-t-il ? lui demandai-je.

— Chut... Écoute, tu cherches un petit ami pour Dovie, n'est-ce pas ? fit-elle, les yeux pétillants de malice. Je me disais qu'elle irait très bien avec le Dr Kearney.

Elle prit son manteau sur la patère et enroula son écharpe autour de son cou.

— Ton patron ?

Les premiers rayons du soleil commençaient à filtrer par les fenêtres, baignant la demeure d'une douce lueur. Au fil des ans, Dovie en avait fait un nid douillet : boiseries, tons chauds et matières naturelles, sans oublier de petites touches raffinées. L'ensemble reflétait à merveille sa personnalité d'ancienne danseuse, un mélange détonant d'élégance et d'excentricité.

— Tu n'as pas couché avec lui ? ajoutai-je, soudain prise d'un soupçon.

— Mais non, il a vingt ans de plus que moi ! répliqua-t-elle d'un ton qui se voulait offusqué, sans vraiment être convaincant.

— Mais tu en as eu envie à une époque, non ? insistai-je.

Penaude, elle glissa les mains dans les poches de son manteau.

— Très brièvement. J'ai eu ma phase Kearney.

Marisol avait enchaîné les phases.

— Mais vous n'êtes pas sortis ensemble ?

— On a pris un café. Une fois. Lucy, tu te disperses ! s'exclama-t-elle telle une maîtresse d'école.

— Mais il a vingt ans de moins que Dovie.

— Je sais. C'est génial, non ? Dovie, une cougar !

— Quelle cougar ? demanda l'intéressée, Rufus sur les talons. Ne me dis pas que tu en as un à la clinique vétérinaire.

— Peut-être cet après-midi, rétorqua Marisol avec une lueur malicieuse dans les yeux.

Dovie se tourna vers moi, mais je pris un air innocent. Sans lui laisser le temps d'approfondir la question, Marisol s'empara de la laisse du chien, ramassa le poulet en caoutchouc et nous embrassa.

— Merci pour ce petit-déjeuner, Dovie. À plus tard.

Elle franchit vivement le seuil et s'éloigna dans l'allée. Dovie la suivit des yeux, le regard un peu triste.

Je la pris par les épaules.

— Il va te manquer, n'est-ce pas ? lui dis-je.

— Mais non, il ne fait que des bêtises. Il faut toujours que je joue avec lui et son maudit poulet.

De loin, elle regarda Marisol ouvrir le coffre de son 4 × 4 et y faire monter le chien. Dovie l'observa avec attention, comme pour vérifier que tout allait bien.

— Je vais finir par avoir mal au poignet à cause de lui, maugréa-t-elle.

— Hum, fis-je en refermant la porte, peu convaincue.

Dovie regarda par la fenêtre jusqu'à ce que la voiture de la vétérinaire ait disparu.

— Bon, redescendons sur terre. Je dois me préparer pour mon cours de zumba. Ensuite, je passerai à la boulangerie. Et j'ai terriblement besoin d'une manucure. Promets-moi que Marisol s'occupera bien de Rufus et qu'il n'a rien de grave.

— Il est entre de bonnes mains, assurai-je avec un sourire.

Elle hocha la tête, mais je savais qu'elle ne se sentirait mieux qu'après le retour du chien chez elle.

Dans la cuisine, Em était seule à table.

— Où est Preston ? m'enquis-je.

— Elle revient tout de suite. Alors, qu'en penses-tu ? Kauai ou Maui ?

Elle brandit deux brochures comme si elle les soupesait.

— Tu ne peux pas te tromper, les deux sont superbes, déclara Dovie en lui tapotant l'épaule.

Le journal posé sur l'îlot central attira mon attention.

— Preston a écrit un article sur le nouveau foyer de Rufus ?

Dovie rinça sa tasse et la plaça dans le lave-vaisselle.

— Je lui ai suggéré que ce serait un excellent moyen de maintenir Mac dans l'actualité. Quelqu'un sait forcément quelque chose, non ? On ne disparaît pas sans laisser la moindre trace.

Je me mordillai la lèvre d'un air soucieux. Je ne voulais pas briser les illusions de ma grand-mère, mais de nombreuses personnes parvenaient à se volatiliser sans jamais réapparaître.

— Je retourne chez Mac aujourd'hui. Christa a fait allusion à l'alimentation de Rufus. Je me demande s'il mange une marque spécifique de croquettes, ce qui expliquerait son manque d'appétit. J'en profiterai pour essayer de soutirer des informations à Jemima Hayes. Tu as rencontré son mari ?

— Rick ? Non.

— Rick Hayes ? répéta Em en lâchant ses brochures. Mon Dieu ! J'avais un poster de lui dans ma chambre quand j'étais adolescente.

— Qui ça ? intervint Preston, sur le seuil.

— Rick Hayes, répondis-je.

— Le mari de Jemima ? Pourquoi ?

— Il était torride, commenta Em.

— Il est vieux, reprit Preston d'un air de dégoût.

Dovie la foudroya du regard. Rick devait avoir vingt-cinq ans de moins que ma grand-mère. Et s'il y avait une chose qu'elle ne supportait pas, c'était d'être traitée de « vieille ».

Em nous expliqua que Rick était un contemporain de Bryan Adams et de George Michael, un nom qui disait tout de même quelque chose à Dovie. Rick n'avait connu le succès qu'à la fin des années 1990, quand l'une de ses chansons avait été choisie comme générique d'une série télévisée. Elle était restée en tête des ventes pendant des mois et avait même remporté un Grammy Award. Ensuite, il avait fait des tournées, dans des salles de plus en plus petites. Désormais, il prenait tous les petits contrats qui se présentaient.

— Je l'ai vu chanter à Marshfield l'an dernier, raconta Em en prenant la cafetière. Il n'était pas très bon, mais il avait encore un certain charme.

— Il est ruiné, déclara Dovie. Il essaie de vendre un programme de téléréalité consacré à son éventuel come-back.

— C'est pathétique, dit Em en secouant la tête.

Il n'y avait rien de plus triste qu'une star déchue.

J'observai l'assiette de gaufres mais je n'avais guère d'appétit. Je me servis un verre de jus d'orange.

— Il faut que j'y aille, annonça Preston. L'appel de l'algèbre. Tu as appelé Meaghan Archibald, Lucy ?

J'avais contacté Preston juste après ma conversation avec Aiden.

— Pas encore. Je te tiens au courant.

Tandis que Dovie raccompagnait Preston, Em se tourna vers moi.

— Tu crois que je suis folle ?

— Pourquoi cette question ? demandai-je avec un sourire.

— Je suis folle d'avoir envie de soleil, de sable chaud, de cocktails au bord de la piscine ? Je n'aurais rien contre un bel homme bronzé et musclé en plus, mais ce serait peut-être un peu trop demander.

— Mais non, c'est une excellente idée au contraire. Ce sont bientôt les vacances. C'est le moment idéal pour partir. Ce qui m'attriste, c'est de te voir partir seule.

Elle haussa les épaules.

— Ce ne sera pas si mal. J'aurai le temps de réfléchir, de remettre de l'ordre dans ma vie. Imagine ! Demain, je serai peut-être sur une plage à Hawaii…

Elle se mit à danser autour de la table en ondulant les hanches, tout en ajoutant :

— Tu sais, j'ai toujours voulu passer ma lune de miel à Hawaii, mais Joseph trouvait que ce n'était pas assez bien pour lui. Tu te rends compte ! Je me pliais toujours à ses volontés. Désormais, c'est fini. Je suis libre. Libre de faire ce que je veux. De fréquenter qui je veux.

— Aiden, par exemple ? suggérai-je en dansant avec elle.

— Peut-être, répondit-elle avec un sourire.

Ces deux-là se tournaient autour depuis des mois, refoulant leurs sentiments réciproques. Mais Em était libre.

— Combien de temps seras-tu absente ? Une semaine ?

Je ne pus m'empêcher de l'envier. J'avais tellement besoin de vacances, moi aussi. De m'échapper un peu, mais pas trop longtemps. Je m'imaginais avec Sean, marchant sur la plage au coucher du soleil sur l'océan Pacifique. Plus de personnes disparues, plus de FBI. Le paradis.

Sauf que ma vision me revint.

Je m'efforçai de me ressaisir. Il fallait absolument que j'arrête d'y penser. De toute évidence, Em avait grand besoin de leçons de danse.

— Demain et vendredi, je sèche les cours. Je me rendrai en ville par le train, m'annonça-t-elle.

Quand Em était décidée, il était impossible de lui faire changer d'avis.

— Prends donc ma voiture. Tu la confieras à Raphael et tu pourras gagner l'aéroport en taxi. Cela t'évitera de porter tes valises dans le train.

— Qu'est-ce que je ferais sans toi ? s'exclama-t-elle en me serrant dans ses bras.

Je me mis à chantonner un air hawaïen, du moins fis-je de mon mieux, tandis que nous dansions en gloussant comme quand nous avions cinq ans dans le salon de musique de ma mère.

La porte de service s'ouvrit. Thoreau apparut et s'ébroua joyeusement, projetant de la neige autour de lui. Sean l'observa, attendri. Em et moi dansions toujours.

— Em part pour Hawaii, annonçai-je.

— Elle a de la chance.

Avec ses cheveux ébouriffés, il était séduisant en diable. Sans doute avait-il lu le message que je lui avais laissé à la maison.

— Vous devriez partir tous les deux, déclara Em. Quand vous aurez terminé votre enquête. Vous méritez un peu de bon temps. Le soleil, le sable, c'est tellement romantique.

— Quoi ? Qui part ? Où ça ? demanda Dovie avant d'entrer à son tour dans la danse, mais avec talent.

— Lucy et Sean. À Hawaii, dit Em.

— Non, non, ce n'est qu'un rêve, assurai-je.

Dovie me donna une tape.

— Il arrive que les rêves deviennent réalité, tu sais.

Je me tournai vers Sean qui me lança un long regard.

Je t'aime, Lucy Valentine.

— Je sais, répondis-je à Dovie. Je sais.

15

Sean avait pris le journal de Dovie et lisait, installé sur mon canapé. Il se pencha en arrière et leva les bras au-dessus de sa tête. Dans la lumière du matin, ses yeux gris étaient presque opaques. Il arborait une barbe naissante et de légers cernes soulignaient son regard. De toute évidence, il avait mal dormi.

Après ma douche, je décidai de laisser mes cheveux sécher à l'air libre en espérant qu'ils ne friseraient pas trop. De son côté, Sean avait déjà rempli le lave-vaisselle et nettoyé la cafetière.

— Tu te sens bien ? me demanda-t-il.

— Pas trop, admis-je pour ne pas lui mentir.

— Tu as passé une mauvaise nuit, reprit-il.

— Toi aussi.

— Je ne parle pas de moi, reprit-il en me caressant la joue.

Je fermai les yeux pour mieux savourer ce contact rassurant.

Il me prit dans ses bras et posa son front sur le mien. Ses mains glissèrent le long de mes bras et s'arrêtèrent sur mes poignets. Je tournai les paumes vers les siennes.

Aussitôt, je ressentis des picotements dans les doigts. C'était inexplicable. Il passait entre nous comme un courant électrique, une sensation magique.

Il m'embrassa du plus profond de son âme. Mon cœur se mit à battre la chamade. C'était maintenant ou jamais. Rassemblant mon courage, je dis :

— Et si tu t'installais ici avec moi ?

Voilà, c'était dit. Ce n'était pas si difficile, finalement. Maman et Dovie, Suzannah et Preston n'avaient pas tort. Nous étions faits l'un pour l'autre.

Hélas, Sean ne semblait pas aussi réjoui qu'il l'aurait dû.

— Je ne sais pas si c'est une bonne idée, répondit-il enfin.

Je pris vivement une éponge et me mis à astiquer furieusement mon plan de travail pour effacer des taches imaginaires. Jetant l'éponge dans l'évier, je fis volte-face.

— Pourquoi n'est-ce pas une bonne idée ? Tu vis pratiquement ici de toute façon. Tu as des vêtements, des affaires de toilette, ta bière préférée dans le réfrigérateur, ton côté du lit, tes livres sur la table de chevet. Thoreau a ses croquettes dans le placard, sa gamelle, son coussin. En fait, tu vis déjà ici.

En entendant son nom, le yorkshire leva la tête et nous observa comme s'il nous en voulait de l'avoir réveillé.

Sean me sourit.

— Ne t'avise pas de me sourire en ce moment, lançai-je en brandissant un index menaçant.

Il pinça les lèvres en essayant de retrouver son sérieux.

— Je ne trouve pas ça drôle.

Il ne put réprimer un fou rire. Je repris mon éponge et l'essorai au-dessus de sa tête. De l'eau ruissela sur son visage.

— Ah c'est comme ça ?

— Oui, oui, vas-y, souris-moi encore et tu verras.

Il ouvrit le robinet de l'évier pour m'arroser.

— Tu n'oserais pas faire ça ?

Il en inclina pourtant la tête vers moi et m'aspergea d'eau froide. Mon nez, mon menton dégoulinaient, détrempant mon chemisier.

Perché sur le réfrigérateur, Grendel nous observait d'un œil narquois, enchanté par ce spectacle.

Je voulus m'emparer du jet d'eau en me débattant de mes coudes et de mes hanches. Nous étions trempés comme après une pluie tropicale.

Lassé par nos enfantillages, Grendel se replia vers la chambre en sifflant.

Hilare, Sean refusait de me concéder la victoire.

Dérapant sur le sol humide, je m'accrochai à sa chemise. Il me rattrapa par le poignet, mais je tombai de tout mon long. Il perdit l'équilibre à son tour. Il voulut s'accrocher au comptoir mais le bois en était glissant, si bien qu'il atterrit à côté de moi.

Allongés à terre, nous nous regardâmes un long moment, haletants.

— Tu as contrarié le chat, dis-je enfin.

Sean se pencha vers moi et m'embrassa. Je frémis à son contact. Il se dressa sur un avant-bras et me caressa la joue de son autre main. Puis il m'embrassa les joues, le nez.

— Je ne peux pas m'installer chez toi parce que tu n'es pas prête.

— Comment le sais-tu ? Si je n'étais pas prête, je ne t'aurais pas fait cette proposition.

— Tu as parlé sous le coup de l'émotion.

— Mais non.

Il m'adressa une fois de plus son sourire irrésistible.

— Si. Tu es prête dans ton cœur, mais pas dans ta tête, parce que tu n'as pas encore vraiment réalisé…

— Réalisé quoi ?

Une goutte d'eau tomba de son menton dans mon cou. Je la sentis couler vers ma nuque.

— Que je ne te quitterai jamais de mon plein gré.

Il se leva et me prit par le poignet.

— Quand tu en seras persuadée, je m'installerai volontiers ici.

— Je ne comprends rien à tes devinettes.

Un lien très spécial nous unissait, qui allait bien au-delà d'une attirance réciproque. Aucun autre Valentine n'avait jamais connu un tel amour. Mais était-ce suffisant ?

Il prit un rouleau d'essuie-tout.

— Tu as la mémoire courte. Je le sens, Lucy. Et je ressens encore tes peurs.

Je pris un torchon pour éponger un peu d'eau sur le comptoir. Je n'avais rien oublié. Il percevait mes émotions quand il touchait ma paume. Hélas, il ignorait que ce n'était pas l'engagement qui m'effrayait. C'était ma vision de lui allongé à terre, inerte. Comment me débarrasser de cette peur de voir sa vie s'arrêter à cause de ses problèmes cardiaques ?

— Tu as de la chance que je sois patient.

— Et toi, tu as de la chance que je ne te mette pas à la porte avec ta brosse à dents.

— Tu ne ferais jamais ça, affirma-t-il avec un sourire.

Le générique de *Hawaii 5-0* retentit. Je pris l'appel en riant. Je retrouvai vite mon sérieux.

— Mac Gladstone souffre d'un cancer du foie, me déclara Aiden. Les médecins lui ont donné entre trois et cinq ans à vivre à condition de commencer le traitement sans tarder.

— Quand l'a-t-il appris ?

— À la fin de l'été.

— Il n'a pas commencé son traitement, n'est-ce pas ?

— Non, répondit Aiden. Il en a encore peut-être pour un an.

Sean continuait à sécher la cuisine, mais il m'observait du coin de l'œil.

— Quelles sont les conséquences pour notre enquête ? demandai-je.

— Si seulement je le savais, soupira le policier.

— Nous retournons chez Jemima aujourd'hui. Je te tiendrai au courant des dernières nouvelles.

Sean et moi collaborions souvent pour la police, surtout quand je faisais appel à mes visions. C'était la première fois qu'Aiden travaillait avec nous sur un dossier de Sean et c'était une situation un peu étrange.

— Merci pour ces informations.

Sans lui, nous n'aurions pu obtenir ce type de renseignements. La police d'État avait des sources bien plus précises, sans oublier la possibilité d'obtenir des mandats.

— Au fait, la voiture qui a renversé Spero a été retrouvée au coin de la rue, non loin de l'hôtel, hier soir. C'était un véhicule volé dans un quartier voisin. Elle est en cours d'analyse.

— Rien sur l'endroit où se trouve Tristan Rourke ?

— Non.

— La police est certaine que c'est lui qui a tué Spero ?

J'espérais encore qu'il s'agissait d'une méprise, d'une coïncidence.

— À cent pour cent, Lucy.

— Les caméras de surveillance ont donné quelque chose ?

— Rien. Les images étaient trop floues. On n'a rien pu en tirer. Mais ce n'est pas grave, car on a un témoin oculaire.

— Un témoin ?

— Oui. Elle a assisté à l'accident et a reconnu formellement le conducteur.

Je ne voyais qu'une seule explication, c'était quelqu'un qui le connaissait.

— Qui est ce témoin ?

J'entendis un bruissement de papier.

— La femme du type. Mary Ellen Spero.

16

Une demi-heure plus tard, Grendel fulminait encore d'avoir été arrosé. Il détestait l'eau presque autant qu'il détestait Rufus. Cette douche impromptue l'avait lancé dans une course folle dans toute la maison en quête d'objets à détruire. Par deux fois, j'avais dû l'empêcher de grimper aux rideaux. Je finis par tenter de l'amadouer à l'aide d'une boîte de thon.

Dès qu'il m'entendit ouvrir la boîte, il oublia sa rancœur et vint se frotter à mes mollets tandis que je versais le thon dans sa gamelle.

Pendant que Sean prenait sa douche, je réfléchissais à ses propos. Je ne comprenais pas. Oui, j'avais peur. Qui n'aurait pas peur à ma place ? Mais j'étais disposée à croire en l'avenir. Pourquoi n'en était-il pas de même pour lui ? Je commençais à avoir la migraine à force de me torturer les méninges.

Au moment où j'allais avaler un cachet, j'entendis la sonnerie de mon téléphone.

— Lucy, répondis-je, essayant d'ignorer également mon estomac barbouillé.

— Salut, Lucy, c'est Christa.

Il était un peu plus de 9 heures.

— Tout va bien ? Tu ne devrais pas être en cours ?

— Je commence plus tard aujourd'hui. Je me demandais si je pourrais passer dire bonjour à Rufus après le lycée. J'ai lu l'article dans le journal de ce matin. Il me manque

— Je suis vraiment désolée, Christa, mais il est chez le vétérinaire.

— Ah bon ? Pourquoi ? demanda-t-elle, alarmée.

— Pour un bilan de santé. Il ne mange pas bien. Préfère-t-il une marque spécifique de croquettes ?

— J'avais bien dit à ma mère qu'il avait besoin de ses croquettes. Je peux vous les apporter cet après-midi.

— En fait, Sean et moi passons voir tes parents ce matin. Je les prendrai à ce moment-là.

— Vous venez bientôt ?

— Dans une demi-heure environ. C'est possible ?

Elle toussa.

— Euh oui, c'est bien, mais...

— Quoi ?

— Rien, c'est parfait. Merci. Mais je ne serai pas là, j'ai cours bientôt. Je confierai les croquettes à Esme.

— Esme ?

— La gouvernante.

— D'accord. Rufus devrait être de retour ce soir, si tu veux venir.

— J'ai mon cours de théâtre. Mais peut-être demain.

— Comme tu veux.

Il devait lui être difficile de ne plus voir ni son grand-père ni son chien.

Je venais de raccrocher quand je reçus un nouvel appel. En voyant le nom de mon correspondant, je serrai les dents.

— C'est Meaghan ! lançai-je avant de répondre.

La jeune femme avait perdu de son entrain. Sans doute avait-elle appris que son amour de jeunesse était recherché.

— Merci d'avoir appelé, dis-je en avalant une gorgée d'eau.

— Vous êtes au courant pour Tristan ?

— Hélas oui.

Grendel sifflait face à Thoreau, lui intimant de rester à distance de son thon. Tout en parlant, je décidai de lancer une machine à laver avant que nous ne partions chez Jemima. Je me rendis dans la chambre et, d'une main, j'ôtai les draps du lit pour les mettre par terre et posai un drap propre sur le matelas.

— La police pense que c'est Tristan qui l'a renversé, continua Meaghan, mais c'est tout bonnement impossible. Il n'est pas violent, Lucy. Il n'a pas pu faire une chose pareille.

— Meaghan, saviez-vous qu'Anthony Spero avait affirmé à Tristan que vous étiez morte et que vous vous étiez suicidée à cause de lui ? C'est ce qui a déclenché la bagarre, il y a huit ans.

— Comment a-t-il pu ! s'exclama-t-elle d'une voix stridente. C'est tellement… cruel. Au-delà de la cruauté.

Je ne pouvais affirmer le contraire, mais cela ne changeait rien au fait que Tristan avait un mobile solide. Je renonçai à poser mon drap-housse d'une main et m'assis sur le lit.

— Tristan a appris seulement hier soir que vous étiez en vie. Le choc est peut-être à l'origine de l'accident qui a tué Spero.

— Il m'a crue morte pendant toutes ces années ? Comment le savez-vous ?

Au stade où elle en était, autant lui dire la vérité.

— Sean et moi avons parlé avec Tristan, hier soir.

— Ah bon ? Comment allait-il ? De quoi avait-il l'air ? Vous a-t-il parlé de moi ?

Je n'eus aucun mal à imaginer Meaghan telle qu'elle était au lycée.

— Il était en colère, lui répondis-je. Anthony lui a menti, avec les conséquences que l'on connaît.

— Avait-il envie de me voir ?

Je soupirai. C'était la question que je redoutais.

— À ses propres conditions.

— Que voulez-vous dire ?

— Il voulait que nous lui remettions vos coordonnées afin qu'il vous contacte par ses propres moyens.

— C'est ce que vous avez fait ?

Elle semblait au bord de la panique, mais ne pouvait pas penser que Tristan était un criminel. Elle avait tout simplement eu peur de ne jamais le revoir.

— Non. Il fallait que je vous consulte au préalable. N'oubliez pas qu'il est recherché, Meaghan.

— Je ne crois pas à sa culpabilité.

Mary Ellen Spero n'était pas de cet avis, apparemment.

— Excusez ma franchise, mais le déni est parfois dangereux.

Sean sortit de la salle de bains, drapé dans une serviette. Je perdis le fil de mes pensées pour admirer ses épaules musclées, son torse, son ventre, et sa fine cicatrice sur l'épaule gauche. Si seulement j'avais pu le guérir d'un baiser, il aurait été l'homme le plus fort du monde.

En me voyant au téléphone, Sean m'interrogea du regard.

Je lui murmurai que c'était Meaghan.

— Et s'il était innocent ? déclara-t-elle. Si c'était une coïncidence ?

— Il y a un témoin oculaire.

— Les témoins se trompent parfois.

Elle était désespérée. Au vu de ses antécédents, c'était inquiétant. Elle risquait de sombrer de nouveau.

— Vous êtes ma cliente et je me préoccupe surtout de vous, lui dis-je.

— Ne vous en faites pas pour moi. Je vais bien. Et je veux que vous remettiez mes coordonnées à Tristan.

Sean traversa la chambre et m'embrassa dans le cou. Il enfila un pantalon noir et termina d'ajuster le drap-housse.

— Ce n'est pas facile, dis-je à Meaghan en me levant.

— Pourquoi ?

Je ramassai mon linge et quittai la pièce.

— Nous n'avons aucun moyen de le contacter. Il a dit qu'il nous ferait signe, ce qui ne risque plus d'arriver puisqu'il est activement recherché. De plus, nous serions sans doute accusés d'obstruction ou de complicité.

— Donc vous laissez tomber l'affaire ?

Avec ces nouvelles accusations, je n'avais pas le choix.

— Je regrette, dis-je. J'aurais préféré que les choses se déroulent autrement.

Il ne servait à rien de me sentir coupable. Mon agence n'était pas responsable du fait que Tristan s'était rendu chez les Spero. Je portai mon linge vers la machine à laver dans la cuisine.

— Vous ne parlez pas sérieusement ?

Elle semblait effondrée.

— Écoutez, Meaghan, je suis ennuyée. Les événements actuels dépassent le cadre des activités de mon agence.

Un long silence s'installa.

— Vous travaillez étroitement avec SD Investigations, non ? Avec Sean ?

Je rougis en songeant aux rapports étroits que j'avais eus avec Sean, pendant la nuit.

— En effet. Mon service fait également partie de cette agence.

— Dans ce cas, je souhaite engager Sean.

— Théoriquement, c'est déjà le cas.

Quand je regagnai ma chambre, Sean était prêt.

— Je crains qu'il ne puisse pas vous aider non plus. Il doit respecter les mêmes règles.

— Non. Pas pour retrouver Tristan, cela peut attendre. Je veux qu'il prouve que Tristan n'est pas responsable de cet accident. Peu m'importe le prix. Tristan est victime d'une injustice et je veux me battre pour lui, Lucy.

Je me mordis la lèvre. Ce combat était romantique en diable, la jeune fille sage qui sauve son mauvais garçon. Mais je devais rester sur terre. Tristan était un homme dangereux. Je ne voulais pas jouer avec le feu.

— Il n'est pas illégal pour un détective privé de se demander ce qui s'est passé, non ?

— Non.

La police ne serait sans doute pas ravie.

— Pouvez-vous en parler à Sean pour voir ce qu'il en pense ?

— Ne quittez pas.

— D'accord.

Je couvris l'appareil de ma main.

— Qu'est-ce qu'elle veut ? demanda Sean.

— Je dois renoncer au dossier.

Il hocha la tête. Nous en avions déjà parlé.

— Mais elle veut t'engager dans le cadre de SDI. Pour innocenter Tristan. Elle refuse de croire qu'il ait quoi que ce soit à voir dans la mort de Spero. Je lui ai dit que j'allais t'en parler, mais je ne pense pas que ce soit une bonne idée de rester impliqués dans cette affaire.

— Je m'en charge, répondit-il sans l'ombre d'une hésitation.

Je le dévisageai, bouche bée.

— Passe-moi ton téléphone, reprit-il. Meaghan ? Sean Donahue à l'appareil.

Il me tournait le dos, mais je vis ses épaules se raidir tandis qu'il s'entretenait avec la jeune femme. Ses boucles encore humides tombaient sur sa nuque.

J'écoutai ouvertement sa conversation tandis qu'il prenait rendez-vous avec elle dans l'après-midi pour régler les formalités.

Ensuite, il se tourna vers moi.

J'attendais des explications de sa part.

— Tu me fais confiance ? demanda-t-il.

Confiance… Il n'y avait pas si longtemps, c'était moi qui lui demandais de m'accorder sa confiance, quand je ne pouvais me tourner vers personne d'autre. Il n'avait pas eu l'ombre d'une hésitation. Avec Sean, pas moyen d'avancer à petits pas, il fallait foncer tête la première.

Je me radoucis et fis oui de la tête.

Il me rendit mon téléphone et quitta la chambre sans un mot de plus.

La grille de la propriété était ouverte. Les pneus de la voiture crissèrent sur des plaques de neige. Le soleil dardait ses rayons sur la maison de verre de Mac qui étincelait comme les eaux de l'océan, au-delà de la falaise.

J'avais appelé Jemima pour lui annoncer notre visite. C'était Rick Hayes qui m'avait répondu. Em aurait été ravie de parler à cette icône du rock. Pour moi, il n'était qu'un homme entre deux âges qui n'avait pas semblé enchanté de me parler, surtout quand je lui avais exposé les raisons de mon appel. Néanmoins, il avait accepté de nous recevoir.

Il régnait une certaine tension entre Sean et moi. De toute évidence, il me cachait quelque chose concernant l'affaire Rourke. Je ne pouvais m'empêcher d'être blessée par ce silence.

Je lui avais pourtant assuré que je lui faisais confiance, mais les questions se bousculaient dans ma tête.

Quels étaient donc ces secrets qu'il me cachait ? Quand me laisserait-il entrer vraiment dans sa vie ? Que nous réservait l'avenir ?

J'en revenais toujours à cette question essentielle. Un jour, Dovie avait suggéré que la malédiction de Cupidon pouvait sauter une génération ; à moins que la décharge électrique que j'avais subie à l'adolescence n'ait exorcisé la malédiction tout en me privant de la capacité à voir les auras…

Je n'en avais aucune idée et je vivais dans la peur. Comment m'en défaire ? Certes, je pouvais vivre avec, l'affronter, la nier. De là à m'en débarrasser…

Tant que je n'avais pas trouvé de solution, je devais me contenter de faire un pas en avant et deux pas en arrière avec Sean.

— Tu es prête ? me demanda-t-il.

— Oui, répondis-je avec angoisse.

Une brise fraîche soufflait de l'océan, annonçant le printemps. Le carillon résonna longuement, sans les aboiements de Rufus. Une femme élégante vêtue d'une robe noire sous un tablier blanc vint nous ouvrir la porte. Je la reconnus. Elle était présente lors de notre dernière visite.

— Suivez-moi, dit Esme d'un ton vif. Je porterai ensuite les croquettes de Rufus dans votre voiture.

— Merci.

— Je vous en prie, répondit-elle en inclinant la tête.

Sean posa la main dans le creux de mes reins tandis que nous longions un couloir pour pénétrer dans une vaste pièce à vivre. Rick Hayes se leva pour nous accueillir, mais Jemima resta installée sur son canapé design, un livre sur les genoux. J'en déchiffrai le titre : *Tao, vivez vos énergies*. Elle le posa sur la table basse en verre à notre entrée.

Sean serra la main de Rick. J'en fis autant, quoiqu'à contrecœur. Je regrettais toujours de ne pas porter de gants, ce qui m'aurait évité d'avoir des visions en touchant la paume de quelqu'un.

En un éclair, je me retrouvai dans un autre État, dans un hôtel miteux au plafond taché d'humidité, aux lits de mauvaise qualité et à la moquette sale. Je bénis Cupidon de ne pas m'imposer le sens de l'odorat dans mes visions. Derrière une vieille table de chevet, je vis une guitare rose.

Rick m'observa avec attention, mais je n'étais pas d'humeur à entrer dans le jeu de ses provocations. Il était maigre et très grand, mais il semblait en bonne santé, le teint clair et un regard marron pétillant. Il avait même un certain charme, un charisme indéfinissable. Pas étonnant que des adolescentes aient eu son poster dans leur chambre. Il n'avait jamais connu une gloire planétaire, certes, mais il avait du talent.

Si Jemima nous accorda à peine un regard, son mari nous désigna deux fauteuils en cuir. Elle portait un élégant tailleur-pantalon de créateur et un chemisier en soie. Les ongles de ses pieds nus étaient vernis en rouge. Ses cheveux bouclés tombaient en cascades sur ses épaules voûtées. Pour seul bijou, elle arborait une alliance en platine. Son maquillage ne parvenait pas à masquer des cernes bleutés.

Rick s'installa au côté de sa femme et tendit ses longues jambes.

— Je suis désolé de ne pas avoir été présent lors de votre dernière visite. J'avais un rendez-vous. Comment va Rufus ?

Je balayai la pièce du regard en quête de signes de Christa, mais je ne vis même pas une photo de bébé. Tout était froid, dépouillé, aseptisé. J'eus envie de partir.

— Il s'habitue peu à peu. Ma grand-mère va l'adopter.

— Christa m'a parlé de votre proposition de la laisser rendre visite au chien, intervint Jemima. Je ne crois pas que ce soit une bonne idée. Mieux vaut couper les liens définitivement, vous ne trouvez pas ?

C'était une question rhétorique, mais je n'étais pas disposée à céder.

— Non, pas vraiment. S'ils peuvent se voir, la séparation sera moins brutale et plus facile à surmonter pour tous les deux.

— Je ne suis pas de cet avis, rétorqua froidement Jemima.

Était-ce une attitude taoïste ? J'en doutais fortement. Mieux valait qu'elle poursuive assidûment sa lecture, car elle n'avait pas intégré tous les concepts.

Rick posa une main sur le genou de sa femme.

— Et si nous lui autorisions quelques visites ? suggéra-t-il.

Jemima repoussa sa main et se leva pour aller contempler l'océan par la baie vitrée, les bras croisés. Ses cheveux roux tombaient dans son dos. Dans un tel cadre, elle était d'une grande beauté.

— Nous sommes tous stressés, comme vous pouvez l'imaginer, déclara Rick. Nous cherchons avant tout à protéger Christa. En surface, elle semble bien gérer la situation, mais ce n'est qu'une enfant. À son âge, on a tendance à masquer ses véritables sentiments. Mais il arrive que l'on craque.

— C'est moi qui veux ce qu'il y a de mieux pour Christa, s'emporta Jemima. Toi, tu ne veux qu'une solution rapide à tes problèmes. Plus vite elle fera le deuil de ce chien, mieux cela vaudra pour elle à long terme. Elle n'a pas besoin d'un animal qui lui rappelle des souvenirs douloureux.

Je me mordis la lèvre. Soudain, je compris pourquoi Jemima tenait tant au départ de Rufus. Je la voyais sous un nouveau jour, devinant son cœur de mère sous son masque de froideur.

— Arrête, lança Rick. Tu n'es pas rationnelle.

Jemima crispa les poings.

Je dus toussoter pour leur rappeler qu'ils n'étaient pas seuls.

— Christa savait-elle que son grand-père était condamné par la maladie ?

Autant jouer franc jeu.

La jeune fille était au lycée. Il n'y avait aucune chance qu'elle assiste à cette conversation.

— Non. Mac nous a demandé de ne rien lui dire, fit Rick en baissant les yeux. La police est donc au courant de son état de santé ?

— Oui, mais pourquoi ne leur avez-vous rien dit ? demandai-je. Cet élément aurait pu faciliter leur enquête.

Jemima rougit.

— Ce n'est pas moi qui en ai décidé ainsi.

— Je ne vois pas en quoi cela aurait été utile aux recherches, objecta Rick.

— Cette maladie renforce la théorie du suicide, expliqua Sean. Il est moins plausible qu'il ait disparu contre son gré.

— Et en quoi cela nous aide-t-il ? insista Rick. Mac est toujours mort.

Jemima retint son souffle.

— Mac avait-il souscrit une assurance-vie ? demanda Sean.

— Naturellement, répondit Rick.

— La police comprend-elle une clause concernant le suicide ? insista Sean en les observant tour à tour.

Rick recula et posa un bras sur le dossier du canapé.

— Je n'en sais rien.

— Qu'est-ce qu'une clause de suicide au juste ? s'enquit Jemima.

— Certaines compagnies d'assurances refusent de verser le capital en cas de suicide. Dans ce cas, le contrat est annulé.

Elle lança un regard à son mari qui baissa la tête.

— Voilà qui explique beaucoup de choses, dit-elle.

— Qui en est le bénéficiaire ? s'enquit Sean.

— Moi, déclara Jemima.

Sans un mot de plus, elle quitta la pièce.

Rick esquissa un sourire.

— Ma femme a tendance à se mettre en colère facilement. Ce n'est pas une question d'argent.

— Vraiment ? demandai-je. J'ai appris que vous cherchiez un financement pour une émission de téléréalité.

— C'est vrai, admit-il, la mine soucieuse.

Pour un rockeur sur le retour, il avait de beaux restes.

— Je ne veux simplement pas prendre le risque financier tout seul, reprit-il. Il y a tant de gens prêts à soutenir un grand projet.

— Ah oui ? fit Sean.

Je perçus son scepticisme. Quel commentaire avait pu lui mettre la puce à l'oreille ? Le grand nombre d'investisseurs potentiels ou le fait que son émission était un grand projet ? Les deux, sans doute.

— Absolument. Je viens d'apprendre que le tournage commençait le mois prochain.

— Avez-vous lu le testament de Mac ? poursuivit Sean.

— Oui. Nous lançons une procédure pour le déclarer officiellement mort.

Il avait dit « nous », mais je le soupçonnais d'être seul à l'origine de cette initiative.

— Et alors ? fis-je.

— Autant vous le dire, Mac lègue une grande partie de son patrimoine à des associations caritatives. Christa touchera le reste le jour de ses dix-huit ans. L'assurance vie est indépendante du testament, et en faveur de Jemima.

— Et la maison ? demanda Sean.

— Elle sera vendue et l'argent sera versé au patrimoine, répondit Rick, très à l'aise. C'est aussi bien. Mon projet sera filmé à Los Angeles. Inutile de garder deux maisons.

Lorsqu'il se leva, j'en fis autant, ainsi que Sean. Je ne pouvais m'empêcher de penser à Christa.

— Vous allez déménager ? Et votre fille ? Elle a encore une année de lycée, non ?

— Ce sera un excellent sujet pour la télévision, vous ne trouvez pas ?

Je trébuchai, mais Sean m'attrapa la main de justesse.

Sean et moi étions alanguis dans un hamac, entre deux palmiers, au bord de l'océan d'un bleu limpide. De petites îles verdoyantes parsemaient l'horizon. Un voilier était ancré au loin. Sean se tourna vers moi, un sourire dans son regard nacré. Nous étions enlacés, peau contre peau, ma main sur son torse, son bras autour de mes épaules. Il me serra plus fort et se pencha vers moi pour…

Sean me lâcha la main. Les images s'éloignèrent, de plus en plus floues, mais les émotions subsistèrent. De la joie. Une joie pure m'emplit par tous les pores. Je me tournai vers Sean qui me caressa la joue. Dans ses yeux, je lus qu'il partageait cette joie.

Cette magie.

— La chaîne de télévision pense que l'adaptation de l'histoire de Christa attirera les plus jeunes téléspectateurs.

Rick n'avait pas remarqué mon faux pas. Se rendait-il compte de ce qui se passait autour de lui ? S'intéressait-il à tout ce qui ne le concernait pas directement ? J'en doutais. Il se moquait éperdument de priver l'adolescente de ses amis et de son environnement familier. Il voulait même montrer au monde entier combien elle vivait des moments difficiles. C'était dérangeant.

— Rick ?

— Oui ? dit-il en ouvrant la porte d'entrée.

— Quand Christa aura-t-elle dix-huit ans ?

Il m'adressa son sourire charmeur.

— Dans deux mois, en avril. Je n'arrive pas à y croire. Les enfants grandissent trop vite, vous ne trouvez pas ?

17

Une heure et demie plus tard, j'étais derrière mon bureau, les pieds en l'air, la tête en bas, incapable de chasser mes idées sombres à propos de Rick Hayes. Il était charmant, vu de l'extérieur, mais sournois à l'intérieur. Peut-être était-ce son karma de n'avoir jamais connu la gloire qu'il espérait.

L'établissement officiel de la mort de Mac mettrait Rick à l'abri pour toujours. Entre la prime de l'assurance-vie que toucherait Jemima et l'héritage de Christa, il avait tout prévu. Sans doute n'allait-il pas tarder à récupérer le pactole.

Après avoir déposé les croquettes de Rufus chez Dovie, il nous fallut récupérer Thoreau pour l'emmener chez Sam. Sa femme Lizzie avait proposé de veiller sur lui pour la journée. C'était très généreux de sa part, quand on pense à l'état dans lequel il avait mis ses tapis.

Au-dessus de ma tête, j'entendis le parquet craquer. Sean préparait son rendez-vous dans son bureau. Je ne comprenais toujours pas pourquoi il avait accepté cette mission.

En entendant quelqu'un marcher dans le couloir, je posai les pieds à terre. Preston entra en trombe, les yeux écarquillés.

— Il est de retour ! s'exclama-t-elle, essoufflée. Aide-moi à l'attraper, j'ai un plan.

Elle n'eut pas à préciser de qui elle me parlait avec tant d'enthousiasme. Encore le cowboy solitaire. Elle sortit de son sac un talkie-walkie qu'elle me lança.

— Tu surveilles les lieux depuis la fenêtre donnant sur la rue, d'accord ? Dis-moi dans quelle direction il part. J'ai besoin de le traquer depuis les airs.

— Tu n'as pas les moyens de t'offrir un hélicoptère, je suppose.

— Non.

Elle fila avant même que j'aie eu le temps de me lever. J'ignorais qu'elle était aussi vive. À la réception, le siège de Suzannah était vide. Je me doutais de l'endroit où elle se trouvait. Prenant les jumelles, je scrutai la foule. Elle était bien là, sur la pelouse, à essayer d'attraper des billets au vol.

— Lucy, tu l'as repéré ? fit la voix de Preston dans l'appareil.

Les gens étaient groupés autour du cowboy, mais ils ne s'intéressaient qu'aux coupures de vingt dollars qui virevoltaient doucement. Soudain, l'homme masqué disparut.

— Il se dirige vers Charles, dis-je, les yeux plissés derrière mes jumelles.

— Bien reçu.

— Il porte une chemise et un jean noirs, ajoutai-je, le cœur battant. Il tient un sac fourre-tout en bandoulière. Il enlève son masque !

Il rangea ledit masque dans son sac. Hélas, il me tournait le dos, de sorte que je ne distinguais pas son visage.

— Je le vois, lança Preston.

En réglant mes jumelles, je la vis s'approcher de l'inconnu. Ils n'étaient que deux petites silhouettes lointaines. En regardant par-dessus son épaule, le cowboy solitaire repéra la journaliste et prit ses jambes à son cou. Son chapeau s'envola dans son sillage. Très vite, l'homme disparut derrière un bosquet.

Preston se lança à sa poursuite telle une sprinteuse visant la ligne d'arrivée aux Jeux olympiques. Soudain, elle trébucha et s'étala dans l'herbe de tout son long.

— Preston ! criai-je dans l'appareil en braquant mes jumelles sur elle. Tu t'es fait mal ?

Pas de réponse.

— Preston !

Elle leva lentement la tête et soupira, puis elle se redressa et porta le talkie-walkie à sa bouche :

— Satané talon. Je vais adopter des chaussures plates.

— Tu vas bien ? Tu t'es tordu la cheville ?

— Seul mon orgueil en a pris un coup, mais j'ai frôlé la catastrophe.

Elle rampa vers le chapeau du cowboy et le ramassa.

— Tu as vu dans quelle direction il est parti ? demanda-t-elle.

— Je l'ai perdu derrière les arbres. Je crois qu'il se dirigeait vers la grille du parc.

Je l'entendis maugréer une bordée de jurons, puis elle se ressaisit :

— Je rentre au bureau.

Elle se leva enfin, épousseta son pantalon et revint d'un pas incertain, croisant la foule déchaînée.

Cinq minutes plus tard, elle franchit le seuil de l'agence et s'écroula sur le canapé.

— J'étais à deux doigts de l'attraper.

Je lui tendis une bouteille d'eau.

— C'était bien joué.

— Je l'aurais eu si ce maudit talon ne m'avait pas lâchée une fois de plus.

— Je sais, répondis-je, désireuse de la rassurer. Si tu avais lu la peur sur son visage…

— Vraiment ? fit-elle en se redressant d'un bond.

— Tu lui as fait une peur bleue.

— Tu te moques de moi, mais ce n'est pas grave. La prochaine fois, je mettrai des chaussures de sport. Il n'aura aucune chance.

Elle était tenace, je devais au moins lui reconnaître cette qualité.

Elle brandit le chapeau d'un air triomphal.

— Je tiens au moins mon article à la une grâce à ça !

— Absolument. Le cowboy solitaire est au cœur de l'actualité en ce moment. Tu possèdes un élément unique.

— Pourquoi n'arrives-tu pas à avoir des visions à partir de l'objet perdu pour retrouver son propriétaire ? demanda-t-elle.

— Désolée, fis-je.

— Peut-être que tu as ce pouvoir mais que tu ne le sais pas.

Certes, j'ignorais encore beaucoup de choses sur mes propres capacités, mais j'avais la certitude de ne pouvoir susciter des visions à partir d'un objet. J'avais déjà essayé à de multiples reprises. Des centaines de fois, même. En vain.

— Cela ne marche pas.

Elle me lança le chapeau.

— Concentre-toi. Essaie, au moins.

Je le rattrapai. Preston allait me harceler jusqu'à ce que je cède, donc je fermai les yeux en chantonnant comme un moine bouddhiste.

Soudain, je rouvris les yeux.

— Il vient de chez Medford Millinery.

— Oh, tu as réussi !

Elle se leva d'un bond et sautilla de joie, à cloche-pied.

— C'est incroyable, reprit-elle. Pense à toutes les possibilités.

Je ne voulais pas briser ses illusions.

— Ne t'emballe pas, répondis-je en lui rendant son bien. C'est ce qui est inscrit sur l'étiquette.

Elle grommela :

— Tu n'es pas drôle. Je me demande pourquoi je t'aime bien.

— Tu ne m'aimes pas. Tu te sers de moi pour tes articles.

— C'est vrai, admit-elle avec un sourire. J'avais oublié.

— Désolée, je n'ai pas pu m'empêcher de te taquiner un peu. Mais on tient une piste. C'est un chapeau fabriqué sur mesure. On doit pouvoir identifier le client qui l'a commandé.

— Tu as raison ! s'exclama-t-elle, le regard pétillant d'enthousiasme. Tu te sens d'attaque pour aller sur le terrain ?

J'ignorais combien de temps l'entretien de Sean avec Meaghan allait durer. Ma paperasserie pouvait attendre. De plus, ce cowboy solitaire m'intriguait. Je décidai d'accepter :

— D'accord, mais faisons d'abord un saut au loft de mon père. Je dois récupérer ma voiture.

— Seulement si je peux entrer pour visiter les lieux.

— Non !

— Lucy, j'ai entendu dire qu'il possédait un Vermeer. C'est la vérité ?

Il était accroché au-dessus de la cheminée.

— C'est quand même non.

— Lucy, si tu acceptes, je te donne le tuyau que j'ai sur Tristan Rourke.

— De toute façon, tu es censée me transmettre tes informations.

— Pourquoi ? Tu n'es plus sur ce dossier.

Certes. Mais ce tuyau pouvait intéresser Sean. Plus vite il serait libéré de cette enquête, mieux je me sentirais. À en juger par la souffrance que je lisais dans son regard, cette histoire semblait l'affecter particulièrement. Preston ajouta perfidement :

— Sean aimerait sans doute le connaître... Suzannah m'a dit qu'il avait accepté de travailler pour Meaghan.

Elle connaissait mes points faibles. Je sentais monter en moi une envie de l'étrangler.

— Alors, le Vermeer ? insista-t-elle.

J'enfilai mon manteau et toisai Preston. Elle était en train de coller son talon brisé d'un air qui se voulait détaché, mais je n'étais pas dupe. Je la connaissais trop bien, elle mijotait quelque chose.

— Alors, qu'as-tu appris sur Tristan ?

Observant son talon rafistolé, elle répéta :

— Le Vermeer ?

— D'accord, concédai-je dans l'intérêt de Sean.

— J'ai exigé quelques renvois d'ascenseur de la part de mes informateurs les plus… infréquentables, disons. On dit que Tristan Rourke aurait une planque à Roxbury. Moyennant deux cents dollars, j'ai obtenu une adresse, mais je ne l'ai pas encore vérifiée. Je mettrai ce bakchich sur ma note de frais.

— Tu n'as pas de notes de frais.

— Maintenant, si.

Mon père allait adorer. Mais je devais admettre que la somme était raisonnable si le tuyau nous conduisait jusqu'à Tristan. L'affaire avait pris de l'ampleur depuis qu'il était recherché par le FBI.

— Ton contact est fiable ?

Vexée, elle fit la moue.

— Naturellement, qu'est-ce que tu crois ? Pour qui me prends-tu ?

— Pour une bonne journaliste.

Rendons à César ce qui appartient à César.

Elle parut si flattée que je faillis oublier combien elle était sournoise.

— Tu viendras avec moi vérifier la planque ? demanda-t-elle.

— Je ne travaille plus sur ce dossier, je te le rappelle.

— Moi, si, rétorqua-t-elle.

— Amuse-toi bien, dis-je en prenant ma sacoche. Mais j'aimerais avoir l'adresse pour la transmettre à Sean.

Elle écarquilla les yeux.

— C'est à Roxbury, l'un des quartiers les plus mal famés. Je ne veux pas y aller seule. Enfin, il le faudra bien mais si je disparais, tu indiqueras à la police où tu m'as vue pour la dernière fois, d'accord ?

— C'est bon, nous irons ensemble, soupirai-je.

— Je savais que je pouvais compter sur toi.

Elle m'avait manipulée, mais elle avait raison, elle pouvait compter sur moi. J'étais d'une loyauté à toute épreuve, même envers ceux qui ne le méritaient pas vraiment.

Dans le couloir, la porte du bureau de mon père était fermée. Sans doute recevait-il un client. Je montai voir Sean pour lui livrer l'information de Preston, mais la porte de son bureau était close et j'entendais la voix de Meaghan à l'intérieur.

Sam n'était pas là et Andrew, le réceptionniste de l'agence, était sans doute sorti déjeuner. Je laissai un message à son poste de travail à l'intention de Sean et quittai les lieux.

Dans l'escalier, Suzannah nous apprit qu'elle avait récolté quatre-vingts dollars. Je lui dis où Preston et moi nous rendions au cas où Sean me chercherait… ou si la police cherchait à nous retrouver.

18

J'avais la clé du loft de mon père. Preston m'emboîta le pas, curieuse de découvrir le cadre de vie d'Oscar Valentine. Sans doute était-elle surtout désireuse de glaner quelques informations sur le mystérieux passé de ma famille. Son envie d'admirer une toile de maître n'était qu'un prétexte.

Sur la console, dans l'entrée, se trouvait un indice de taille, une statuette en bronze représentant Cupidon. Preston ne lui prêta aucune attention, mais balaya le vaste espace d'un regard avide.

Pour l'heure, elle avait réussi à ne pas divulguer au monde entier que Cutter McCutchan était un Valentine. Elle avait aussi gardé le silence sur les tribulations sentimentales de mes parents. En revanche, serait-elle capable de résister à la tentation de faire un article à sensation sur le don de lire les auras que seuls mon père et Cutter possédaient ? Sa loyauté envers ma famille l'emporterait-elle sur son ambition de journaliste débutante en quête du scoop qui assurerait sa renommée ?

J'avais sincèrement envie de lui faire confiance, mais je n'y arrivais pas. Je déployais de gros efforts pour protéger notre secret. Tout en ignorant comment y arriver.

— Raphael ! appelai-je en posant mon sac près du Cupidon. Je viens chercher mes clés de voiture.

— Où est le Vermeer ? s'enquit Preston en scrutant les murs, les yeux écarquillés.

Je désignai l'immense cheminée. L'appartement offrait une vue saisissante sur le port de Boston. Le soleil entrait par la baie vitrée, inondant la pièce de lumière. Je remarquai immédiatement trois élégantes valises posées près de la porte. S'il envisageait de quitter la ville, il ne m'en avait rien dit.

Preston s'approcha du tableau et s'arrêta net. Un gloussement s'éleva de derrière l'imposant canapé. Elle recula d'un bond, me bousculant au passage.

Mon cœur s'emballa soudain.

— Qui est là ? lançai-je en direction du meuble tout en aidant Preston à retrouver l'équilibre.

Une tête apparut derrière le dossier du canapé.

Mon cœur se remit à battre normalement :

— Salut, papa.

— Bonjour Oscar, ajouta Preston avec un signe de la main. Je suis venue voir le Vermeer.

Il avait les cheveux en bataille et le regard brillant.

— Bonjour les filles.

— Qu'est-ce que tu fais chez toi ? Tu ne devrais pas être au bureau ou en rendez-vous ?

— Euh…

La tête de ma mère surgit à son tour, tout aussi hirsute.

— Lucy ! En voilà une surprise !

Preston étouffa un cri puis elle porta la main à ses lèvres.

Outre leurs cheveux en désordre, mes parents avaient les joues rouges et affichaient un sourire gêné. Sur le tapis, je remarquai enfin le pantalon de mon père, jeté là en boule.

Comprenant la situation, je mis les mains devant mes yeux en poussant un cri d'effroi.

— Je suis rentré à la maison pour… déjeuner, crut-il bon d'expliquer.

Ma mère s'esclaffa.

— C'est comme ça qu'on dit, de nos jours ? demanda Preston, pince-sans-rire, mais le regard pétillant de malice.

— Je suis traumatisée ! m'exclamai-je, très sérieuse. Marquée à vie. Je vais avoir besoin d'une thérapie.

— Je connais un bon psy. Tu veux ses coordonnées ? ironisa ma mère.

— Marquée à vie, répétai-je. Raphael est là ?

— Dans sa chambre, répondit mon père.

Dans le couloir, je me calmai enfin. M'habituerais-je un jour à les voir ensemble ?

— Ta famille est vraiment très intéressante, commenta Preston en me rejoignant.

— Intéressante ? Tu veux dire dysfonctionnelle. Et encore, tu ne sais pas tout.

— Quoi, par exemple ? demanda-t-elle, curieuse.

Je devais prendre garde à mes paroles en sa présence. Je frappai à la porte de Raphael.

— C'est ouvert !

Debout au milieu de son studio, il était entouré de cartons.

Preston referma la porte derrière elle.

— On est à l'abri, ici, j'espère. Maggie ne va pas surgir de derrière un carton ?

Son pantalon était maculé de poussière et il avait remonté les manches de sa chemise blanche. Ses cheveux poivre et sel étaient lissés en arrière dans un style très années 1950. Il avait le front moite.

— Tout va bien, assura-t-il.

— Qu'est-ce qui se passe ici ? demandai-je en scrutant les alentours.

— Je fais mes cartons.

— Cela représente beaucoup de bagages, même pour un mois de vacances.

Les murs étaient nus. Il ne restait que les clous aux emplacements des tableaux et des photos.

— Je déménage, annonça-t-il.

Sous le choc, j'eus l'impression que l'on m'arrachait le cœur.

— Où vas-tu habiter ?

Preston ramassa un morceau de papier bulle.

— Je m'installe chez Maggie. Dans sa maison de Cambridge.

J'entendis des *pop pop pop*.

J'avais posé une question stupide, mais c'était tout ce que j'avais trouvé à dire.

— Cela semble si soudain, repris-je, la voix brisée.

La veille, il ne m'en avait pas parlé.

— Ce matin, je me suis réveillé, dit-il en me regardant dans les yeux, et je me suis retourné. En voyant la place vide à côté de moi, j'ai enfin réalisé que je ne voulais plus passer une seule nuit sans elle. Et que rien ne m'en empêchait.

Preston continuait à crever ses bulles de plastique.

— Cela peut sembler un peu fleur bleue, admit-il, les poings crispés, comme si Preston l'agaçait avec son papier bulle.

— Encore une union réussie par Oscar Valentine, commenta-t-elle. Son taux de réussite est impressionnant, non ?

Raphael ne mordit pas à l'hameçon.

— On ne l'appelle pas « le roi de l'amour » pour rien.

Je n'étais pas en état de me soucier des soupçons de Preston. J'étais trop bouleversée par ces cartons. Je m'assis sur un accoudoir de fauteuil. Égoïstement, je n'avais pas envie de le voir partir. Il était toujours présent quand j'avais besoin de lui. Mais rien ne me rendait plus heureuse que son bonheur. Je voulais le voir heureux. Maggie et lui étaient faits l'un pour l'autre. C'était le destin. Jamais je n'aurais pu m'y opposer.

Je le pris dans mes bras pour le serrer très fort.

— Que deviendra papa si tu n'es plus là à plein temps ?

— Je crois qu'il a des projets personnels, répondit Raphael avec un sourire.

— Ah bon ? Lesquels ?

— Ce n'est pas à moi de t'en parler.

Quelqu'un frappa à la porte. Mon père glissa la tête à l'intérieur. Il sortait de la douche. Si l'irruption de Preston et moi l'avait contrarié, il n'en montrait rien. Il était aussi détendu que d'habitude.

— Preston, tu voulais admirer le Vermeer ? Je viens également d'acquérir un Gandolfi. Viens donc les voir.

Elle posa sur moi un regard affolé. De toute évidence, elle avait de sérieuses lacunes en peinture. Heureusement, elle apprenait vite et mon père était pédagogue. La malheureuse était sur le point d'endurer une leçon d'histoire de l'art.

— Amuse-toi bien, dis-je avec un signe de la main, tandis qu'elle s'éloignait.

— Que se passe-t-il ? s'enquit Raphael.

— Preston s'est découvert une passion pour l'art.

— À cause de Cutter ? hasarda-t-il, perspicace.

— J'en ai bien l'impression.

— L'as-tu prévenu ?

— Pas encore.

— Ne tarde pas trop.

— Il sera de retour ce week-end. Nous allons dîner ensemble. J'en profiterai pour lui parler.

Raphael ramassa le papier bulle abandonné par Preston.

— C'est agaçant cette manie.

Je brûlais néanmoins de faire éclater quelques bulles de plastique à mon tour.

— Cutter compte quitter la ville pour de bon ? demanda Raphael.

— Je ne sais pas. Il voyage beaucoup pour ses tableaux. Une semaine sur deux, il se rend dans une autre ville pour visiter une autre galerie.

— Hum, toussota Raphael, d'une mine peu convaincue.

— D'accord avec toi.

— Tu crois qu'il fuit ton père ? demanda-t-il avec un regard entendu.

— Ce n'est rien de le dire. J'espère qu'ils vont trouver un compromis tous les deux. Sinon, j'ai peur que papa ne rejette Cutter à jamais.

— Oscar doit se montrer patient.

— Et Cutter doit être conscient de la valeur de son don de voyance.

Je l'avais apprise à mes dépens. Je repensais à la raison de ma venue :

— Em t'a-t-elle laissé les clés de ma voiture ? Preston et moi devons nous rendre chez le chapelier, puis vérifier le tuyau sur Tristan Rourke.

Raphael sortit un trousseau de sa poche.

— Tu veux sortir par la porte de service ? me demanda-t-il en croisant les bras.

— Mon sac est sur la console, dans l'entrée. De plus, il faut que j'aille à la rescousse de Preston.

Je l'embrassai et pris congé. Une fois dans le couloir, je l'entendis faire éclater les bulles de plastique. *Pop pop pop*. Je passai la tête dans l'entrebâillement de la porte.

— Je n'ai pas pu résister, avoua-t-il en souriant.

Je l'abandonnai à ses cartons pour rejoindre ma mère dans la cuisine. Elle était en train d'éplucher des légumes.

— Tu as le temps de grignoter une salade ? me demanda-t-elle.

— Désolée, on doit partir.

J'observai le canapé du péché. Plus jamais je ne pourrais m'y asseoir.

— Depuis quand manges-tu de la salade ?

— Les gens changent, répondit-elle en s'affairant.

— Ah bon ? rétorquai-je, blessée. Tu crois ?

— Je sais ce que tu penses, Lucy. En vérité, je ne sais pas. Mais pour l'heure, cela n'a aucune importance. Et si je me sens bien ainsi, tu devrais l'accepter, toi aussi.

Ce n'était pas si facile.

— Cela durera peut-être une semaine, ou deux. Un an, voire deux. Qui peut le savoir ? Il faut profiter de la vie au lieu de s'inquiéter en permanence.

Si elle savait où j'en étais, dans ma propre vie.

— Comment fais-tu alors que tu sais que tu vas souffrir un jour ou l'autre ?

— La vie est jalonnée de souffrances. On tourne la page, voilà tout. Et on recommence.

Dans leur cas, ce n'était pas la première fois.

— Ce petit jeu s'accompagne du plaisir de changer de vie. Ton père est dans une telle forme qu'il m'a donné envie de l'être aussi. Je me suis inscrite à un club de gym.

Le régime, la zumba, la gym, ce retour de flamme était sérieux.

— Tu es parfaite telle que tu es, maman.

— Merci, chérie. Tu es ma fille préférée.

— Je suis aussi la seule, à moins que tu n'aies une nouvelle à m'annoncer ?

— Quelle insolence ! Écoute, j'ai besoin de ça. Je n'ai plus vingt ans. Je dois me soucier de ma santé.

— Tu es au courant que papa a une salle de sport en bas ?

— Si tu crois que je vais faire des exercices là où il risque de me voir, tu me connais mal.

Je rétorquai en riant :

— Ne dit-on pas que ceux qui se dépensent ensemble restent ensemble ?

Elle me lança une tomate cerise.

— Cette bague est magnifique, commentai-je en prenant sa main.

— Elle aurait besoin d'un bon nettoyage, répondit-elle en l'admirant à son tour. Mais elle est magnifique, en effet. Je me demande pourquoi je la trouvais trop clinquante.

— Tes sentiments envers papa ont peut-être joué un rôle.

— Sans doute.

J'entendis des voix dans le couloir. Mon père et Preston apparurent. Cette dernière m'implora du regard de la sauver.

J'eus pitié d'elle. Je connaissais les leçons interminables de mon père.

— Preston, il faut qu'on y aille.

— D'accord, dit-elle vivement en me rejoignant. On y va.

En prenant mon sac, je revis les valises.

— Tu pars ? demandai-je à mon père.

Il prit ma mère par la taille.

— D'une certaine façon, oui.

— Ton père s'installe chez moi, déclara ma mère avec un sourire.

— C'est merveilleux, commenta Preston en se tournant vers moi.

— Absolument, renchéris-je, sincère, mais le cœur serré.

— Nous allons organiser un grand dîner pour fêter l'événement samedi prochain. Tout le monde est invité.

— Même moi ? demanda Preston comme si elle était le vilain petit canard.

— Naturellement.

— Je devais dîner avec Cutter samedi, protestai-je.

— Amène-le, ce ne serait pas une vraie fête sans lui.

Cutter et Preston dans la même soirée, génial.

Tandis que nous attendions l'ascenseur, Preston me demanda :

— Cutter rentre quand, déjà ?

19

La boutique du chapelier se trouvait à Medford Square, à quinze minutes du centre-ville.

— La prochaine fois, c'est moi qui conduis, gronda Preston. Tu as roulé comme une grand-mère.

— Tu insultes Dovie, répondis-je en verrouillant les portières.

J'enfilai mes gants et scrutai les alentours. Je fus aussitôt attirée par un café sur le trottoir d'en face. J'allais traverser quand je me sentis tirée en arrière. Preston tenait fermement la bandoulière de mon sac.

— Le chapelier, c'est par là, dit-elle en montrant la direction opposée.

— Je peux t'y retrouver ?

— Tu n'arriveras pas à te concentrer tant que tu n'auras pas ton café au lait, c'est ça ?

— C'est ça.

— Alors dépêchons-nous.

Dix minutes plus tard, nous étions dans la boutique du chapelier, au milieu de chapeaux tous plus élégants les uns que les autres. Derrière son comptoir, l'employé ne semblait guère se réjouir de notre présence.

Preston s'avança d'un pas assuré. Il aurait fallu qu'elle travaille un peu sa délicatesse, notai-je en mon for intérieur. Elle posa le chapeau du cowboy solitaire devant lui.

— Bonjour monsieur. Nous avons trouvé ceci et nous espérions que vous pourriez nous aider à le rendre à son propriétaire.

Elle voulut battre les cils, mais son ton brusque anéantissait toute tentative de séduction.

Heureusement, car je me sentais incapable de gérer ce problème, en plus du reste. L'homme semblait avoir un pied dans la tombe tant il était chétif, squelettique même, avec une peau très fine et des traits tombants. Des taches sombres parsemaient son visage, son cou, jusqu'à son crâne dégarni. Des touffes de poils gris surgissaient de ses oreilles.

Il devait approcher des quatre-vingt-dix ans.

— Vous n'avez pas vu la pancarte ? demanda-t-il avec un fort accent italien.

— Quelle pancarte ? s'enquit Preston. Celle qui indique que vous ne reprenez pas la marchandise ? Nous ne voulons pas vous rendre ce chapeau, nous...

Il frappa du poing sur le comptoir.

— Les boissons et aliments sont interdits ! cria-t-il.

Preston fit un bond en arrière, renversant du café sur son manteau en laine blanche.

L'homme se pencha en avant en fulminant comme un taureau. Je reculai doucement vers la sortie.

— Vous n'auriez pas un mouchoir en papier, par hasard ? demanda-t-elle d'un ton doucereux.

Cette fois, il émit un grognement terrifiant qui me fit trembler.

— Ne le prenez pas comme ça, insista Preston, à peine touchée par cet éclat.

Pour ma part, j'étais prête à prendre mes jambes à mon cou. Preston se retourna, me prit mon gobelet et posa les deux sur le trottoir, devant la boutique.

— Tu voulais absolument prendre un café avant de venir... maugréa-t-elle en me fusillant du regard.

— Partons, murmurai-je.

— S'il croit qu'il va me faire rater le cowboy solitaire, grinça-t-elle les dents serrées, tandis que nous revenions dans la boutique. Et voilà, fit-elle à l'adresse du chapelier, en affichant un large sourire.

Il lui répondit d'un sourire pincé qui aurait provoqué des cauchemars chez n'importe qui.

— Dominic Pagano à votre service, concéda-t-il enfin. En quoi puis-je vous aider, mesdemoiselles ?

— Ce chapeau, lui rappela Preston en le reposant sur le comptoir.

— Ah oui.

Il le prit et le fit tourner délicatement entre ses doigts avant de le rendre à Preston.

— Je ne peux rien faire pour vous.

— Que voulez-vous dire ?

— Je ne divulgue pas le nom de mes clients.

— Mais vous savez pourtant de qui il s'agit ? persista-t-elle, pleine de hargne.

Je m'approchai au cas où elle se jetterait sur lui pour l'étrangler.

— Ma mémoire est parfaite, dit-il en se tapotant la tempe. Je n'oublie jamais un chapeau, ni un visage ou un nom. J'ai réalisé ce modèle en 1989. En juillet. La chaleur était suffocante, je m'en souviens encore.

Il caressa son œuvre comme s'il s'agissait d'un chat.

Je fouillai mon sac en quête d'une carte de visite, que je trouvai sous mes dossiers, une bouteille d'eau, un bâton de rouge à lèvres et mon portefeuille.

— Pourriez-vous contacter le propriétaire et l'informer que nous avons retrouvé son chapeau ? Nous aimerions lui parler. Il peut appeler n'importe quand.

Il prit la carte entre ses doigts noueux.

— Valentine ? Comme Oscar Valentine ? demanda-t-il, intrigué.

— C'est mon père.

Preston afficha un sourire triomphal.

L'homme rougit de plaisir.

— Il fallait le dire plus tôt. Oscar est l'un de mes meilleurs clients. Il aime les fedora, n'est-ce pas ?

— Je doute qu'il revienne ici quand il saura comment vous avez traité sa fille unique, lança Preston.

Je poussai un soupir. Autant jouer le jeu, si cela pouvait nous aider à trouver le cowboy solitaire.

— Et sa meilleure amie, renchérit Preston en me prenant par le bras.

C'était pousser un peu loin.

Le chapelier sortit une feuille de papier de sous son comptoir et griffonna un nom. Il vérifia dans un fichier rotatif à l'ancienne et nota également une adresse, puis il nous remit le papier.

Jeffrey Denham-Foster, résidant à Randolph.

— Je ne sais pas si cela vous sera très utile, ajouta-t-il.

— Pourquoi ? demandai-je.

— M. Denham-Foster est décédé l'an dernier.

Voilà qui changeait la donne, en effet.

— Il était marié ? s'enquit Preston.

— Oui, avec une femme adorable. Eva. Ils avaient trois enfants : Arnold, Matthias et Linda.

Pagano était sans doute capable de réciter leurs dates de naissance. Il ne nous avait pas menti.

— Je regrette de ne pas pouvoir vous aider davantage. Saluez votre père de ma part. Passez une excellente journée et…

— Oui ? fit Preston.

— Si vous revenez, n'oubliez pas : ni boissons ni aliments, grogna-t-il.

Preston prit le chapeau et m'entraîna vers la sortie. Dehors, elle ramassa nos gobelets et me tendit le mien, que je jetai dans une poubelle.

— Charmant, commentai-je à propos du chapelier.

— Moi je l'ai trouvé mignon. J'aime bien les vieux grincheux.

— J'en prends bonne note.

— Il est froid, gémit-elle en avalant une gorgée de café.

Soudain, je m'arrêtai net en voyant ma voiture.

— Quoi ? fit Preston en suivant mon regard.

Les quatre portières en étaient ouvertes. Je balayai la rue du regard.

— Qu'est-ce que tu cherches ? Tu veux appeler les flics ?

— Pas la peine, répondis-je, le cœur battant. Tristan Rourke est parti depuis longtemps.

20

— Comment sais-tu que c'était Tristan ? demanda Preston tandis que Scarlett, mon fidèle GPS, nous indiquait le chemin de Roxbury.

J'avais beau avoir passé ma vie à Boston et South Shore, j'étais toujours incapable de m'orienter dans la région.

— Je le sais, c'est tout.

— Mais comment ? insista-t-elle.

— N'oublie pas que je suis médium.

— Pas dans ce sens-là. Je me suis renseignée sur le sujet, figure-toi.

— Ah oui ? fis-je en lui adressant un regard de biais.

Où voulait-elle en venir ? Elle avait une idée derrière la tête, c'était évident.

— Cette histoire me fascine, surtout depuis que je sais que tes pouvoirs sont authentiques. Savais-tu que ces capacités sont souvent héréditaires ?

— Tu crois ? Parce que c'est la foudre et la décharge électrique qui m'ont dotée de la capacité de retrouver les objets perdus.

Ce n'était pas un mensonge, en théorie. Je lui cachais simplement que ce même incident m'avait privée de la possibilité de voir les auras que j'avais hérité de mon père.

— Quelqu'un d'autre était présent quand tu as été foudroyée ? demanda-t-elle en changeant de station de radio.

Elle s'était exprimée d'un ton détaché, mais je sentais la journaliste à l'œuvre.

— Ma mère. J'étais au téléphone avec Marisol, qui s'est précipitée chez moi quand la communication a été coupée.

Je ne m'en souvenais que trop bien. Le choc m'avait fait tomber du lit. Ma mère était aussitôt accourue pour voir si j'allais bien, et je n'avais pas vu son aura rouge. Mon univers coloré s'était assombri à jamais.

— Je suis certaine que mes parents se feraient un plaisir de te raconter cette histoire.

Elle regarda au-dehors, les lèvres pincées. Ce n'était pas la réponse qu'elle espérait. Manifestement, elle se doutait que mon père avait des pouvoirs, lui aussi. Elle ne mettrait guère de temps à savoir lesquels… comme pour Cutter d'ailleurs. Que ferait-elle alors de cette information ?

Comme elle ne réagissait pas, je laissai tomber la conversation.

— Tes fameux informateurs avaient-ils d'autres tuyaux sur Tristan ?

— Ils rechignent pour la plupart à parler de lui.

— Pourtant, ils le connaissent tous ?

— Cela ne fait aucun doute, dit-elle en se tournant vers moi. Si c'est Tristan qui a ouvert les portières de la voiture, pourquoi a-t-il agi de la sorte ? Je ne comprends pas.

Je regardai dans mon rétroviseur. Apparemment, nous n'étions pas suivies, mais je ne fus pas soulagée pour autant. C'était la deuxième fois que Tristan se montrait plus malin que moi, qu'il me prenait au dépourvu.

— Je n'en ai aucune idée.

Il aurait eu de nombreuses occasions de nous nuire. Il lui aurait suffi de quelques secondes pour lacérer les sièges du véhicule, par exemple. De quelques minutes à peine pour dérober le GPS et la radio. Or il s'était contenté d'ouvrir les portières.

D'une certaine façon, c'était encore plus impressionnant. Il proclamait ainsi que non seulement il savait où me trouver, mais que rien ne pourrait l'empêcher d'agir. C'était une menace subtile et efficace.

Je regardai de nouveau dans le rétroviseur. Toujours rien.

Scarlett, Mme GPS, m'ordonna de tourner à gauche dans trente mètres. Elle était autoritaire et exigeante, cette Scarlett. Mieux valait lui obéir sans sourciller. Nous nous dirigions vers l'adresse indiquée à Preston comme étant la planque de Tristan pour observer les lieux et vérifier la validité du renseignement.

— Tu sais s'il s'agit d'une maison ou d'un entrepôt ?

— Aucune idée. Pour deux cents dollars, on n'a pas grand-chose de nos jours.

Je pensai soudain au sans-abri sur son banc dans le parc et à l'argent qu'il avait glissé dans son gant. Je ne l'avais pas vu depuis plusieurs jours et me promis d'aller voir s'il avait besoin de quelque chose, à manger par exemple.

Je savais que je ne pouvais pas sauver le monde entier, peut-être même pas cet homme, mais je pouvais au moins essayer. J'avais les moyens de jouer les bienfaitrices. D'abord, je devais m'assurer qu'il avait besoin d'aide. Bien des gens refuseraient et je devais respecter sa volonté.

— À propos de ma note de frais, reprit Preston.

— Nous parlions de notes de frais ?

Scarlett m'ordonna de tourner à droite. Preston, elle, ignora ma question perfide.

— Je pense pouvoir y mettre une paire de bottes. Je travaillais quand j'ai cassé mon talon.

La colle n'avait pas tenu.

— Mais tu ne travaillais pas pour Valentine Inc. Le cowboy solitaire n'a aucun rapport avec les « Amours perdues ».

— Mais si je n'avais pas travaillé sur le dossier des « Amours perdues », je ne me serais jamais rendue en ville et, par conséquent, je n'aurais pas découvert l'existence du cowboy solitaire. C.Q.F.D.

— C.Q.F.D. ? Aurais-tu repris tes études à mon insu ?

— Je suis inscrite dans un cours de « Journalisme et éthique ».

Elle tenait son argument implacable.

— On achètera des bottes neuves sur le chemin du retour.

— Maintenant, je me rappelle pourquoi je t'apprécie tant.

— Parce que j'ai une carte de crédit au nom de la société ?

— Exactement.

Scarlett nous annonça que nous étions arrivées à destination. Je passai devant la boutique et fis un demi-tour qui déplut à Scarlett à tel point que je dus l'éteindre avant de garer la voiture sur le trottoir d'en face.

J'avais beau m'y attendre, je ne pus masquer ma surprise. Nous étions devant la laverie automatique de la grand-mère de Tristan. Une femme en sortit, chargée d'un panier contenant autre chose que du linge. Je ne parvins toutefois pas à identifier les articles.

— Qu'est-ce qu'elle transporte ?

Preston sortit ses jumelles de son sac et les braqua sur la femme.

— Des provisions : du lait, des céréales, de la soupe. Pas de vêtements. C'est bizarre pour une laverie. Pas une chaussette à l'horizon.

J'avais les yeux rivés sur ses jumelles.

— Quoi ? fit-elle.

— Tu te promènes en permanence avec une paire de jumelles de rechange ?

L'autre se trouvait au bureau, devant la fenêtre, là où je les avais laissées.

— J'ai été scout, répondit-elle en haussant les épaules. Je suis toujours prête.

— Tu as été scout ?

— Épargne-moi cet air ahuri. Tiens, voilà quelqu'un d'autre.

Un jeune Noir d'une vingtaine d'années venait d'entrer dans la laverie, portant un panier vide. Cinq minutes plus tard, il ressortait avec un panier plein.

— Qu'est-ce qu'il porte ? demandai-je.

— Deux couvertures, du pain et du lait écrémé.

Cette laverie avait-elle aussi vocation d'épicerie ?

— Entrons. Je veux connaître le fin mot de l'histoire, dit Preston.

— Maureen Rourke m'a déjà vue. Elle ne me dira rien.

— Très bien, j'y vais seule.

— Je ne crois pas que ce soit une bonne idée.

— Allez. Ce que tu peux être poule mouillée.

Avant que je ne puisse me moquer de cette expression d'un autre âge, elle descendit de voiture et traversa la rue, pas intimidée le moins de monde. La femme qui sortait de la boutique à ce moment-là s'écarta sur son passage. Preston faisait un peu peur…

Cette cliente tenait une petite fille par la main. De l'autre, elle portait un sac à provisions dont dépassait une miche de pain. Elle regarda dans les deux sens avant de s'engager sur la chaussée. Elles passèrent devant moi et se dirigèrent vers une résidence située un peu plus loin. L'enfant de quatre ou cinq ans traînait les pieds dans la neige fondue.

D'instinct, je descendis à mon tour et me lançai à leur poursuite. Au moment où je les rejoignais, la mère lâcha la main de la fillette et brandit une bombe lacrymogène.

— Arrêtez tout de suite ! m'ordonna-t-elle.

Je faillis chuter et retrouvai tant bien que mal mon équilibre sur ce terrain glissant.

— Je ne plaisante pas ! cria-t-elle, prête à m'asperger.

— Elle ne plaisante pas, renchérit la petite fille.

Mon pied se déroba et je me retrouvai assise par terre. Aussitôt, la boue glacée s'infiltra sous mon pantalon.

La fillette était hilare. Sa mère ne baissa pas son arme. Qu'à cela ne tienne, je pouvais avoir ma revanche, armée d'une boule de neige.

— Je viens en amie, déclarai-je ne m'efforçant de me relever avec élégance.

La femme me toisa d'un air méfiant et tendit la main. Elle avait rangé sa bombe paralysante.

— Vous m'avez fait une peur bleue, avoua-t-elle.

— Une peur bleue, répéta l'enfant.

— Chut, Nessie.

Une goutte d'eau glacée coula le long de ma cuisse. Je ne pris pas la peine d'inspecter mon pantalon.

— Qu'est-ce que vous me voulez ? demanda la femme.

— Je…

Décidément, je ne devais plus suivre mon instinct.

— Vous ne savez donc pas que ce quartier est mal famé ? Estimez-vous heureuse que je n'aie pas sorti une arme, ajouta-t-elle.

— Heureuse, répéta Nessie en hochant la tête, agitant ses couettes.

C'était effectivement un quartier difficile, mais je décelai quelques lueurs d'espoir au milieu des maisons délabrées. Un portail rutilant, une fenêtre neuve, une nouvelle couche de peinture.

— Je suis désolée. Je vous ai vue sortir de la laverie.

En jetant un coup d'œil en direction de la boutique, je ne vis aucun signe de Preston, mais je remarquai enfin que le bâtiment, avec sa peinture fraîche et son aspect soigné, donnait une excellente image pour ce type de commerce. Était-il vraiment souhaitable de se distinguer à ce point dans un tel environnement ? Même après avoir subi un ravalement ?

— Et alors ? fit la femme.

— Je ne sais pas. J'ai trouvé bizarre que vous sortiez avec des provisions et non du linge.

— Qu'est-ce que ça peut vous faire ?

— Oui, qu'est-ce que ça peut vous faire ? répéta Nessie.

Elle était le portrait craché de sa mère, avec sa peau dorée de métisse, son regard sombre et ses longs cils.

Je ne pouvais l'interroger de but en blanc sur Tristan Rourke. Mieux valait gagner du temps. Hélas, non seulement j'avais mal au coccyx, mais je commençais à geler sur place. Je mourais d'envie de rentrer chez moi prendre un bon bain chaud. Comment tirer discrètement les vers du nez à cette femme ?

— Vous connaissez Tristan Rourke ?

Elle arqua les sourcils.

— Robin des bois, Robin des bois, chantonna la fillette.

Mon regard passa de la mère à la fille, puis je posai les yeux sur le sac de provisions. En remarquant leurs vêtements mal adaptés à la saison, je compris.

— Robin des bois ? Celui qui dépouillait les riches pour donner aux pauvres ?

Nessie sourit.

— Je ne vous ai rien dit, hein ? déclara la femme.

— Moi non plus, renchérit l'enfant.

— Il vous procure uniquement de la nourriture ? demandai-je.

— Des vêtements, à manger, de l'argent, des couvertures, parfois des cours de rattrapage.

— Et que reçoit-il en échange ?

— Aucune idée, répondit-elle en se remettant en route. Ce quartier est peut-être défavorisé mais, il y a encore un an ou deux, c'était l'enfer absolu.

— L'enfer ! s'exclama Nessie.

Sa mère la foudroya du regard.

Tandis qu'elles s'éloignaient, Nessie regarda en arrière et me fit signe. Je lui répondis et sentis une présence derrière moi. Je fis volte-face. Soudain, un homme m'empoigna.

21

Le regard sombre, Sean me saisit par les avant-bras.

— Qu'est-ce que tu fais ici ?

Je ressentis une poussée d'adrénaline parcourir tout mon corps.

— Tu m'as fait une peur…

— Pardon, fit-il en relâchant son emprise. J'ai trouvé ton message, à propos de Tristan Rourke. Je ne pensais pas te trouver ici. L'endroit n'est pas sûr.

— Il paraît.

À la réflexion, que faisais-je là, en effet ? Comment avais-je laissé Preston m'entraîner dans cette galère ? Sean travaillait encore sur ce dossier, mais j'avais d'autres projets, pour ma part. Prendre un bon bain, histoire de chasser mes tourments, par exemple.

Il me toisa, s'attardant sur le bas de mon corps. Hélas, il n'admirait pas la coupe de mon pantalon, ni mes formes.

— J'ai glissé et je suis tombée dans la boue, avouai-je.

Il ouvrit le coffre de la voiture et en sortit une serviette de bain qu'il me tendit. Je l'enroulai autour de ma taille avant de m'installer au volant. Sean s'assit à la place du passager.

— Preston est à l'intérieur de la laverie. Elle a l'intention de révéler au grand jour la planque de Tristan.

— C'est qui ce type ? Batman ?

— Robin des bois, plutôt.

Face à son air perplexe, je lui fis part de ma découverte. J'avais l'impression d'avoir levé un lièvre mais, finalement, cela ne signifiait pas grand-chose.

Je claquais des dents. Si j'avais été moins pudique, j'aurais enlevé mon pantalon. Mais je ne tenais pas à devoir expliquer à Preston ma petite tenue. Je préférai démarrer la voiture et mettre le chauffage à fond.

De nouveau barbouillée, je regardai en direction de la laverie pour voir si Preston en avait terminé. Pourquoi tardait-elle tant ? Si seulement j'avais été capable de télépathie pour lui demander de se hâter. Une jeune femme entra en compagnie de deux petits garçons, mais sans panier de linge.

Ce que faisait Tristan était assez remarquable. Un système d'aide sociale à lui tout seul, un philanthrope ayant dévié du droit chemin. Qui l'eût cru ?

— Lucy ?

— Hmm ? fis-je, claquant toujours des dents, frigorifiée.

— Tu te sens bien ? Tu es pâle comme un linge.

Une voiture s'arrêta devant la laverie. Je me tournai vers Sean. Non, je ne me sentais pas bien. J'étais même folle de rage.

— Pourquoi n'as-tu pas laissé tomber cette affaire ?

Il voulut me répondre, puis se ravisa pour regarder par-dessus mon épaule.

Les agents Thomas et St John nous observaient.

Le soleil se couchait à l'horizon tandis que je rentrais à la maison. Au loin, je vis un avion s'envoler.

Preston avait fini par sortir de la boutique. Cinq minutes plus tard, les agents du FBI avaient demandé à Sean de répondre à quelques questions. En ville.

Deux heures plus tard, il ne m'avait toujours pas donné de nouvelles.

Je garai la voiture le long de Main Street, à Cohasset, et courus chercher des plats à emporter dans mon bistrot favori. J'étais épuisée, affamée, de mauvaise humeur. Je n'avais qu'une envie, me retrouver chez moi, prendre un bon bain, câliner Grendel et aller me coucher. Seule.

Sean n'avait pas eu l'occasion de m'expliquer pourquoi il avait accepté le dossier de Meaghan. S'il comptait me le dire un jour. Il devait avoir une bonne raison et je voulais la connaître.

Par chance, j'avais pu déposer Preston à Valentine Inc. au lieu d'aller lui acheter des bottes. En la voyant franchir le seuil de sa laverie, Maureen Rourke l'avait observée, avant de décider qu'elle était digne de recevoir son aide. Les cheveux de Preston étaient si mal coupés qu'elle semblait s'en être chargée elle-même. Son manteau taché de café et sa botte au talon cassé avaient fait le reste.

Dans l'arrière-boutique, un escalier descendait vers un entrepôt digne des plus grands supermarchés.

— Tu aurais vu ! s'exclama-t-elle sur le chemin du retour. C'est à la fois un marché aux puces, un magasin discount, une banque. Le plus frappant, c'est que les gens ne prennent que ce dont ils ont vraiment besoin.

Elle était ressortie avec une paire de chaussures plates, un manteau et vingt dollars pour aller chez le coiffeur. Nul ne lui avait posé la moindre question ou demandé de paiement.

— Tu vas rédiger un article ? demandai-je.

— Je ne sais pas, avoua-t-elle, hésitante.

C'était pourtant un scoop de choix. Mais elle aurait privé du même coup de nombreuses personnes de cette aide précieuse, quelle que soit son origine.

Elle était en proie à un cruel dilemme.

En m'engageant dans l'allée de la propriété de ma grand-mère, je me demandais quand Sean m'appellerait. Je trouvais un peu étrange que le FBI ne veuille interroger que lui. Selon Preston, c'était à cause de son statut de détective privé, ce qui n'était pas mon cas.

Le fumet de mon consommé de volaille de chez le traiteur flotta vers mes narines depuis le siège du passager. La journée avait été longue et je n'avais pas déjeuné.

Bientôt, la maison de Dovie apparut comme par enchantement. Le manoir était superbe, même la nuit, grâce à l'éclairage qui soulignait son architecture classique, son élégance sobre qui faisait le bonheur de ma grand-mère. J'adorais les vieilles pierres, les fenêtres anciennes. Contre toute attente, une voiture était garée devant l'entrée. Plus étonnant encore, Dovie apparut sur le seuil en agitant les bras pour attirer mon attention.

À contrecœur, je garai ma voiture derrière le véhicule sombre que je ne connaissais pas. Aussitôt, ma portière s'ouvrit.

— Dieu merci, te voilà ! s'exclama ma grand-mère en m'entraînant par la manche.

— Qu'est-ce qui se passe ? fis-je en la suivant à petites foulées. C'est Rufus ?

— Non, il va bien. Il est en haut, enfermé dans ma chambre parce qu'il n'était pas sage.

— Il n'a pas apprécié sa visite chez le vétérinaire ? demandai-je en me demandant si Dovie avait apprécié le charmant docteur.

— Non, non, pas de problème avec le vétérinaire, expliqua-t-elle en rougissant légèrement. Rick et Jemima sont là car Christa a disparu ! Ce matin, elle ne s'est pas présentée au lycée.

Je la suivis dans la maison en refermant la porte derrière moi. Dans la cuisine, une odeur d'ail m'envahit les narines. De la fenêtre, je voyais mon cottage en bas de l'allée. Il avait le même charme un peu suranné que le manoir, avec une galerie extérieure en plus. En été, j'étais au paradis.

Chez moi.

Je n'aurais pu vivre nulle part ailleurs.

Jemima et Rick étaient attablés devant une tasse de café. Je m'attendais à trouver Em, mais je me rappelai qu'elle devait être en route pour Hawaii.

— Que se passe-t-il ? demandai-je en m'asseyant en face du couple.

— Christa n'est pas allée en cours ce matin. Elle ne répond pas au téléphone. Sa voiture a disparu. Nous ignorons où elle se trouve, bredouilla Jemima.

— Je suis certain qu'elle va bien, affirma Rick en tapotant la main de sa femme.

Elle eut un mouvement de recul.

— C'est une adolescente, reprit-il. Tu n'as jamais séché les cours à son âge ?

Je consultai ma montre. J'étais tellement fatiguée que les chiffres en étaient flous.

— À quelle heure commence sa répétition de théâtre ? Quelqu'un a vérifié si elle était là-bas ?

— Comment le savez-vous ? s'enquit Jemima.

— Elle m'en a parlé lorsqu'elle m'a appelée pour savoir si elle pouvait venir voir Rufus après le lycée.

— Elle t'a appelée ? s'étonna Dovie en me tendant ma tasse favorite.

— Oui, vers 9 heures, répondis-je en avalant une gorgée de café brûlant. Elle m'a dit qu'elle commençait plus tard aujourd'hui.

— Tu vois ! s'exclama Rick. Elle commençait à l'heure normale. Cela prouve qu'elle a séché. Elle va rentrer à la maison.

Jemima posa sur lui un regard plein d'effroi.

— Elle n'a jamais séché. Et même, si tel était le cas, où est-elle en ce moment ? Pourquoi n'est-elle pas allée à son cours de théâtre ? Et pourquoi ne répond-elle pas au téléphone ?

Dovie posa une main rassurante sur l'épaule de la jeune femme.

— Tout va s'arranger. Lucy, peux-tu essayer d'avoir une vision ?

J'étais fatiguée et la caféine ne m'avait pas encore donné de coup de fouet. Mais comment leur refuser ce service ?

— Bien sûr.

Rick se leva.

— Ça suffit. Elle a presque dix-huit ans. Elle va rentrer ! Tu la couves trop. Mettons-nous en route, sinon nous allons perdre la table que nous avons réservée.

Une réservation au restaurant ? Il pensait à sortir dans un moment pareil ? Même si Christa avait simplement fait une escapade, ce qui était probable, Jemima était en droit de s'inquiéter.

— En réalité, déclara-t-elle, j'ai l'impression que je ne l'ai pas assez choyée au contraire.

— Peu importe, maugréa son mari en se dirigeant vers la porte de service pour observer l'océan. Dépêche-toi.

— Je ne peux être efficace que si Christa porte sur elle un objet que vous lui avez offert en cadeau, un bijou, un téléphone portable, ce genre de chose.

Au bord des larmes, Jemima prit un air pensif.

— Je ne sais pas comment elle était habillée, ce matin. Comment puis-je l'ignorer ? ajouta-t-elle d'un ton désespéré.

— Un téléphone peut-être ? suggérai-je pour ne pas avoir à répondre à sa question.

— C'est Mac qui le lui a offert.

— Un baladeur ?

— Encore un cadeau de Mac.

— Une montre ?

— Elle n'en porte pas.

— Une bague alors ?

— Elle n'en a pas non plus.

Rick ricana dans son coin. Je me réjouis qu'Em ne soit pas là pour assister à la scène.

— Et sa voiture ? suggéra Dovie.

— C'était celle de Rick auparavant, répondit Jemima, pleine d'espoir.

— Dans ce cas, je peux sans doute passer par Rick.

Quelle charmante façon de terminer cette journée.

— Non merci, déclara-t-il.

Jemima se leva et se redressa. Elle avait fière allure avec sa jupe en daim et son pull cache-cœur bleu pâle. Ses cheveux noués en chignon révélaient un oiseau tatoué sur sa nuque.

Dovie vint se poster à côté de moi.

— Je te conseille de changer d'attitude, déclara Jemima.

— Sinon quoi ? demanda Rick en la regardant droit dans les yeux.

La sonnerie d'un téléphone portable lui évita de répondre. En consultant l'écran, Jemima fondit en larmes.

— Où étais-tu ? lança-t-elle en prenant l'appel. Où es-tu maintenant ? à la maison ? Tu es à la maison ?

Rick leva les yeux au ciel.

— On arrive tout de suite, conclut-elle.

Rick se dirigeait déjà vers la sortie. Jemima prit le temps d'embrasser Dovie.

— Merci, lui dit-elle.

— A-t-elle précisé où elle était passée ?

Jemima sourit.

— Elle est allée faire du shopping en ville avec des copines. Si je n'étais pas aussi soulagée, je pourrais l'étrangler.

Dovie les raccompagna.

— Bon débarras ! lança-t-elle dès qu'elle eut refermé la porte.

Ma soupe devait avoir refroidi. Il me suffirait de la passer au four à micro-ondes. Je mourais d'envie de rentrer chez moi pour n'en ressortir que le lendemain matin. J'étais prête à filer à l'anglaise quand Dovie toussota.

— J'ai un service à te demander, Lucy.

Par pitié, que ce ne soit pas trop compliqué.

— Lequel ?

— J'ai un rendez-vous, ce soir, m'expliqua-t-elle en dansant le cha-cha-cha dans le vestibule. Avec ce charmant docteur qui travaille avec Marisol. Il est un peu plus jeune que moi. À peine. Mais je me suis dit pourquoi pas, après tout ?

— C'est formidable. Vous allez danser ?

Marisol ne serait pas peu fière.

— D'abord dîner, puis danser, et ensuite, qui sait ? fit-elle d'un air suggestif.

Je préférai me boucher les oreilles pour ne pas en entendre davantage. Après mes parents, ma grand-mère. J'étais au bout du rouleau.

— Qu'est-ce que tu attends de moi ?

— C'est à propos de Rufus, répondit-elle en gravissant les premières marches de l'escalier. Je vais le promener avant de partir, mais il faudra le sortir vers 9 heures.

Cette idée de confier Rufus à Dovie n'était pas aussi brillante que je l'avais cru.

— Je ne sais pas à quelle heure je serai de retour, ajouta-t-elle d'un air coquin. Il devra faire un dernier petit tour vers minuit.

Décidément, c'était une très mauvaise idée.

— Et si tu l'amenais chez moi tout de suite ? proposai-je.

— Parfait. Pourquoi n'y avais-je pas pensé ?

Je n'étais pas dupe une seconde de son air ingénu.

22

Rufus tirait si fort sur sa laisse que c'était lui qui me promenait.

Moi qui avais envie de rester seule. Le café m'avait sortie de ma torpeur. Je songeais même à regarder un DVD de l'une de mes comédies musicales favorites avant de me coucher.

À cette époque de l'année, la nuit tombait de bonne heure. Les falaises étaient dans l'ombre au soleil couchant. Mon téléphone se mit à sonner. Sean, sans doute. C'était Marisol, très fière d'avoir joué les entremetteuses avec Dovie.

— Si tu l'avais vue avec le Dr Kearney. Ton père n'aurait pas fait mieux.

— Il serait fier de toi.

— Je ne vois pas les auras, mais je connais les gens. Ces deux-là sont faits l'un pour l'autre.

— Peut-être.

J'étais un peu moins optimiste que Marisol. Je connaissais trop bien ma grand-mère. Un vrai cœur d'artichaut.

— Tu as des nouvelles d'Em ?

Rufus m'entraîna dans l'allée menant vers la route en s'arrêtant pour marquer son territoire toutes les trente secondes.

— Elle m'a appelée de l'aéroport avant d'embarquer. Elle semblait ravie de partir.

— Je n'aime pas la voir s'en aller seule.

— Moi non plus, admit Marisol, mais ces vacances lui feront du bien. Je ne pensais pas qu'elle aurait autant de mal à s'adapter à son célibat. Aiden l'a invitée à sortir ?

L'allée était bordée d'arbres qui semblaient mordre peu à peu sur le gravier. Au fil des années, les jardiniers avaient fleuri un jardin déjà luxuriant. Au printemps, crocus, jonquilles et tulipes créaient un véritable arc-en-ciel.

— Pas encore.

— Qu'est-ce qu'il attend ?

— Je ne sais pas, peut-être un signe de la part d'Em.

— Cela peut durer longtemps. Il faut leur donner un coup de pouce. Je réfléchis à un plan et je te rappelle.

Lorsqu'elle eut raccroché, j'observai un instant mon écran. Marisol allait bientôt postuler à l'agence tant elle aimait former des couples.

Rufus leva la patte sur un tronc d'arbre, puis m'entraîna de plus belle. Au bout de l'allée, il s'arrêta net, au point que je faillis trébucher sur lui. À ma droite, je perçus le craquement d'une brindille. Rufus se mit à aboyer. Je scrutai les alentours en quête d'une silhouette dans la pénombre. Mon cœur battait la chamade.

Au bout d'une minute interminable, Rufus me lécha la main et renifla le sol avant de tirer sur sa laisse. Sans doute me faisais-je encore des idées. Il n'était pas rare qu'une brindille craque dans les bois. Je n'avais rien à craindre d'un écureuil sautillant d'arbre en arbre.

Sur la route, deux boîtes aux lettres étaient installées dans une aire découpée à la lisière des arbres afin que le facteur puisse arrêter sa voiture en toute sécurité. Tandis que je prenais mon courrier, Rufus renifla la zone.

J'avais reçu plusieurs factures, un catalogue et des enveloppes rédigées à la main. Des clients potentiels, sans doute. J'en ouvris une. Un adolescent me demandait de retrouver un collier de diamants qu'il avait « emprunté » à sa mère pour le prêter à sa petite amie, le temps d'une soirée costumée. Je souris, sachant que je ne pouvais rien pour le malheureux, à moins qu'il ne se décide à avouer sa faute à sa mère, car je devais passer par elle pour voir le collier.

Entre deux enveloppes, je découvris une carte postale représentant Old North Church. Le cachet de la poste indiquait qu'elle venait de Boston.

« Tu me manques. À bientôt. Cutter »

Ce petit futé l'avait postée avant de quitter la ville.

Je ris de son astuce en tirant sur la laisse pour éloigner Rufus d'un sumac, dont la sève toxique risquait de l'empoisonner en maculant ses poils.

— Allez, viens. On rentre.

Au loin, je perçus le vrombissement d'un moteur de voiture. Je me mis à l'abri mais, au lieu de s'éloigner en trombe, le véhicule ralentit et s'arrêta tout près de moi en me frôlant. Je fis tomber mon courrier.

Me voyant trembler de peur et de rage, Rufus me lécha le menton.

— Vous êtes fou ! lançai-je au conducteur lorsqu'il ouvrit la portière.

Soudain, je me tus.

— N'ayez pas peur, mademoiselle Valentine. Si j'avais voulu vous tuer, ce serait déjà fait.

— Je croyais que ce n'était pas votre style.

— En effet, concéda Tristan Rourke, mais cette phrase sonnait bien, non ?

Il s'approcha pour caresser Rufus.

— Gentil, le chien.

Rufus s'allongea sur le dos, en signe de soumission, espérant sans doute se faire gratter le ventre.

Grendel avait bien plus de dignité.

Tristan ne se fit pas prier. Rufus était en extase.

J'observai la voiture pour noter mentalement son numéro de plaque d'immatriculation, au cas où je m'en sortirai en vie.

— Ne vous fatiguez pas, dit Tristan en croisant les bras. Elle est volée.

— J'aurais dû m'en douter.

Il rit et ramassa mon courrier, laissant Rufus se relever seul en dérapant sur le sol glissant.

— Je n'ai pas beaucoup de temps, déclara-t-il en me remettant mon bien.

— Pourquoi me suivez-vous ?

— Je veux les coordonnées de Meaghan.

Comme si j'allais les fournir à un homme recherché pour meurtre, malgré le désir de la jeune femme de le revoir. Elle n'était pas raisonnable. L'amour pouvait tourner la tête. Par chance, rien ne m'obligeait à divulguer cette information. De toute façon, elle n'était plus ma cliente.

— Vous devriez peut-être vous rendre, lui conseillai-je.

— Pourquoi ?

Bonne question. Il se retrouverait derrière les barreaux pour très longtemps. Cela ne m'enchanterait guère, moi non plus.

— Je ne suis pas coupable, mademoiselle Valentine. Je n'ai pas renversé Spero, même si je remercie celui qui l'a fait.

— Il y a un témoin oculaire.

— Il a dû se méprendre, répondit-il en haussant les épaules.

Il n'y avait aucun risque.

— Voulez-vous bien me donner le numéro de Meaghan ? insista-t-il.

— Non.

— Je ne voudrais pas avoir recours à la méthode dure.

Je fis un pas en arrière.

— Je vous ai dit que je n'étais pas violent, non ? soupira-t-il.

— Je ne vous crois pas.

Rufus tira sur sa laisse, impatient de poursuivre sa promenade. J'entendis une voiture, au loin. Si seulement c'était une voiture de police.

Tristan l'entendit, lui aussi. Il monta en voiture et baissa sa vitre.

— J'obtiens toujours ce que je veux. On se reverra.

Cette fois, hélas, je le crus.

Il s'éloigna. La voiture que j'avais entendue ne vint pas. Rufus me ramena à la maison.

Tout près de la porte, il s'arrêta et dressa l'oreille, la tête penchée. Je ne percevais que le bruit de l'océan, en contrebas.

Soudain, Rufus bondit en avant avec une telle force que je lâchai sa laisse. Il s'enfonça dans un bosquet en aboyant et en remuant la queue. Posant mon courrier, je me lançai à sa poursuite. En atteignant le haut de l'allée, j'étais à bout de souffle. En un éclair, le chien avait disparu. Sachant que je ne pouvais le suivre, je retournai chercher ma voiture. Après trois heures de recherches vaines, je dus me résoudre à admettre, la mort dans l'âme, que j'avais perdu le chien.

23

Lorsque la sonnerie du téléphone me réveilla, Grendel était pratiquement couché sur ma tête. J'émergeai d'un terrible cauchemar dans lequel j'avais perdu Rufus.

Je me redressai en me frottant les yeux. De toute évidence, j'avais pleuré.

Et ce n'était pas qu'un cauchemar.

Je pris l'appel, espérant que quelqu'un ait lu le message que j'avais publié sur Internet à propos d'un golden retriever disparu.

— Allô ?

— Uva, fit la voix de Raphael. C'est moi.

Il était un peu plus de 7 heures du matin. Je n'avais dormi qu'une heure.

— Il est arrivé quelque chose ?

— Ton père te demande de venir au bureau le plus vite possible.

— Pourquoi ?

Je devais absolument retrouver Rufus. S'il me dérangeait pour une broutille…

— Il y a eu un cambriolage et Oscar veut que tu vérifies s'il manque quelque chose.

Raphael s'exprimait d'une voix blanche. Il me cachait quelque chose.

— C'est tout ?

Un long silence s'installa.

— Le loft a été cambriolé également. Le Vermeer et le Gandolfi ont disparu.

— Tristan Rourke ?

— C'est ce que nous pensons.

Je m'en doutais.

— J'arrive dès que possible.

Je pris une douche rapide, nourris Grendel et mon hamster Odyssée, puis attrapai l'affichette « Chien perdu » que j'avais rédigée la veille. Je voulais en faire des copies pour en coller un peu partout en ville. En prenant mes affaires, je ne pus m'empêcher de penser que ce serait une perte de temps.

J'avais l'impression que Tristan avait frappé vite et fort.

Était-il allé jusqu'à enlever le chien ?

Cela n'aurait pas été la première fois.

À mon arrivée à l'agence, Suzannah était à son poste, les yeux rougis.

— J'ai pourtant branché l'alarme hier soir, gémit-elle.

— Ce n'est pas de ta faute, dis-je en l'embrassant. Tristan Rourke est très rusé. Pour lui, neutraliser notre système de sécurité est un jeu d'enfant. Mon père est là ?

— Il est chez lui. Tu dois l'y rejoindre quand tu auras jeté un coup d'œil dans les bureaux.

J'examinai d'abord la réception. Tout était à sa place, même les jumelles se trouvaient à l'endroit précis où je les avais laissées la veille. Dans mon bureau, quelqu'un avait parcouru mes dossiers sans rien emporter.

Ce que Tristan recherchait se trouvait dans mon sac, le dossier de Meaghan.

De mon dernier tiroir, je sortis une grande enveloppe en kraft dans laquelle je glissai le précieux dossier pour l'adresser à Marisol. Dans le couloir, je fis des photocopies de mon tract. J'avais l'estomac tellement noué que je n'avais même pas envie de boire un café. Je tenais sur les nerfs.

— Quelque chose a disparu ? me demanda Suzannah.

— Non. L'effraction aurait pu passer inaperçue si la société de surveillance n'avait pas signalé qu'un capteur avait été renversé.

Tristan n'avait pas coutume d'être aussi négligent. En général, ses victimes ne se rendaient compte de son passage qu'en cherchant leurs objets précieux. Je le soupçonnais d'avoir renversé délibérément le capteur pour nous informer de son passage. Il nous indiquait que nous étions à sa merci.

Je saluai Suzannah et montai chez SD Investigations. Il était 8 heures passées. Andrew, le réceptionniste – un titre qu'il détestait –, venait d'arriver.

— Sean est là, annonça-t-il en me voyant.

— Ah bon ?

— Ce n'est pas lui que vous veniez voir ?

Son bureau m'attirait soudain comme un aimant.

— Non, c'est vous.

— Moi ? fit-il, abasourdi.

Je lui remis mon enveloppe, ainsi qu'un billet de vingt dollars.

— Pourriez-vous me poster ceci ?

Je ne voulais pas faire appel à Suzannah de peur que Tristan ne cherche à lui soutirer des informations. Ainsi, elle ne serait pas obligée de mentir.

Il observa le billet, puis l'enveloppe, et s'enhardit.

— Et si, au lieu de l'argent, vous me donniez…

— Je ne vous embrasserai pas.

— On peut toujours essayer, non ? fit-il en s'asseyant à son bureau.

Je lui souris. Il était plus audacieux que je ne le croyais. Si Sean avait entendu notre conversation, il aurait été capable de le renvoyer. Et de lui infliger une bonne correction. Andrew avait une vingtaine d'années.

Il avait encore beaucoup à apprendre. Il était arrivé dans cette agence à une époque où les frères Donahue n'arrivaient pas à garder une seule employée à cause d'une prétendue malédiction frappant les lieux.

Je me dirigeai vers le bureau de Sean. Il m'avait envoyé un texto tard dans la nuit. Enfin libéré par le FBI, il me promettait de tout me raconter dans la matinée.

Sur le seuil, je m'attardai un instant pour le regarder travailler. Il n'était pas d'une beauté classique, avec son nez cassé et son menton volontaire, mais il était terriblement sensuel. Sans doute était-ce ce qui m'avait attirée en lui. Et la raison pour laquelle j'avais des visions de notre avenir chaque fois que je touchais ses paumes. J'y avais beaucoup réfléchi et je ne comprenais toujours pas.

En levant les yeux, il me prit en flagrant délit d'espionnage. Il se leva d'un bond et se précipita vers moi.

— Qu'est-ce qui se passe ? demanda-t-il en prenant mon visage entre ses mains. Tu as pleuré ? C'est parce que je ne suis pas rentré, hier soir ?

— Ton ego est surdimensionné, raillai-je, effectivement au bord des larmes.

— Alors pourquoi ?

Par où commencer ?

— Hier soir, j'ai croisé Tristan Rourke près de ma boîte aux lettres, j'ai perdu Rufus, Valentine Inc. a été cambriolé, le loft de mon père aussi. Ses deux tableaux ont disparu.

— Rourke ?

— Il voulait me soutirer les coordonnées de Meaghan car j'ai refusé la dernière fois de les lui fournir. Les tableaux lui serviront sans doute d'outils de marchandage.

— Et Rufus ?

— Je le promenais quand il s'est enfui. J'ignore s'il erre dans les rues ou si Rourke l'a enlevé, lui aussi.

Je revis le chien se rouler sur le dos pour exposer son ventre à Tristan.

— Je n'ai trouvé aucune trace de lui. Je voulais afficher des tracts d'avis de recherche, mais il faut que j'aille chez mon père d'abord.

Sean referma son ordinateur portable.

— Je t'accompagne.

Je faillis pousser un soupir de soulagement, mais je tenais à me montrer forte, combative.

— Ce n'est pas nécessaire. Tu as sûrement du travail.

— Je viens.

— D'accord.

Un quart d'heure plus tard, nous étions au loft. Mon père faisait les cent pas sous les yeux de Raphael, qui me tendit un café.

— Je ne vois aucun policier, lui dis-je. Ne devraient-ils pas relever les empreintes, par exemple ?

Furibond, mon père fit un signe désinvolte indiquant qu'il n'avait guère d'espoir.

Le Vermeer avait bel et bien disparu. Sean accepta un café et voulut s'asseoir sur le canapé.

— Non ! criai-je.

Il s'arrêta comme s'il avait failli s'asseoir sur un hérisson.

— Pas le canapé, repris-je plus calmement. Prends plutôt le fauteuil. Il est plus confortable.

Raphael se mit à rire. Mon père ne se détendit pas. Sean suivit mon conseil.

— Il n'a rien pris au bureau, annonçai-je. Il a fouillé mes dossiers sans trouver ce qu'il cherchait. Le dossier de Meaghan Archibald était chez moi.

Je fus incapable d'avaler une gorgée de café tant j'avais l'estomac noué. Je songeai de nouveau au sans-abri croisé dans le parc. Mon esprit avait tendance à vagabonder ces derniers temps. Fallait-il y voir un signe ? Je me promis de lui venir en aide. Dès que tout serait rentré dans l'ordre, je partirais à sa recherche.

— Heureusement qu'aucun de vous deux n'était là. Rourke affirme ne pas être violent, mais je connais un mort qui n'est peut-être pas de cet avis, là où il est.

— Un mort ? répéta mon père.

— L'appartement était vide ? demanda Sean.

Je n'avais pas eu le temps de lui raconter les allées et venues de chacun.

— Papa s'est installé chez maman, hier.

— Et moi, j'ai emménagé chez Maggie, ajouta Raphael en lui servant du café. Rourke a bien choisi son moment.

— Comment a-t-il évité le système de surveillance ? s'enquit Sean.

— On s'occupera de ce problème plus tard, grommela mon père. Le plus grave, c'est le vol de mes tableaux.

— Tu as appelé la police ? lui demandai-je. Qu'ont-ils dit ?

— Non, je n'ai pas prévenu la police, répondit-il en passant une main dans ses cheveux. Je préfère ne pas l'impliquer, dans la mesure du possible.

Fuyant le canapé, je m'assis sur l'accoudoir du fauteuil de Sean.

— Pourquoi ?

— Trop de formalités. De plus, tu es là. Nous allons utiliser ta voyance, retrouver les tableaux, les récupérer et tout sera réglé.

— Ils étaient assurés ? demandai-je en posant ma tasse sur la table basse.

Mon père serrait les dents. En cet instant, il me rappelait le chapelier de Medford. Ces coups de sang ne pouvaient qu'être néfastes pour ses artères.

— Lucy, vas-tu faire appel à tes capacités, oui ou non ? maugréa-t-il en guise de réponse.

Je n'avais pas assez dormi. La tête me tournait. Je m'inquiétais pour Rufus, et maintenant, ceci…

— C'est demandé si gentiment, raillai-je en m'approchant de lui, la main tendue.

Il posa sa paume sur la mienne. J'attendis le vertige, les images, mais rien ne vint.

— Tu pensais à quel tableau ? demandai-je en retirant ma main.

— Les deux.

— Concentre-toi uniquement sur le Vermeer, cette fois.

Toujours rien. Il avait la main moite.

— Ça ne fonctionne pas, avouai-je avec une grimace.

— Comment ça ?

— Je ne vois rien, expliquai-je. Tu es le propriétaire de ces toiles. Je devrais voir des images. Ce type de blocage ne se produit que si la personne fait exprès de ne pas penser à l'objet ou…

Je le regardai fixement. Il leva les yeux au plafond. Raphael s'affaira à remettre de l'ordre parmi les bouteilles de vin, dans la cuisine.

— Quoi ? fit Sean.

— Ou si l'objet n'appartient pas vraiment à cette personne. Papa, d'où te viennent ces tableaux ?

— Je ne vois pas en quoi c'est important, Lucy.

— Ils sont volés ?

Je m'écroulai sur le canapé, avant de m'en relever d'un bond.

— Ne prends pas cet air dégoûté. C'est une pratique courante.

— Et l'assurance ? insista Sean.

Mon père secoua la tête.

— Je ne comprends pas, admit-il. Si j'ai payé l'achat de ces toiles, elles m'appartiennent quelle que soit leur provenance, non ?

— Mes capacités ont une conscience. Je n'y peux rien.

— Que faire ? Ces tableaux valent des millions.

Je me gardai de le sermonner sur ses achats hasardeux.

— Rourke veut les coordonnées de Meaghan. Il acceptera de négocier, reprit mon père.

J'avais deviné les intentions de Tristan dès le départ. Je n'en avais pas parlé pour ne pas céder au chantage. À moins qu'il ne s'agisse d'une affaire d'extorsion…

Les trois hommes se tournèrent vers moi.

— Pas question ! lançai-je.

— Je n'en attendais pas moins de toi, rétorqua mon père en m'embrassant sur le front.

— Nous devrions partir, dis-je à Sean.

Nous n'avions plus rien à faire dans le loft. Mon père nous raccompagna.

— Quand Rourke te contactera, ce qui ne manquera pas d'arriver, donne-lui mon numéro. Il est temps que je prenne les choses en main.

J'acceptai, mais j'imaginais déjà mon père en train de négocier l'achat d'autres toiles volées avec Tristan.

— Lucy ? me dit Sean en appelant l'ascenseur.

— Oui ?

— Quel est le problème avec ce canapé ?

24

Sean me conduisit à la maison. Mon père avait fermé l'agence pour la journée. Si je m'en voulais de décevoir d'éventuels clients, je me réjouissais de ce moment de répit. Étouffant un bâillement, je demandai à Sean comment s'était déroulé son interrogatoire avec le FBI.

— Ils m'ont laissé mijoter dans une salle pendant des heures. C'est leur méthode.

Il avait raconté aux agents tout ce qu'il savait sur Rourke, mais ils ne l'avaient pas cru et l'avaient accusé d'obstruction.

— Ils exigent que je me retire du dossier, ce qui montre jusqu'où ils sont prêts à aller pour affirmer leur pouvoir.

— Qu'est-ce que tu comptes faire ?

— Mon boulot.

— Tu crois que Tristan est innocent ?

— Je ne sais que croire, Lucy. Je recherche simplement la vérité. Elle ne correspondra peut-être pas à ce que Meaghan a envie d'entendre. À moins que ce ne soit la meilleure nouvelle de sa vie.

Je fouillai mon sac en quête de mon téléphone qui sonnait. Je lus le nom de Preston sur l'écran. Ne serait-ce que pour échapper au silence pesant qui s'était installé entre Sean et moi, je pris l'appel.

— Devine où je suis.

J'étais d'humeur trop morose pour supporter cet entrain.

— En prison ?

— Ah ah ! Je suis à Randolph. Je viens de prendre le thé avec Eva Denham-Foster, figure-toi.

Ce nom me disait quelque chose.

— Le chapeau du cowboy solitaire ?

— C'est ça. Il se trouve que ses fils ont débarrassé la maison des effets de leur père après sa mort. Elle n'a pas la moindre idée de ce qu'ils en ont fait.

— L'un des fils pourrait-il être notre cowboy ?

— Absolument. Je te garantis qu'ils ont assez d'argent pour se permettre d'en distribuer à tout va. J'ai bu mon thé dans une tasse dorée à l'or fin, tu imagines ? Vingt-quatre carats. Heureusement que ta famille et toi êtes plus simples.

Effectivement, ma tasse préférée ne pouvait rivaliser avec tant de luxe.

— Bref, je suis en route pour rencontrer Matthias Denham-Foster. Tu veux être de la partie ? Tu es occupée ?

— En quelque sorte.

— Comment ça, en quelque sorte ?

— J'ai perdu Rufus, avouai-je. Alors j'ai des tracts à afficher.

— Quoi ?

Je ne parvins pas à répéter cet aveu tant j'avais les larmes aux yeux. Sean posa une main sur la mienne. Aussitôt, je ressentis des picotements dans les doigts, mais je n'eus aucune vision car il ne touchait pas ma paume. Il me caressa doucement les phalanges pour me rassurer. Très vite, la tension se dissipa entre nous.

— J'arrive tout de suite, annonça Preston. Je vais t'aider.

— Ce n'est pas la peine.

— J'y tiens.

Étais-je en mesure de discuter ? Non.

— D'accord.

Aux abords de la propriété, je scrutai la route en quête d'une fourrure dorée. Dès que Sean eut garé la voiture devant mon cottage, Dovie apparut sur le seuil du manoir. Comment allais-je lui annoncer la nouvelle en douceur ?

De retour chez moi, je serrai Grendel dans mes bras. Sean rejoignit Dovie dans l'allée et ils échangèrent des messes basses.

Quelques instants plus tard, ma grand-mère se présenta et m'ouvrit les bras. Je pus laisser libre cours à mes sanglots. Elle me rassura de son mieux. Sans trop savoir comment, je me retrouvai allongée sur mon lit, un linge humide sur le front, Grendel à mes pieds. Avant de sombrer dans un profond sommeil, je sentis les lèvres de Sean sur les miennes et j'entendis sa voix me dire de ne pas m'inquiéter et de lui faire confiance.

Il était l'être en qui j'avais le plus confiance.

Quelques coups frappés à ma porte me réveillèrent. J'avais de la visite.

Je me redressai. Tristan Rourke n'aurait pas pris la peine de frapper. Je poussai un long soupir. Mais il avait promis que l'on se reverrait.

Après ses cambriolages sans doute.

Détenait-il Rufus ? À mon corps défendant, il fallait admettre que j'étais prête à échanger le numéro de téléphone de Meaghan contre le chien. Ce qui en disait long sur mon intégrité. Avais-je un jour été intègre, d'ailleurs ?

Les coups redoublèrent. Je repoussai les couvertures et vérifiai l'heure qu'il était. Un peu plus d'1 heure. J'avais dormi pendant presque trois heures. Où étaient passés les autres ?

En regardant au dehors, je reconnus Aiden sous le porche. Je le fis entrer.

— Oh là là, fit-il en me voyant. Qu'est-ce qu'il t'est arrivé ?

— Ne me pose pas de questions.

En apercevant le poulet en caoutchouc dans un coin, je faillis craquer de nouveau.

— Un café ? proposai-je d'une voix enrouée.

— Volontiers.

Je mis la cafetière en marche, puis j'allai me passer un coup de peigne, histoire de retrouver figure humaine.

À mon retour, Aiden avait servi le café et jouait avec Grendel en agitant son jouet favori sous ses yeux. Le chat était aux anges.

Il était en costume, sa tenue de travail. Ses chaussures étaient parfaitement cirées, malgré la rue et la boue. Le soleil inondait la pièce et j'entendais des gouttes de neige fondue tomber de la toiture. Le printemps n'était pas loin, même si je commençais à avoir des doutes.

— C'est une visite officielle ? demandai-je en prenant ma tasse.

J'aurais dû manger quelque chose, mais je n'avais toujours pas d'appétit.

Grendel s'étira de tout son long pour attraper son jouet.

— Sean m'a appelé. Il voulait que je fasse un saut pour prendre de tes nouvelles. Il avait des détails à régler, mais il sera de retour pour le dîner avec Thoreau.

J'étais tellement épuisée par le manque de sommeil et l'angoisse que je me demandais encore comment je m'étais retrouvée au lit.

— Il paraît que tu as eu de la visite hier, reprit le policier, tout en cédant aux exigences de Grendel.

— Tristan Rourke, dis-je en avalant une gorgée de café qui me brûla l'estomac.

Je posai ma tasse, puis relatai à Aiden les événements de la veille, sans lui cacher que mon père avait acheté ses tableaux au marché noir.

— On va dire que je n'ai pas entendu.

— Tristan m'a juré que l'on se reverrait. Je suis persuadée qu'il compte échanger les tableaux, et peut-être Rufus, contre les coordonnées de Meaghan Archibald.

— Si Meaghan a vraiment envie de revoir Tristan, pourquoi pas ?

De toute évidence, il avait eu une longue conversation avec Sean, car il connaissait les intentions de Meaghan. Ce n'était pas moi qui avais lâché le morceau.

— En théorie, je ne devrais plus m'impliquer. Elle n'est plus ma cliente. Je n'ai pas à me livrer à ce genre de transaction.

Il arqua les sourcils.

— D'accord, je cherche à la protéger, avouai-je. Elle est tellement impatiente de le revoir qu'elle en oublie le fait qu'il est recherché par le FBI et la police pour le meurtre d'un homme.

— C'est son problème, tu ne crois pas ? Elle est assez grande pour prendre ses propres décisions et se protéger elle-même.

Il avait raison, mais je n'étais pas disposée à l'admettre.

— Mon instinct est infaillible, non ?

— Tu es la meilleure, répondit-il en souriant.

— Je suis persuadée que Tristan est un génie du crime.

— Mais ?

Grendel fit une tentative pour attirer l'attention du policier.

— Mais de là à être un tueur.

— Il a un mobile. Et il y a un témoin, objecta Aiden.

— Je sais. C'est pourquoi cette affaire me tourmente à ce point.

— J'ai confiance en ton instinct, Lucy. Je vais en parler avec l'inspecteur responsable de l'enquête sur la mort de Spero. Il y a peut-être d'autres témoins.

— Merci. Tu as du nouveau sur Mac ?

— Enfin ! Je croyais que tu ne me poserais jamais la question, fit-il en riant.

— Je suis fatiguée. J'ai les neurones en sommeil.

— L'enquêteur a admis qu'il n'avait jamais accordé foi au témoignage de Christa Hayes sur la conversation téléphonique qu'elle aurait entendue, la veille de la disparition de son grand-père. Il pense que Mac s'est suicidé en sautant du haut de la falaise, près de chez lui. Pour lui, le dossier est clos, même s'il ne l'a pas encore annoncé officiellement.

— Pourquoi croit-il une chose pareille ? A-t-il au moins des preuves ?

— Outre la maladie incurable de Mac, Rufus vagabondait à l'intérieur de la propriété, qui est clôturée, et la grille était fermée. Si Mac avait emmené Rufus en promenade, comme de coutume, le chien n'aurait pas pu rentrer tout seul.

— Mac a donc disparu dans sa propriété ? demandai-je, intriguée.

— C'est ça.

— A-t-on la certitude qu'il a emmené Rufus en promenade, ce jour-là ?

— Plusieurs personnes l'ont vu avec son chien. La gouvernante aussi a confirmé que Mac l'avait sorti. Ils avaient leurs habitudes. Quand Rufus est revenu sans son maître, la gouvernante a compris qu'il se passait quelque chose d'anormal.

— Résumons-nous : Mac emmène Rufus en promenade et saute du haut de la falaise ?

Aiden donna son jouet à Grendel, qui se lassa et s'éloigna.

— C'est la théorie de l'enquêteur.

— La maison a été fouillée ? Il y a peut-être des indices.

L'idée que Mac ait connu cette fin violente me faisait mal.

— Non. La police locale n'a jamais soupçonné un acte malveillant.

Rick Hayes avait de gros besoins d'argent. Serait-il allé jusqu'à tuer Mac ? Jusqu'à le pousser dans le vide ?

— Que sais-tu de Rick Hayes ? demandai-je.

— Pourquoi ?

Je lui parlai de la police d'assurance, de l'héritage de Christa et de l'émission de télé-réalité de Rick.

Il émit un sifflement.

— Je ne sais pas grand-chose, Lucy. Qu'il est une ancienne star du rock, c'est à peu près tout. Je transmettrai tes informations au responsable de l'enquête. Peut-être changera-t-il d'avis, surtout s'il tient compte du témoignage de Christa. J'ai fini par obtenir les relevés téléphoniques de Mac. C'est ainsi que j'ai déniché le numéro de Fred Ross.

Fred était le partenaire de poker de Mac, un pilier de la communauté. Dovie et lui étaient amis depuis des années.

— J'avais l'intention de lui rendre une visite informelle, ajouta Aiden. Pour confirmer l'histoire de Christa. Tu veux venir ?

En théorie, Aiden ne travaillait pas sur l'affaire. Il ne faisait que me rendre service.

— Absolument.

Dix minutes plus tard, nous étions en route vers la maison de Fred. En passant devant ma boîte aux lettres, je sentis mon cœur se serrer. Un tract « Chien perdu » était collé au poteau. Il y en avait d'autres tout du long de la route. Les larmes me montèrent aux yeux. Sean s'était donné beaucoup de mal. Dovie et Preston avaient dû l'aider dans sa tâche, car ils étaient partis à mon réveil.

Aiden tapotait distraitement son volant et ne cessait de glisser des pastilles de menthe dans sa bouche.

Fred Ross vivait à quelques kilomètres de chez moi, en face de chez Mac. Je songeai au jour de sa disparition. Des personnes l'avaient certainement vu promener son chien, même si le quartier n'était pas très fréquenté à cette période de l'année. Mais trop souvent, les gens ne voyaient rien, n'entendaient rien. Ils avaient la fâcheuse tendance de ne pas se mêler des affaires des autres. C'était comme si Mac avait voulu passer inaperçu. Peut-être était-ce sa façon de dire adieu.

J'abaissai mon pare-soleil pour ne pas être éblouie.

Aiden me tendit son paquet de bonbons.

— Non merci.

J'avais tellement mal à l'estomac que je me sentais incapable d'absorber quoi que ce soit.

Il m'adressa un regard furtif, puis reporta son attention sur la route.

— Quoi ? fis-je.

À quarante-deux ans, Aiden travaillait pour la police d'État du Massachusetts depuis la fin de ses études de droit pénal. Ce n'était pas par hasard qu'il avait gravi les échelons pour devenir lieutenant, désormais à la tête de sa propre unité. Son intuition était légendaire et son éthique irréprochable. De plus, il était d'une grande loyauté, ce que j'avais appris au cours des derniers mois, et d'une franchise à toute épreuve. J'en concluais que ce qui le taraudait devait être d'ordre personnel.

— Rien.

— Mais si.

— C'est que...

— Quoi ?

J'étais trop fatiguée pour ce petit jeu de devinettes. J'avais trop de soucis et il fallait absolument que je remette de l'ordre dans mes idées, sous peine de craquer.

— Cela fait un moment que je n'ai pas vu Em, finit-il enfin par dire.

Voilà donc ce qui le préoccupait.

— Elle a été très occupée par ses études. À présent, elle est en vacances. Elle s'est envolée hier pour Hawaii.

Aiden se tourna vers moi et fit une embardée. Il redressa aussitôt le volant tandis que j'agrippai la poignée de la portière.

— Désolé. Quand rentre-t-elle ?

— Dans neuf jours.

Pensif, il s'engagea dans la propriété de Fred, un véritable manoir en pierre niché dans un parc boisé, qui avait tout d'un cottage surdimensionné. Pour atteindre l'entrée, il fallait franchir un pont qui enjambait un étang.

Fred Ross nous accueillit sur le pas de la porte. Il m'embrassa en me demandant des nouvelles de ma grand-mère, puis nous invita à entrer. Son salon avait des airs de pavillon de chasse avec ses meubles imposants en bois sombre. Il nous entraîna vers sa cuisine, qui donnait sur une piscine couverte pour l'hiver. Quelques pinsons étaient perchés sur un nichoir. Fred nous proposa à boire. Un feu crépitait dans la cheminée du salon attenant. Il nous fit signe de nous asseoir dans le canapé et s'installa dans son fauteuil, non sans avoir ajouté une bûche dans l'âtre.

— Vous êtes venus me parler de Mac, n'est-ce pas ? Il y a du nouveau ?

Il avait de petites lunettes à monture dorée posées sur son nez aquilin. Son visage était marqué de rides, surtout au coin des yeux et sur le front. Il portait un pull à col roulé blanc et un gilet à carreaux. Ses yeux noisette étaient étonnamment vifs. Quelques mèches de cheveux gris étaient rabattues sur son crâne dégarni. Il arborait une barbe naissante.

— Pas vraiment, avouai-je.

— Nous cherchons à éclaircir un détail, expliqua Aiden. Christa, la petite-fille de Mac, l'a entendu parler au téléphone la veille de sa disparition.

— Il affirmait qu'il ferait ce que bon lui semblerait, ajoutai-je. Et demandait à son interlocuteur de se mêler de ses affaires. Il s'agissait de vous, n'est-ce pas ?

Fred hocha la tête en souriant.

— Je me souviens. Mac était vraiment têtu comme une mule, parfois.

— À quoi faisait-il référence ? m'enquis-je, touchée par l'affection que je décelais dans le ton du vieil homme.

— Toujours la même querelle qui durait depuis des mois. Sa santé.

— Son cancer ? hasarda Aiden.

— Mac voulait choisir sa mort. Il refusait de subir les traitements lourds que préconisaient les médecins. Je n'étais pas d'accord avec son choix.

Le *Globe* était ouvert sur la table basse. Les frasques du cowboy solitaire occupaient la une du journal. Preston devait brûler de jalousie.

— Vous vouliez le convaincre d'accepter la chimiothérapie ?

Fred sourit encore, révélant des dents si parfaites qu'il ne pouvait s'agir que d'une prothèse.

— Je le harcelais et Mac n'aimait pas cela. Il m'a dit qu'il ferait ce qu'il voudrait et que je devais me mêler de mes affaires.

Cette version corroborait celle de Christa.

— Je regrette que notre dernière conversation se soit déroulée ainsi.

— Comment s'entendait-il avec Jemima ? demandai-je.

— Mac n'était pas très bavard, répondit Fred, mais il me parlait de sa fille de temps en temps. Leurs relations étaient tendues. Chaque mois, il lui versait une somme d'argent afin qu'elle règle ses factures. Il n'avait pas envie d'entretenir Rick, mais il refusait de voir Christa subir les conséquences du choix de sa mère.

Il remonta ses lunettes sur son nez.

— Mac n'appréciait guère son gendre. Il ne l'avait jamais aimé. Il a toujours pensé qu'il avait la mainmise sur sa fille et qu'elle ne parvenait pas à s'en libérer.

— D'après vous, qu'est-il arrivé à Mac ? demanda Aiden.

— Depuis sa disparition, je ne cesse de retourner cette question dans ma tête.

Une bûche s'effondra dans l'âtre, projetant des flammèches.

— Mon ami me manque, et je préférerais en vouloir à quelqu'un de son absence, mais je ne peux m'empêcher de penser que Mac…

Sa voix s'éteignit.

— Qu'il s'est suicidé ? suggéra Aiden.

— Quoi qu'il se soit passé, Mac l'aura choisi, assura Fred.

25

— Tu as encore quelques minutes à m'accorder ? demandai-je à Aiden en bouclant ma ceinture de sécurité.

— Pour quoi faire ?

— Le gilet de Fred m'a rappelé quelque chose.

— Un échiquier ?

— Non, répondis-je en souriant. Christa m'a dit que son grand-père portait un pull affreux le jour de sa disparition. Il l'avait acheté dans un dépôt-vente.

— Je ne te suis pas. Tu as établi un lien entre les deux pulls ?

— Les dépôts-ventes tiennent un inventaire de leur stock, non ?

— En effet, admit-il en démarrant la voiture.

— Dans ce cas, la boutique peut nous indiquer à qui appartenait ce pull avant que Mac ne l'achète. En tenant la main de l'ancien propriétaire, je pourrai peut-être voir où se trouve le gilet à présent.

— Tu n'en es pas sûre ?

— Avec les vêtements, c'est toujours délicat. Tout dépend si le gilet a appartenu à plusieurs personnes. Je n'ai jamais essayé en utilisant un article provenant d'un dépôt-vente. Je me dois de faire une tentative pour en avoir le cœur net. Il me faut le nom de cette personne.

Aiden fit demi-tour et roula en direction de la grille du parc.

— Je doute que le commerçant te donne cette information.

Je lui adressai un large sourire.

Il leva les yeux au ciel.

— Voilà pourquoi tu m'as proposé de t'accompagner. Par intérêt. J'aurais dû m'en douter.

— C'est fou ce qu'un insigne de police est efficace pour obtenir des renseignements.

— D'accord. Où se trouve cette boutique ?

— Je ne sais pas vraiment. Christa m'a dit que c'était à Hingham. Combien de dépôts-ventes peut-il y avoir, là-bas ?

— Attends une minute.

Il s'arrêta au bord de la route et sortit un épais dossier dont il feuilleta les pages, tout en m'expliquant :

— C'est le dossier de Mac.

— Qu'est-ce que tu cherches ?

Il parcourut les dépositions des proches, du médecin, des témoins, regarda les relevés bancaires, et trouva enfin :

— Ses relevés de carte de crédit, expliqua-t-il en parcourant les colonnes de chiffres. Regarde, début décembre… un dépôt-vente. Il y a dépensé presque cent dollars.

Je me penchai vers lui pour consulter le document.

— Cela représente beaucoup d'argent pour ce type de boutique.

— Dans ce quartier huppé, il faut s'attendre à tout. Je sais où elle se trouve. Pas très loin de chez moi.

Il se remit en route et roula plus vite que ne l'autorisait la loi.

Aiden habitait effectivement près du centre de Hingham, dans une vieille maison victorienne qu'il était en train de retaper.

— Comment se passent tes travaux, au fait ?

— Ils avancent lentement. J'ai des jours de congé à prendre. Je vais en profiter pour changer mon parquet. Dès que les lattes seront livrées, j'appellerai mes amis à la rescousse pour la pose, la teinture, le vernis.

Il posa sur moi un regard lourd de sous-entendus.

— Très bien, tu peux compter sur moi.

Je lui devais bien un coup de main, après tout ce qu'il avait fait pour moi.

— J'arriverai peut-être à embaucher Sean également, et Cutter, s'il est de retour en ville. Marisol est douée de ses mains, mais si Butch est présent, elle se fera porter pâle, dis-je en réfléchissant tout haut.

Marisol avait fréquenté Butch, le colocataire d'Aiden, pendant environ un mois, mais il avait rompu. Elle était furieuse.

— Butch est parti, m'apprit-il.

— Quand ?

— Il y a quinze jours. Sa famille a décidé d'étendre sa chaîne de boucheries et l'a envoyé en Caroline du Nord pour superviser les travaux et diriger le nouveau magasin.

— Tu vas chercher un nouveau colocataire ?

Je pensais à Sean. S'il ne voulait pas s'installer avec moi, il serait au moins un peu plus près que s'il vivait en ville.

— Je ne crois pas.

Tant pis.

— Butch et moi, on se connaissait depuis longtemps. Voir arriver quelqu'un d'autre serait bizarre, ajouta-t-il.

Il rougit légèrement. J'eus soudain l'impression qu'il pensait à Em. Marisol avait raison. Il fallait absolument les faire se déclarer au plus vite.

À Hingham, Aiden s'engagea dans les rues bordées de commerces et de cafés. Il gara la voiture devant une boutique portant l'enseigne « Seconde Main ». Sur la vitrine, on pouvait lire « dépôt-vente ». Il était bon de le préciser, sans doute.

Un carillon tinta à notre entrée. Derrière son comptoir, une femme leva les yeux vers nous.

— Je peux vous aider ?

— Je l'espère, répondis-je. Nous enquêtons sur la disparition de Mac Gladstone.

— Le monsieur au chien, dit-elle en hochant la tête. Oui, j'ai lu ça dans les journaux. Qu'est-ce que je peux faire pour vous ?

— Eh bien, le jour de sa disparition, il portait un gilet qu'il avait acheté chez vous. Nous aimerions retrouver son propriétaire d'origine.

La commerçante posa son livre et prit un air dubitatif. Elle avait une cinquantaine d'années et une allure de bibliothécaire. Elle me rappelait Abigail, de la bibliothèque Thomas Crane, avec son regard de fouine et son air sévère. Hélas, Aiden était moins charmeur que Sean.

— Cela va poser problème, nous révéla-t-elle. D'abord, je ne garde pas de traces des personnes qui déposent des articles et, même si je connaissais le propriétaire d'origine de ce gilet précis, il me serait impossible de vous communiquer son nom.

J'attendis patiemment qu'elle ait terminé. C'était un exploit, tant j'étais désireuse d'obtenir l'information et de partir. Je cherchai Aiden des yeux, car le moment était venu pour lui d'intervenir. Il était en train de regarder une chemise hawaïenne. En m'entendant toussoter, il leva les yeux. L'article lui échappa des mains.

Il se présenta à la dame et lui montra son insigne, qu'elle observa avec attention. Il lui indiqua les dates des achats de Mac et son mode de règlement :

— Il doit y avoir une trace de cette transaction.

Aiden avait une autorité naturelle, à défaut de fossettes irrésistibles. La plupart des gens obéissaient sans discuter.

— Je peux revenir avec un mandat, si cela peut apaiser votre conscience, ajouta-t-il pour achever de la convaincre.

Impressionnée, elle porta une main à sa gorge.

— Ce ne sera pas nécessaire. Je serai ravie de coopérer avec la police. Madeline pour vous servir. Attendez-moi, cela ne prendra qu'un instant.

À son retour, Aiden afficha un air triomphal. Il aimait user et abuser de son pouvoir.

Elle tapota sur son clavier, puis consulta le registre qu'elle venait de rapporter.

— Sachez que ce gilet est hideux, d'après les témoignages. Orange avec un motif bariolé, lui précisai-je.

— Ah, ce gilet-là ? fit-elle en levant la tête.

— Vous vous en souvenez ? demandai-je.

— Comment l'oublier ? C'était début décembre. Une femme est entrée avec un tas de vêtements hideux. Son frère venait de mourir et elle voulait se débarrasser de ses affaires. J'ai dû refuser. J'ai une réputation à défendre, vous savez.

Aiden lui fit signe de poursuivre.

— Au moment où je lui ai dit que je ne prendrais aucun article, un monsieur très séduisant et distingué est entré. Il a vu le gilet sur le comptoir et a voulu l'acheter. Je n'allais pas refuser une vente. À ma grande stupeur, il a sélectionné plusieurs vêtements dans la pile, dont un pull bleu à rayures violettes, un vieux manteau et des baskets usées.

Mac cherchait vraiment à contrarier Jemima, me dis-je en riant sous cape.

— J'ai eu toutes les peines du monde à faire comprendre à cette femme que je ne prendrais pas le reste. Elle refusait de croire que ses loques étaient invendables.

— Vous avez son nom ?

Madeline consulta son registre.

— Orlinda Batista.

— Et son adresse ? renchérit Aiden en sortant son calepin.

— Je n'ai qu'un numéro de téléphone, répondit-elle en le lui dictant.

— Merci. Nous vous contacterons si nous avons besoin de plus amples informations.

— Je serai ravie de vous être utile, assura-t-elle, le regard vif. Pourquoi avez-vous besoin de la rencontrer et, si je peux me permettre, en quoi ce gilet a-t-il de l'importance ?

Aiden croisa mon regard.

— Désolé, madame, mais c'est confidentiel.

Elle en demeura bouche bée.

Sur le trottoir, Aiden consulta sa montre.

— Je dois me remettre au travail, et je vais mettre un peu de temps à trouver l'adresse de cette femme. Tu es libre demain ?

— Je peux me libérer au besoin.

Pourvu que la paume d'Orlinda Batista me permette de localiser Mac. Hélas, je n'avais guère d'espoir de le retrouver vivant.

26

Dès qu'Aiden m'eut déposée chez moi, j'appelai Marisol pour lui soumettre mon plan.

— Tu es géniale, commenta-t-elle. Il faut absolument que ça marche.

Pourvu que nous ne nous fassions pas prendre à notre propre jeu.

— La première à avoir Em en ligne lui tire les vers du nez, d'accord ?

— Marché conclu. Comment s'est passé le rendez-vous de Dovie ?

Je reçus un signal de double appel, mais je l'ignorai.

— Je ne lui ai pas encore parlé.

Je lui relatai mes mésaventures avec Rufus et les cambriolages.

— Ne m'as-tu pas expliqué que tu avais retrouvé Thoreau grâce à sa laisse ? Ne peux-tu pas en faire autant pour Rufus ?

— Non. Mac l'avait achetée lui-même. Christa m'a dit qu'il l'avait fait faire spécialement pour lui.

— Si cela peut te rassurer, sache que je lui ai posé une puce hier. Si quelqu'un le trouve et l'emmène chez un vétérinaire, mon confrère m'appellera.

— Tu m'avertiras aussitôt, n'est-ce pas ?

— Promis.

Je n'étais pas vraiment rassurée. J'avais plutôt l'impression que Rufus ne se trouvait pas dans la rue.

Tristan ne m'avait-il pas promis que l'on resterait en contact ?

En raccrochant, j'eus soudain très froid et augmentai le chauffage. Je verrouillai la porte avec soin et branchai l'alarme. Perché sur le réfrigérateur, Grendel me regarda chercher quelque chose à manger. Non seulement ma pizza froide ne passa pas, mais je songeais sérieusement à consulter un médecin.

Mon téléphone m'indiqua que j'avais un message. J'avais oublié mon double appel.

C'était Sean.

— Mademoiselle Valentine, fit sa voix suave qui me réchauffa aussitôt, j'ai une bonne nouvelle et une mauvaise. La mauvaise, c'est que je suis coincé dans les embouteillages à la sortie de la ville. La bonne, c'est que je suis en route pour chez toi. Je serai là dans une heure environ.

Le temps de prendre un bain, enfin.

Grendel se cacha sous mon lit pendant que je faisais couler l'eau chaude. Je versai des sels parfumés et allumai une bougie. Une fois dans la baignoire, je sentis mes muscles se détendre, mes tourments s'envoler.

Je songeai à Mac. Qu'avait-il pu lui arriver ? J'avais éliminé l'hypothèse du chantage. Ses retraits d'argent étaient sans doute destinés à Jemima et Rick. Le suicide était de plus en plus plausible. Il avait veillé à l'avenir de Christa et emmené Rufus en promenade. Sans doute pensait-il que Jemima permettrait à sa fille de garder l'animal. Comme il se trompait !

Le vent soufflait fort sur la côte. La charpente du cottage grinçait. Je dressai l'oreille en quête d'un bruit insolite. Les craquements semblaient plus puissants que de coutume. Je finis par me détendre à nouveau. Tristan Rourke me rendait paranoïaque.

Je fermai les yeux, me demandant si Preston avait du nouveau sur le cowboy solitaire. Dès qu'elle se trouvait sur une piste, rien ne pouvait l'en détourner. Et si elle découvrait la vérité sur les auras ? Je n'avais pas encore appelé Cutter. C'était une erreur. Je me promis d'y remédier en sortant de mon bain.

En entendant un autre craquement, je me redressai vivement, les sens en alerte. Au bout de quelques secondes, je m'enfonçai dans l'eau. Ce bain était moins relaxant que je ne l'espérais, finalement.

Je me concentrai sur une goutte sur le point de tomber du robinet. La flamme de ma bougie dansait, projetant des ombres sur le carrelage en marbre. Une vision que j'avais eue avant Noël me revint de Sean et moi, lui très élégant, en costume sombre, moi dans une robe blanche, sans manches, une fleur tropicale derrière l'oreille. Mes cheveux bouclés cascadaient librement sur mes épaules. C'était un mariage, cela ne faisait aucun doute. C'était tout ce que j'avais vu, et cela ne s'était pas encore produit. Entre ces images et celles de la veille de nous deux à Hawaii, j'étais de plus en plus préoccupée par notre avenir. Comment arriverions-nous jusque-là ? J'avais la sensation qu'il nous restait encore des obstacles à franchir. Mais nous y parviendrions. Si seulement je pouvais ne plus avoir peur de ce qui passerait ensuite !

De mon orteil, j'actionnai la bonde pour vider l'eau. Je me drapai dans un peignoir et enroulai mes cheveux dans une serviette. Au cours de la nuit à venir avec Sean, je me promis de surmonter mes craintes pour ne penser qu'à nous deux.

J'éteignis ma bougie et ouvris la porte de la salle de bains. Aussitôt, je poussai un cri.

Tristan Rourke était assis sur mon lit, Grendel sur ses genoux, qui ronronnait furieusement. Je m'étais trompée, mon chat n'avait aucune dignité.

— Vous avez apprécié votre bain ?

Je me plaquai contre le mur. En tournant la tête, je vis que l'alarme était coupée et la porte d'entrée grande ouverte.

— Comment êtes-vous entré ?

— Je possède de nombreux talents, répondit-il en grattant le menton de Grendel, avant de le poser à terre.

Il se leva. Je cherchai des yeux une arme potentielle.

— Vous savez ce que je veux. Êtes-vous disposée à négocier ?

Il gardait ses distances, ce dont je me réjouissais, car je n'avais aucun moyen de défense, à part le bâton surmonté d'une plume qui amusait tant Grendel. Je doutais que Tristan soit chatouilleux au point d'en mourir.

— Au fait, votre père a un goût très sûr dans le domaine de la peinture.

Il se mit à rire.

— Qu'y a-t-il de si drôle ?

— Votre père sait-il qui avait volé ces toiles au départ ?

— Vous ?

— La boucle est bouclée. Je vous propose de les échanger contre les coordonnées de Meaghan.

— Et Rufus ?

Il pencha la tête.

— Rufus ? Je n'ai subtilisé que les tableaux.

— C'est le chien, expliquai-je.

— Quel chien ? Ah, vous voulez dire cet adorable toutou que j'ai vu hier, près de la boîte aux lettres ?

— C'est ça.

— Désolé s'il a disparu, mais je n'y suis pour rien. Ne pouvez-vous pas faire ce tour de magie avec vos mains, comme pour le yorkshire ?

— C'est compliqué.

— Dommage. Alors, ce dossier ?

Soudain, je vis la lueur de deux phares. Une voiture s'approchait. Sean...

— Je regrette mais je ne possède plus ces informations.

— Je m'en voudrais de vendre ces toiles.

J'entendais encore la voix de mon père m'expliquant qu'elles valaient des millions de dollars.

— Permettez-moi d'y réfléchir.

Les pneus crissèrent dans l'allée. Tristan les entendit, lui aussi. Sans un regard en arrière, il fila vers la porte d'entrée.

— Je vous donne une journée, Lucy Valentine. Je commence à manquer de patience.

Il disparut comme il était venu. Je me précipitai dans son sillage.

Sean venait d'ouvrir sa portière quand Tristan surgit. Il me lança un regard intrigué, puis se lança à sa poursuite. À l'abri dans le véhicule, Thoreau se mit à aboyer. Je pris mon téléphone pour appeler les secours tandis que Sean suivait Tristan vers la falaise.

Éberluée, je vis le jeune homme atteindre le bord du précipice et se pencher avant de disparaître dans le noir. Sean s'arrêta net pour ne pas tomber.

Il me rejoignit sous le porche, hors d'haleine.

— Que lui est-il arrivé ? demandai-je, revoyant la scène.

— Il avait attaché une corde. Un bateau l'attendait en bas. Il lui suffisait de descendre en rappel le long de la paroi. On se serait cru dans un film.

J'en fus soulagée. Je n'appréciais pas cet homme, mais je ne souhaitais pas sa mort.

— La police est en route.

Il serait trop tard. Tristan se serait volatilisé depuis longtemps, même si les garde-côtes intervenaient.

Très pâle, Sean me prit dans ses bras.

— En le voyant surgir de ta maison…

Soudain, je basculai en arrière et tombai à terre avec un bruit sourd. Pire encore, Sean, propulsé dans la direction opposée, s'effondra à travers le porche pour atterrir dans la neige au bas des marches.

Je restai pétrifiée un instant, et revis la scène au ralenti. Enfin, je compris ce qu'il s'était passé. Sean venait d'être victime d'un accident cardiaque et, son défibrillateur s'était violemment mis en marche. Affolée, je me jetai sur lui. J'avais toutes les peines du monde à respirer normalement, malgré mon chagrin.

Ma vision était en train de se réaliser.

Je ne pouvais pas le perdre. C'était impossible.

J'implorai le ciel de me venir en aide, de le sauver, de nous permettre de vivre ensemble.

Ensemble.

Au loin, les sirènes retentirent, tels des anges. Je réalisai que je pleurais en voyant mes larmes tomber sur le visage de Sean.

— Tu n'as pas intérêt à simuler, murmurai-je.

— Sinon quoi ? demanda-t-il en se redressant.

— Je ne sais pas. Je pourrais t'étouffer de baisers, par exemple.

— Une très belle mort.

Sa voix était à peine audible.

— Reste tranquille.

Il leva une main pour sécher mes larmes.

— Ça va.

Comment pouvait-il dire une chose pareille ? N'avait-il pas compris ce qu'il lui arrivait ? Son cœur s'était arrêté de battre et son défibrillateur lui avait délivré un choc électrique. Sans son appareil, il serait mort. Je frémis d'effroi, étouffée de chagrin.

— Aide-moi à me lever, murmura-t-il.

— Tu devrais rester allongé. La police arrive.

— Lucy, j'ai très froid. Je t'en prie. Et tu as les lèvres bleues.

Il se souciait de moi dans un moment pareil. Alors que je ne ressentais même plus le froid. Si je tremblais, ce n'était pas parce que j'étais vêtue d'un simple peignoir, c'était de peur.

— Je t'en prie, répéta-t-il.

Je le saisis par les avant-bras et l'aidai à gravir les marches pour l'installer dans le fauteuil près de la cheminée. Il était lourd. Je séchai mes larmes. Il fallait absolument que j'arrête de pleurer. Ce n'était pas le moment de craquer. Il fallait que je sois forte.

— J'ai besoin de rester assis une minute, dit-il.

— Tu devrais plutôt aller à l'hôpital. J'appelle une ambulance.

Tandis que je cherchais mon téléphone des yeux, il me prit par le poignet.

— Non. Je me sens bien. Il faut simplement que j'appelle mon médecin pour lui transmettre les données de l'appareil. Souviens-toi, je t'en avais parlé.

Je poussai un long soupir. Effectivement, cette conversation avait eu lieu quelques mois plus tôt. Il voulait que je sois préparée à une crise éventuelle et que je connaisse la procédure à suivre. Si l'événement se reproduisait dans les vingt-quatre heures, il aurait besoin de soins d'urgence. Pour l'heure, il allait bien. Il devait se reposer et, moi, j'avais besoin de me calmer.

Comme si c'était possible. En le regardant dans les yeux, je compris que je devais faire semblant, pour le rassurer.

Je ne m'attendais pas qu'il ait une crise. En apparence, il semblait sain, plein de vie, alors que son cœur n'était qu'une bombe à retardement. Cet incident me rappelait cruellement que l'existence de Sean ne tenait qu'à un fil.

27

J'avais peur de dormir.

Peur que, à mon réveil, Sean ne soit plus là.

Parti, envolé.

Pour toujours.

Mon attitude n'était pas cohérente. Je savais qu'il ne risquait rien pendant un bon moment. En proie à la panique, j'avais oublié mes autres visions : la plage, le hamac, la robe blanche, le costume sombre. Tout cela n'était pas encore arrivé. J'en fus un peu soulagée. Mais après ? Si je ne voyais pas d'autres images par la suite ?

Je me tournai vers lui. Il dormait paisiblement, pour une fois. Son flacon de cachets était posé sur la table de chevet. Il avait pris un calmant pour chasser ses tourments. Il avait de la chance.

Il n'était que 2 heures du matin. Cette nuit était interminable. Une heure après l'arrivée de la police de Cohasset, le FBI s'était présenté à son tour. Je commençais vraiment à détester les agents Thomas et St John. Ils furent bientôt suivis d'Aiden et de quelques enquêteurs de la police d'État.

J'avais répondu à tant de questions que j'avais vite perdu le fil des événements. Par chance, Sean avait pu se reposer. Les autorités avaient décrété que ma maison n'était pas un lieu sûr. J'avais eu beau leur expliquer que, selon moi, Tristan Rourke ne me ferait pas de mal, ils avaient refusé de m'écouter.

Il n'était pas question que nous dormions dans un hôtel. Nous avions donc trouvé refuge dans un lieu où je me sentais comme chez moi : chez ma mère.

Elle nous avait accueillis à bras ouverts, avec notre ménagerie. Elle adorait recevoir des gens chez elle, quelles que soient les circonstances.

Mon cottage était désormais sous surveillance permanente. Tristan Rourke ne pourrait se permettre d'entrer de nouveau par effraction.

Néanmoins, il allait essayer, je n'en doutais pas.

Le clair de lune filtrait entre les rideaux. Ma chambre d'adolescente n'avait pas changé, ce qui était touchant. Mes posters de comédies musicales ornaient toujours les murs. Il y avait aussi plusieurs groupes de rock. J'avais déjà des goûts éclectiques à l'époque.

Au plafond, j'avais fixé l'affiche d'un concert d'Aerosmith. Histoire de m'occuper, j'en observai les lettres.

Sean toussa, se retourna, puis s'immobilisa. Je vérifiai qu'il respirait régulièrement. J'étais tellement inquiète que je ne pouvais rester ainsi.

Je repoussai les couvertures et enfilai mon peignoir. Je faillis trébucher sur Thoreau et Grendel, qui dormaient blottis l'un contre l'autre sur un coussin au pied du lit. Je jetai un coup d'œil dans la cage d'Odyssée, qui s'était caché sous la sciure.

Enfin, je partis en quête de quelque chose à boire, de l'eau, un verre de lait, du whisky, peu m'importait.

En bas, je vis de la lumière dans la cuisine. Je surpris mon père en train de manger une part de cheese-cake. Pris en flagrant délit de gourmandise, il rougit.

— Lucy, que fais-tu debout à cette heure-ci ?

Il posa les yeux sur son gâteau comme s'il venait d'apparaître devant lui. Comment allait-il justifier sa présence alors qu'il était soumis à un régime strict ?

Depuis toujours, il était très soucieux de sa santé et mangeait sainement. Depuis sa crise cardiaque, il était encore plus vigilant. Décidément, les hommes de ma vie avaient le cœur fragile. Lui arrivait-il souvent de grignoter la nuit ? Ma découverte pouvait expliquer bien des choses.

— Tu en veux ? me demanda-t-il sans vergogne.

— Volontiers.

Il me tendit une cuillère. Je ne me fis pas prier.

— Maman va nous tuer.

— Seulement parce que nous l'aurons mangé avant elle. Figure-toi que je l'ai trouvé caché derrière deux briques de lait de soja.

C'en était terminé des bonnes résolutions de ma mère.

— Je veillerai à le remplacer dès demain.

— Bonne idée.

Le silence s'installa entre nous, puis il reprit la parole :

— Je suis rassuré que tu sois là. Tu es en sécurité ici.

Je ne pris pas la peine de le contredire, car il pouvait se montrer aussi entêté que les policiers, voire davantage. Naturellement, je m'étais gardée de signaler la disparition de ses tableaux aux autorités. J'avais seulement indiqué que Tristan recherchait le dossier de Meaghan.

— La présence policière n'empêchera pas Rourke d'agir à sa guise. Au contraire, pour lui c'est un défi de plus à relever.

— Après sa visite au loft, il n'osera jamais entrer ici.

Là encore, je ne discutai pas.

— Comment va Sean ? me demanda mon père avec un regard doux.

— Ça va, fis-je en posant ma cuillère.

— Je l'aime bien, tu sais.

— Mais ?

— Je suis inquiet.

Se souciait-il de la santé de Sean ou de notre relation ? Ou des deux ? Je ne lui posai pas la question car cela n'avait aucune importance.

— Je l'aime.

— Dans ce cas, tu as parcouru la moitié du chemin.

— Seulement la moitié ?

— Seulement la moitié.

— Et l'autre ?

— À toi de découvrir de quoi il s'agit.

— C'est comme quand j'étais petite et que tu me faisais chercher moi-même la réponse à une question ?

— Absolument, répondit-il en riant.

— Je détestais ça.

— Je sais, mais ainsi tu as appris un tas de choses par toi-même.

— Pas vraiment. C'était Raphael qui me soufflait les réponses.

— J'aurais dû m'en douter ! s'exclama mon père en levant les yeux au ciel. Cette fois, ton stratagème ne fonctionnera pas. Tu vas devoir te débrouiller seule, Lucy. Mais j'ai foi en toi. Il y a quelque chose entre Sean et toi.

— L'amour est plus fort que tout, hasardai-je.

— On verra bien.

Je l'observai tandis qu'il plaçait son assiette dans le lave-vaisselle. Cela faisait longtemps que je ne l'avais pas vu aussi heureux. Peut-être l'amour serait-il plus fort que tout pour mes parents également ? Mieux valait ne pas me bercer d'illusions. Il fallait vivre l'instant présent au lieu de se tourmenter pour l'avenir. Croisant mon regard, mon père me sourit. J'eus l'impression de voir Cutter.

Je me servis un verre d'eau. Le grand dîner approchait et je n'avais toujours pas eu l'occasion de parler de Preston à mon nouveau frère.

— Tu as vu Cutter dernièrement ?

— Il s'appelle Oliver, me répondit-il.

Mon père refusait ce surnom. Sans doute était-il contrarié que son fils porte le nom de famille d'un autre homme.

— On s'est parlé hier, m'avoua-t-il.

— Vraiment ?

— Nous nous parlons souvent, précisa-t-il devant mon air étonné.

— Ah bon ?

— Bien sûr. Nous avons nos divergences, mais c'est normal. Comme avec toi. En revanche, l'amour est présent.

— Et il est plus fort que tout ?

Il me prit dans ses bras et posa le menton sur le haut de ma tête. Je me blottis contre lui, soudain heureuse d'être là. Je pouvais remercier Tristan qui m'offrait ce cadeau inattendu.

— Tout va bien se passer, Lucy.

— C'est promis ?

— Je suis un homme de parole, non ? Je suis un homme d'honneur, un homme intègre.

Je ravalai une réflexion sur l'origine de ses tableaux.

— Tu oublies ta modestie.

— C'est vrai. À présent, retourne te coucher. J'ai l'impression que la journée de demain sera longue et éprouvante.

Une visite de Tristan, la vérité sur le sort de Mac, la recherche de Rufus, une conversation avec Cutter, sans oublier la santé de Sean…

Oui, la journée serait longue.

28

Au bout d'une heure, je connaissais les moindres détails de cette affiche d'Aerosmith. Ma mère m'avait emmenée à ce concert. C'était mon premier. J'étais à la maternelle, mais elle considérait qu'elle devait m'initier à la musique rock dès mon plus jeune âge.

Thoreau ronflait sur son coussin. Même Odyssée était allé se coucher.

Je consultai le réveil. 3 h 36. Je me tournai sur le côté pour observer Sean, qui semblait de plus en plus agité. L'effet des médicaments s'était estompé. J'eus presque envie de le réveiller pour lui faire prendre un autre cachet, mais il n'aurait sans doute pas apprécié cette initiative.

Pour ne pas perdre la raison, je me glissai discrètement hors du lit. J'avais besoin d'occuper mes pensées, de ne plus me concentrer uniquement sur la respiration de Sean. Munie de mon ordinateur portable, je m'enfermai dans mon dressing avant d'en allumer la lumière.

Assise par terre en tailleur, je me mis à surfer sur Internet. Sur les réseaux sociaux, je ne trouvai aucune réponse à mon appel concernant Rufus. Nul ne semblait l'avoir vu. Or, si Tristan ne l'avait pas enlevé, où était-il donc passé ?

En pensant à la laisse du chien, une idée terrible germa dans ma tête : s'il était accroché à un arbre ? Il pouvait être n'importe où, dans les bois, à attendre que l'on vienne le détacher. Mes brûlures d'estomac s'accentuèrent. Sans doute avais-je développé un ulcère, à force de me torturer.

Chassant ces images cruelles de mon esprit, j'ouvris mes mails. J'avais envoyé un message à Cutter pour changer notre date de dîner, en lui expliquant pourquoi. Je précisais bien sûr que je souhaitais lui parler de Preston et de sa curiosité avant la réunion de famille.

Toujours pas de nouvelles de Rufus sur les réseaux sociaux.

Je lançai donc une recherche sur Rick Hayes. Si les gens ne semblaient guère le connaître dans la région, il était référencé dans de nombreux articles. Il venait notamment de créer son site personnel qui n'était pas encore en ligne.

Je trouvai également un article sur Wikipédia précisant les informations habituelles : sa naissance en 1962 dans le New Jersey, ses débuts alors qu'il était encore au lycée, son succès tardif grâce à un générique de série télévisée.

Avant d'épouser Jemima, il s'était marié quatre fois : d'abord avec Francine, alors qu'il n'était encore qu'un adolescent. Ils n'avaient pas eu d'enfants et avaient divorcé au bout de deux ans. Ensuite vint Patricia, deux ans de mariage également, et toujours pas d'enfants. Puis Linda, deux ans de mariage, pas d'enfants, et Esmeralda, quatre ans de mariage, pas d'enfants.

À l'âge de trente et un ans, il avait croisé la route de Jemima Gladstone, dix-huit ans. Pas étonnant que Mac et Betty l'aient pris en grippe avec un tel tableau de chasse. Une seule de ses unions avait duré plus de deux ans. Son couple actuel tenait pourtant depuis presque vingt ans. Christa devait y être pour quelque chose.

Il était souvent question de lui dans les magazines pour adolescents. Sur une étagère, j'avais conservé des piles de revues de l'époque. Ma mère n'avait rien jeté de mes affaires. La presse m'en dirait-elle davantage qu'Internet ? Je descendis les journaux et entrebâillai la porte pour vérifier que je n'avais pas réveillé Sean.

Il avait sorti un pied de sous la couette et s'était couvert la tête de son oreiller, qu'il maintenait plaqué sur son visage.

Je refermai la porte et me mis à feuilleter les revues en quête d'un article sur Rick Hayes. J'en trouvai plusieurs, mais ils ne recelaient rien de plus qu'Internet. En revanche, il y avait de nombreuses photos dont la plupart remontaient au début des années 1990.

Chaque fois que j'entendais Sean remuer, je ne pouvais m'empêcher de vérifier s'il respirait normalement. J'étais folle d'inquiétude. La quatrième fois, je fis quelque chose que je m'étais jusque-là interdit : j'entamai des recherches sur les défibrillateurs implantés, leurs risques et leurs effets secondaires. Les témoignages concordaient. Les patients racontaient qu'ils avaient l'impression de recevoir un coup de pied dans la poitrine lors d'une crise. Parfois, l'appareil démarrait sans raison valable. Il suffisait que le patient se trouve à proximité d'une installation électrique défaillante par exemple. Le danger était partout. Ces recherches ne firent qu'intensifier mon angoisse.

Il faut profiter de l'instant présent sans se tourmenter en permanence.

Plus jamais je ne me renseignerais sur la pathologie de Sean.

Soudain, la porte du dressing s'ouvrit dans un grincement.

— Qu'est-ce que tu fabriques ? me demanda Sean.

— J'essaie de me rappeler comment respirer. Tu m'as fait une de ces peurs !

Il s'assit par terre à côté de moi.

— Tu as besoin d'un bouche-à-bouche ? fit-il avec un sourire coquin.

— Peut-être, répondis-je, troublée.

Je lui avais promis de ne pas le traiter comme un malade, mais je commençais à me rendre compte que ce ne serait pas chose facile. J'avais beau avoir envie de lui en cet instant, je ne pouvais m'empêcher de craindre un malaise au cours de nos ébats, surtout après sa mésaventure devant chez moi.

Mais je devais respecter ma promesse. Je fis donc comme si tout allait pour le mieux.

— C'est plutôt confortable ici, commenta-t-il en observant les étagères et les tiroirs. Ce dressing est plus grand que ma chambre d'enfant.

Il évoquait sa jeunesse.

— Tu as toujours dormi dans la même chambre que Sam ?

— Non. Pourquoi n'es-tu pas couchée ?

Il avait détourné la conversation. Mieux valait ne pas relever.

— Je pense à trop de choses.

— À moi ?

— En partie, avouai-je dans un souci de franchise.

— En partie seulement, tu es sûre ?

— Je suis débordée en ce moment, raillai-je pour ne pas l'alarmer. Et toi, pourquoi t'es-tu levé ?

— J'ai entendu du bruit, alors j'ai mené l'enquête. C'est mon boulot.

— Ah oui ?

— En ce moment, je suis peut-être un peu plus lent que d'habitude, murmura-t-il en attardant son regard sur mes lèvres. Mais parfois, il vaut mieux prendre son temps. Tu ne crois pas ?

Il se pencha pour effleurer ma bouche d'un baiser sensuel, pour me provoquer. Je ne pus résister à l'envie de lui mordiller la lèvre inférieure.

Bientôt, je m'abandonnai à l'ivresse de ce baiser, malgré le signal d'alarme qui retentissait dans ma tête. Il me prit sur ses genoux et s'allongea à même le sol.

— Chut, soufflai-je en riant. Mes parents…

Il déposa un chapelet de baisers furtifs dans mon cou, traçant un sillon brûlant sur ma peau. Je rejetai la tête en arrière en gémissant de plaisir. Soudain, Sean se figea.

— Quoi ? demandai-je.

À mon tour, j'entendis des coups.

— Lucy ? fit la voix de ma mère derrière la porte.

Sean poussa un soupir tandis que je me levai péniblement en tirant sur mon T-shirt. En ouvrant la porte de ma chambre, je me sentis rougir.

— Oui, maman ?

— J'ai entendu du bruit, dit-elle en me dévisageant.

Thoreau et Grendel n'avaient pas bronché. Avec ces deux-là, Tristan Rourke pouvait entrer en toute impunité.

— Euh… C'était Sean, il menait l'enquête.

— Lucy, reprit ma mère en réprimant un sourire, il ne me viendrait même pas à l'idée de m'inquiéter en entendant du bruit venant de la chambre à coucher d'un jeune couple en pleine nuit. Or, je suis inquiète.

Elle regarda en direction du dressing, comme si Tristan Rourke avait pu s'y cacher. Sean lui adressa un signe de la main.

— Que fait ton ordinateur allumé dans le dressing ?

Sans parler de Sean.

— Eh bien, nous travaillons.

— C'est ainsi qu'on appelle ça, maintenant ? railla ma mère.

— Tu n'as pas pu résister, n'est-ce pas ?

— Chacun son tour, Lucy.

Sur ces mots, elle s'éloigna dans le couloir en marmonnant. Dès que j'eus refermé la porte, je me laissai glisser à terre. Sean était toujours allongé sur le plancher, un sourire aux lèvres.

— La chambre de ta mère se trouve derrière ce mur ?

Je hochai la tête.

— Tout s'explique. C'est ça, ta malédiction ?

— Je croyais que tu doutais de son existence.

— Un moment de folie. Je suppose que mon enquête est remise à plus tard.

— Oui, répondis-je, ravie de ce moment de répit. Comment te sens-tu ?

— Moins bien qu'il y a quelques minutes.

Je comprenais son désarroi. Pendant ce baiser, j'avais oublié mes soucis l'espace d'un instant.

— Sur quoi travailles-tu ? Tristan Rourke ? T'ai-je dit que je rencontrais Mary Ellen et Catherine demain matin ? Enfin, ce matin. Meaghan les a implorées de me parler. Elle est persuadée que Mary Ellen s'est trompée en croyant reconnaître Tristan.

C'était possible. Catherine était terrifiée à l'idée que Tristan cherche à se venger. Sa peur avait pu influencer Mary Ellen. Aiden n'avait sans doute pas eu le temps de chercher s'il y avait d'autres témoins de l'accident.

Sean prit mon ordinateur et appuya sur une touche qui ralluma l'écran.

Oh non.

Je compris ce que mon père avait dû ressentir quand je l'avais surpris en train de manger un cheese-cake au milieu de la nuit dans la cuisine. Pourquoi avais-je consulté ce site ?

Sean en ferma la fenêtre et me regarda avec une telle tendresse que je me sentis fondre.

— Approche.

Je me jetai dans ses bras. Il me serra si fort qu'il faillit m'étouffer, mais je n'en avais que faire. La joue contre son torse, j'entendais le battement rassurant de son cœur.

— Tu sais, tu peux me poser des questions.

Sa voix résonna dans mon oreille.

— D'accord ? insista-t-il en posant un doigt sous mon menton.

Je secouai la tête.

— Tu ne réponds pas toujours à mes questions. Tu es sélectif.

— Pas en ce qui concerne mon cœur, assura-t-il. Je t'en ai toujours parlé ouvertement.

Je t'aime, Lucy.

— Je sais, dis-je en levant les yeux vers lui. Je pensais à d'autres sujets délicats. Ton enfance, par exemple. Tes années chez les pompiers. Les raisons qui te poussent à enquêter sur Tristan Rourke.

— Tu as raison, admit-il. Et je le regrette.

Dans la pénombre du dressing, ses yeux brillaient d'un éclat presque surnaturel.

Je patientai, espérant des explications.

Il prit une mèche de mes cheveux entre ses doigts.

— Parfois, il est plus facile d'enfermer…

— D'enfermer quoi ? insistai-je.

Il avait du mal à continuer. Je posai de nouveau la tête contre son cœur dont j'écoutais les battements rassurants.

— Ses souffrances. J'ai accepté le dossier Rourke car je voulais croire qu'il était innocent. Il se trouve que nous avons beaucoup en commun.

— Ah bon ?

— Dans une certaine mesure. J'ai été placé dans une famille d'accueil, moi aussi. J'ai eu mon compte de problèmes et un casier de délinquant juvénile. Après avoir été renvoyé de nombreux établissements, j'ai décidé que je méritais mieux.

Bouche bée, je le dévisageai longuement. Il ne plaisantait pas. Son regard était troublé. Je comprenais enfin son comportement étrange en présence de Spero. Il avait dû mourir d'envie de l'étrangler de ses mains.

— En fait, j'ai rencontré Sam dans la rue.

— Tu veux dire qu'il n'est pas ton frère ?

Il relâcha ma mèche de cheveux.

— Ce n'est pas mon frère biologique mais ce qui compte, c'est ce qui se passe là.

Il montra son torse à l'endroit du cœur.

J'avais remarqué qu'ils ne se ressemblaient pas, mais je n'aurais jamais imaginé qu'ils n'étaient pas de la même famille.

— Comment se fait-il que vous portiez le même nom ?

— C'est une longue histoire, répondit-il en bâillant.

Je le soupçonnais de simuler la fatigue pour ne pas avoir à me la raconter. Mais je sentis qu'il ne fallait pas insister. Ses yeux exprimaient une telle souffrance. Quel enfer avait-il donc traversé ?

— Un autre jour alors ?

— Merci, dit-il en m'embrassant. Merci de me comprendre.

Je me concentrai sur mes magazines pour ne pas fondre en larmes.

— Ils sont à toi ? demanda Sean.

Malgré le malaise qui m'étreignait, je parvins à afficher un sourire.

— Je baisse dans ton estime ?

— C'est possible.

— Alors, disons que ces torchons appartiennent à Marisol ?

— Je m'en doutais.

Il feuilleta un numéro, soudain bien réveillé.

— Qu'est-ce que tu cherchais ?

— Des articles sur Rick Hayes.

— Et tu en as trouvé ?

Je désignai la pile de journaux que j'avais mise de côté.

— Mais je pense pouvoir faire mieux.

J'avais envie qu'il soit coupable parce que je ne l'appréciais guère. Je cherchais un responsable à la disparition de Mac. Or Rick n'avait pas un passé trouble. Cela ne signifiait en rien qu'il était innocent, mais j'aurais plus de mal à prouver son éventuelle culpabilité.

Et s'il était vraiment innocent ?

Les paroles de Fred Ross me revinrent. Selon lui, Mac avait décidé lui-même de son destin.

Maintenant que Sean était bien réveillé, nous aurions pu porter les revues et l'ordinateur dans la chambre où nous aurions pu lire à l'aise pour travailler. Mais j'aimais cette promiscuité, son genou frôlant le mien. Je percevais le parfum de son dentifrice et je sentais encore son baiser sur mes lèvres.

Je me tournai vers lui.

À la maison.

Toute ma vie, je m'étais sentie chez moi dans la maison de ma mère. À présent… La situation était en train de changer pour intégrer Sean dans ma vie. Ici, enfermée dans mon dressing avec lui, dans cette atmosphère intime, je me sentais protégée, aimée.

Il leva les yeux vers moi et me surprit en train de l'observer. Comme s'il devinait mes pensées, il me sourit.

Je lui rendis son sourire. Combien de temps allais-je pouvoir rester en sécurité ici avec lui avant de devoir affronter le monde extérieur ?

Pas très longtemps, alors autant en profiter.

Sean tourna une page et brandit le magazine.

— Qui a dessiné un cœur autour de Mark Wahlberg ?

— Marisol.

— C'est ça.

— Je ne plaisante pas. Il n'est pas mon genre.

Je souris en pensant à Em, Marisol et moi, dans ma chambre, autrefois. Nous avions passé des heures à lire des magazines pour apprendre qui sortait avec qui. Marisol avait un faible pour Mark Wahlberg. Rien que pour ces souvenirs, j'étais heureuse que ma mère ait conservé tous ces vieux journaux.

— Et toi, qui était ton idole quand tu étais adolescente ?

— Toi d'abord.

— Je n'en avais pas, déclara-t-il en tournant les pages.

— Menteur.

— D'accord, Wonderwoman.

— Pas de quoi me mettre la pression.

— À ton tour, dit-il en riant.

— Dewey Evans.

— Je crois que je viens de retomber amoureux de toi.

Il plaisantait, mais j'en fus touchée au plus profond de moi-même.

— Oh ! s'exclama-t-il soudain, me faisant descendre de mon nuage.

— Quoi ?

— Regarde !

Il me tendit son magazine en désignant une photo.

Je vis Rick avec sa quatrième épouse, Esmeralda, sur le tapis rouge, lors de la cérémonie des Grammy Awards en 1989. Il n'avait pas beaucoup changé. Sans doute avait-il eu recours depuis à la chirurgie esthétique. Un petit lifting par-ci, une opération des paupières par-là.

— Quoi ?

— Tu la reconnais ?

— Qui ? Esmeralda ?

J'observai son visage parfait, ses longs cheveux bruns, ses yeux d'émeraude. Elle était superbe, mais je ne l'avais jamais vue.

— Imagine-la avec les cheveux plus courts, insista Sean.

Je ne la reconnaissais toujours pas.

— Mets-lui un uniforme de gouvernante et fais-lui prendre un accent distingué.

— Esme !

— Intéressant, non ? La quatrième femme de Rick travaille pour lui en tant que gouvernante.

Très intéressant en effet, mais quel rapport avec la disparition de Mac ?

Sean dressa l'oreille.

— C'est ton téléphone, non ?

Je reconnus également le générique de *Hawaii 5-0*. Je me précipitai vers ma table de chevet où je rechargeais l'appareil, posé à côté du petit coffret qui avait recelé la bague de fiançailles de ma mère.

— Aiden ?

— Désolé, Lucy, je sais qu'il est tard. Enfin, tôt. J'ai des nouvelles pour toi.

Sean s'assit au bord du lit. Il avait des cernes sous les yeux. Je posai une main sur mon ventre.

— Oui ? demandai-je, le cœur battant.

Un appel à 4 heures du matin ne présageait jamais rien de bon.

— La patrouille portuaire de la police a répondu à un appel de détresse lancé par un petit bateau qui prenait l'eau au large de Thompson Island. C'était celui de Rourke.

Soudain, je me réjouis de cet appel nocturne. À moins que…

— Il ne s'est pas échappé, j'espère.

Je vis presque le sourire d'Aiden.

— Pas cette fois. Il est en garde à vue.

29

— Tu n'as pas dormi de la nuit ? demandai-je à Aiden, dans la voiture.

Nous étions en route pour interroger Orlinda Batista, la femme qui avait vendu le gilet bariolé à Mac.

De gros nuages noirs s'accumulaient dans le ciel. Il était un peu plus de 9 heures. Je tenais le coup grâce à l'adrénaline et une bonne dose de caféine.

— Et toi ? Tu as vraiment mauvaise mine.

— Merci, je suis flattée.

Il glissa un bonbon dans sa bouche et me sourit.

— Je me suis reposé un peu au bureau. Et toi ?

— C'est à peu près ça, mentis-je pour ne pas l'inquiéter. Qu'as-tu dit à Orlinda au juste ?

Elle vivait à Hingham, mais nous avions rendez-vous dans son bureau, à Plymouth. Elle était psychologue et elle acceptait de nous recevoir entre deux patients, en précisant qu'elle n'aurait pas beaucoup de temps à nous consacrer.

— La même chose que d'habitude. Je lui ai décrit tes capacités et le résultat que nous souhaitions obtenir. Elle a accepté sans hésitation. Figure-toi qu'elle a entendu parler de toi et qu'elle a envie de faire ta connaissance.

Moi aussi, surtout si elle me permettait de retrouver Mac.

Sean avait profité de la voiture de mon père pour se rendre en ville, où il devait s'entretenir avec Catherine Murphy et Mary Ellen Spero. Meaghan espérait tant laver Tristan de tout soupçon. Maintenant qu'il était détenu par la police, allait-elle changer d'avis ? Ou, au contraire, redoubler d'efforts ?

L'incident cardiaque de Sean soulevait un nouveau problème. Il lui était impossible de conduire avant un certain temps, ce qui le contrariait énormément. J'étais heureuse d'accompagner Aiden chez Orlinda.

— Des nouvelles de Rufus ? s'enquit-il.

— Pas une.

Je l'imaginais accroché à un arbre. Je voulus chasser cette pensée cruelle, mais en vain. Je le voyais dans la forêt enneigée, le malheureux, tirant désespérément sur sa laisse, avec son bandana rose, dans ce paysage immaculé.

J'étouffai un sanglot et tentai de me concentrer sur autre chose, mais mon esprit revenait sans cesse à ce bandana comme s'il luisait.

— Oh ! m'exclamai-je soudain, renversant mon gobelet de café.

— Qu'est-ce qui se passe ?

J'affichai un large sourire.

— Enfin quelque chose de positif ! Je suis en mesure de retrouver Rufus. ! Du moins je le crois. J'avais oublié qu'il portait un bandana.

— N'est-ce pas Mac qui le lui avait acheté ?

— Non, c'est Christa. Je me rappelle un commentaire de Jemima sur sa couleur.

— Tu veux que je fasse demi-tour ?

C'était tentant, mais nous étions très proches du cabinet d'Orlinda et nous n'en aurions pas pour très longtemps. De plus, je devais tenir compte d'un autre élément.

— Christa est probablement en cours. Je vais devoir attendre qu'elle rentre chez elle.

— Jemima pourrait contacter le lycée pour que tu puisses voir Christa le temps de quelques minutes.

C'était une bonne idée. La jeune fille serait désireuse d'agir au plus vite. Elle était morte d'inquiétude pour Rufus et je comprenais parfaitement ce qu'elle ressentait. J'appelai Jemima. Pas de réponse. Je lui laissai donc un message en expliquant ce que j'attendais d'elle.

J'étais tellement enthousiaste que je me sentais soudain un peu plus légère.

Orlinda Batista travaillait dans une vieille maison sur trois niveaux transformée en cabinet médical, sur la route 44, à quelques encablures du port de Plymouth. Au rez-de-chaussée, une réceptionniste prit nos noms. Un couple qui patientait déjà nous observa en se demandant quel pouvait être notre problème. La mine implacable d'Aiden et mon air curieux devaient les intriguer.

Quand elle nous reçut, le couple nous foudroya du regard. N'étions-nous pas arrivés après eux ?

— Asseyez-vous, nous dit Orlinda sans bouger de son bureau métallique jonché de dossiers.

Elle m'observa avec attention dès mon entrée. Âgée d'une soixantaine d'années, elle avait un visage rond, un regard bleu et doux, les cheveux châtains mi-longs. Elle portait une tunique violette et un collier bariolé. Elle ne proposa pas de nous serrer la main. En voyant son fauteuil roulant, je ne masquai pas ma surprise.

— Vous venez me voir à propos de Mac Gladstone ?

— Comme je vous l'ai expliqué, il a disparu, répondit Aiden en me désignant une chaise.

— Je ne sais pas si cela va fonctionner, avouai-je. Je n'ai jamais eu affaire à un objet provenant d'un dépôt-vente. Mais on peut toujours essayer.

Orlinda s'écarta de son bureau, faisant craquer les lattes du plancher ancien, et s'arrêta à côté de moi.

— Je crois que vos capacités vont au-delà de ce que vous imaginez, Lucy.

Son regard appuyé me mit mal à l'aise.

— Ah oui ?

Elle jeta un coup d'œil en direction d'Aiden.

— Je regrette, mais je manque de temps. Vous êtes prêts ? me demanda-t-elle.

— Pensez au gilet que vous avez porté au dépôt-vente, cet affreux gilet orange à pois multicolores.

— Affreux ? répéta-t-elle, outrée. C'est moi qui l'ai tricoté !

Aiden se détourna pour ne pas éclater de rire.

— Ah, je...

Elle s'esclaffa à son tour.

— Je plaisante. J'ai tellement peu d'occasions de m'amuser.

Je ne pus réprimer un sourire.

Orlinda me tendit ses deux mains.

— Une seule suffit, lui dis-je.

— Prenez les deux, insista-t-elle d'un ton aimable.

Je lui obéis.

Le vertige se mêla au soulagement et à l'angoisse tandis que les images défilaient dans ma tête. Allais-je voir Mac ? Je mis une seconde à faire le tri dans ces diapositives qui accéléraient. De toute évidence, Orlinda était concentrée sur plusieurs articles.

Je distinguai le gilet orange dans une boutique du centre-ville. Je vis aussi un manteau noir rangé dans la penderie d'une chambre d'hôtel huppé, à Beacon Hill, ainsi qu'une paire de chaussures de sport aux pieds d'un homme qui promenait un chien dans les rues pavées, aux environs de l'hôtel.

Je voulus rompre le contact, mais Orlinda refusa de me lâcher les mains.

— Attendez, murmura-t-elle. Détendez-vous, Lucy. Respirez.

Elle ferma les yeux. Mes paumes commencèrent à se réchauffer à son contact et je ressentis des picotements dans mes bras, puis mon sternum et mon ventre.

— Voilà, fit-elle en rouvrant les yeux.
— Tu as vu quelque chose, Lucy ? s'enquit Aiden.

Je fixai mes mains, me demandant ce qu'il venait de se passer.

Je devais analyser non seulement mes visions, mais aussi mes sensations. En tout cas, j'avais une certitude : Mac Gladstone était vivant. Et Rufus était avec lui.

J'étais troublée par autre chose, mais j'avais du mal à me concentrer, à cause des picotements.

— Je suis désolée, dit Orlinda, mais j'ai des patients à voir et vous avez encore une longue journée devant vous. Ne négligez pas les évidences, Lucy. Et je vous conseille de réduire votre consommation de café.

Elle ne me demanda pas ce que j'avais vu, mais j'eus la certitude qu'elle le savait.

Troublé, Aiden se leva. Je le suivis vers la sortie.

— Je te rejoins dans la salle d'attente, lui dis-je.

Il faillit protester, mais se ravisa et s'éloigna.

— Orlinda ? fis-je en me tournant vers elle.

— Oui ?

— Excusez-moi de vous demander cela, mais qu'est-il arrivé à vos jambes ?

Elle sourit comme si je venais de réussir une épreuve.

— J'ai été frappée par la foudre quand j'avais douze ans. Je suis restée paralysée.

Le silence s'installa entre nous.

— Je regrette, répondis-je en réfléchissant aux implications de ses propos.

— Ce n'est pas grave. Il arrive que l'on renaisse de ses cendres, vous savez. À quelque chose malheur est bon.

Elle m'ouvrit la porte.

— J'ai été ravie de vous rencontrer, Lucy, dit-elle avec chaleur. Je suis sûre que nous nous reverrons.

Ce n'est qu'une fois dans la voiture que je pus analyser mes sensations étranges : pour la première fois depuis trois jours, je n'avais plus mal à l'estomac.

Je butais sur mes questions sans réponses.

Pourquoi Mac aurait-il quitté sa famille et son chien, même temporairement ?

Aiden avait reçu un appel urgent et m'avait déposée chez ma mère. Que faire pour Mac ? D'instinct, j'eus envie de me rendre en ville pour le retrouver et obtenir des explications.

Plus j'y pensais, plus cela me semblait une bonne idée.

Mais je résistai. J'avais besoin de temps pour réfléchir, remettre de l'ordre dans ma tête. J'avais en effet l'impression qu'il me manquait l'essentiel.

Mes pensées ne s'attardèrent pas longtemps sur Orlinda Batista. Je me refusais à analyser ses propos et ses actes. Ce n'était pas le moment.

Derrière la baie vitrée de la cuisine, je vis Thoreau gambader dans la neige. Reniflant le sol, il se dirigea vers la piscine qui était couverte pour l'hiver. La nature semblait fatiguée, usée. Au-delà du salon de musique de ma mère, le jardin descendait en pente douce vers l'océan.

J'eus envie de partir. Maintenant que Tristan était en garde à vue, je pouvais rentrer chez moi. Je me réjouissais de retrouver mon lit, même si ma chambre d'adolescente et l'amour de mes parents allaient me manquer.

Derrière moi, ma mère était en train de peler un pamplemousse en sifflotant. La cuisine baignait dans une douce lueur dorée. Le style de la pièce reflétait sa personnalité : surfaces en béton et murs rouges, comme son aura, avec tout l'équipement de pointe, à part la table ancienne et les chaises dépareillées. L'atmosphère était résolument « bohème chic ».

Je sortis une tasse et un sachet de tisane.

En attendant que l'eau chauffe, je m'assis à table. Perché sur le rebord de la fenêtre, Grendel surveillait Thoreau tout en ne quittant pas les mouettes des yeux.

— Tu es bien silencieuse, dit ma mère. Tu es toujours inquiète pour Sean ?

— Je réfléchissais.

— À propos de Sean ?

— De Mac, surtout.

Je lui racontai malgré moi ma vision, du moins celle qui concernait l'homme âgé. J'avais envie d'en parler.

— Il est vivant ? fit-elle en lâchant son pamplemousse.

— Je crois que je devrais me rendre à son hôtel pour obtenir sa version de l'histoire. Il faudra en informer la police et sa famille. Je ne saisis pas ses motivations.

Mon regard se posa sur la main de ma mère.

— Où est ta bague ?

— Je la fais agrandir et nettoyer.

— Où ça ?

— En ville, répondit-elle avec un geste désinvolte. Tu ne connais pas.

— Dis-moi quand même, pour voir.

— Pourquoi toutes ces questions, Lucy ?

— Pourquoi ces réponses évasives ?

Elle sourit.

— Je ne suis pas évasive. Je t'ai expliqué qu'elle avait besoin d'être nettoyée.

— Papa et toi avez rompu ?

— La journée n'est pas encore terminée.

Je mis un instant à comprendre qu'elle me faisait marcher.

— Cesse de te tourmenter ainsi, Lucy.

C'était facile à dire.

— Il va me falloir du temps pour m'habituer, répondis-je.

— C'est normal, mais n'oublie pas que cela ne durera peut-être pas. Je ne voudrais pas que tu te berces d'illusions.

— Qui a dit que nous étions une famille normale ?

Elle s'esclaffa.

Je sortis mon téléphone pour prendre un appel.

— Lucy, Christa refuse obstinément que vous tentiez d'avoir une vision, m'annonça la voix tendue de Jemima.

Je versai de l'eau bouillante dans ma tasse. Non sans effroi, je vis ma mère sortir céleri, carottes et une pomme du bac à légumes et se diriger vers la centrifugeuse. Non, elle n'allait pas…

— Je ne sais pas quoi vous dire, reprit Jemima. Je suis désolée. J'aimerais pouvoir vous aider davantage. Je dois avouer que ce maudit chien me manque plus que je ne le pensais.

Mais si. Ma mère mit l'appareil en marche. Incapable d'assister à ce spectacle, je m'installai à la table de la cuisine. Grendel posa les yeux sur moi, puis reporta son attention sur Thoreau.

Jemima me semblait sincère, mais j'étais un peu étonnée. Je décidai de ne rien dire sur Mac et Rufus avant d'en savoir davantage.

Maman sifflotait toujours en préparant son jus de légumes.

— Christa n'a pas précisé pourquoi ?

J'étais persuadée qu'elle aurait voulu m'aider.

— Non. C'est bizarre car elle adore Rufus. En apprenant qu'il avait disparu à son tour, elle était bouleversée. Vos dons surnaturels n'ont jamais été un problème. À moins que Rick ne l'ait influencée.

En prononçant le nom de son mari, Jemima ne pouvait masquer une certaine amertume qui m'intrigua, au vu de ce que j'avais appris au cours de la nuit.

Le bruit de la centrifugeuse se tut. Ma mère ouvrit la porte du fond et siffla. Thoreau se figea et tourna la tête. Ma mère recommença. Le yorkshire se précipita vers elle ventre à terre, soulevant de la neige de ses petites pattes. En franchissant le seuil, il lui sauta dans les bras.

Je n'en croyais pas mes yeux. Rufus avait eu exactement le même comportement, le soir de sa disparition. À un détail près, je n'avais pas entendu de sifflement.

Puis je me rappelai le sifflet argenté que j'avais vu dans le studio de Mac. Quelqu'un l'avait certainement utilisé ce soir-là. Alors le comportement de Rufus s'expliquait, car son maître lui manquait et, dans son esprit, le sifflet lui était associé. Comment Mac avait-il su où le trouver ? Et comment cet homme âgé se déplaçait-il ?

Soudain, les pièces du puzzle se mirent en place.

— Jemima, puis-je vous demander un service ?

— Lequel ?

Ma mère me regarda tandis qu'elle essuyait les pattes de Thoreau.

Je lui confirmai d'un signe que je parlais à Jemima. Elle reposa le chien à terre.

— Pourriez-vous descendre dans le studio de Mac pour voir si son sifflet est toujours accroché à la patère ?

Heureusement, elle ne me demanda pas d'explications. Grendel sauta de son perchoir pour aller à la rencontre de Thoreau. Il bondit sur lui et ils roulèrent tous deux à terre.

— Il n'y est plus, annonça Jemima. Je me souviens maintenant qu'il est dans la chambre de Christa. Je l'ai vu ce matin, en allant la réveiller pour aller au lycée. Pourquoi ?

— Je pensais qu'il me serait utile pour chercher Rufus, répondis-je vivement. Je comptais sillonner les bois dans la journée. Le sifflet porte plus loin que ma voix.

Si ce n'était pas un bon mensonge, ça !

— Je n'y avais jamais pensé, mais Christa a dû avoir la même idée.

J'en doutais. Si le sifflet se trouvait dans sa chambre, c'était parce qu'il avait servi, le soir de la disparition de Rufus. Mac avait une complice. Voilà pourquoi Christa refusait de recourir à mes pouvoirs. Elle redoutait que je ne localise son grand-père et son chien.

— Je pourrais le déposer chez vous, proposa Jemima. J'étais sur le point de sortir. Ou alors le confier à Esme.

Esme. Esmeralda. Que faire ? Que dire ?

— Lucy ? Vous êtes toujours là ?

— Oui, répondis-je, pensive. Je peux vous poser une question un peu personnelle ?

— Ça dépend.

Mon signal de double appel retentit.

Si seulement j'avais pu voir le visage de Jemima pour jauger ses réactions.

— Vous connaissez bien Esme ?

— Esme ? La gouvernante ?

— Oui.

— Très peu. Rick l'a engagée il y a environ six mois. Elle est un peu paresseuse, mais nous n'avons pas rencontré de problèmes majeurs. Vous voulez l'embaucher ?

Elle se mit à rire.

— Vous devriez peut-être vérifier ses antécédents, suggérai-je.

— Pourquoi ? demanda-t-elle, soudain tendue. Que savez-vous d'elle ? Serait-elle une criminelle ? Une personne dangereuse ?

Je fis la moue. Pourquoi m'étais-je mêlée de cette histoire ? Je savais que Rick n'était pas responsable de la disparition de Mac. Ce qu'il faisait avec Esme ne me regardait en rien. Peut-être était-ce une relation honorable. Un ex-mari qui portait secours à une femme en difficulté. Sauf que Rick ne donnait pas l'image d'un homme généreux ou altruiste. Il était surtout manipulateur et égoïste.

— Je sais que son véritable nom est Esmeralda, avouai-je.

Jemima en eut le souffle coupé. De toute évidence, ce prénom lui était familier.

— Il faut que je vous laisse, conclut-elle avant de me raccrocher au nez.

Je consultai ma messagerie en regardant ma mère boire une mixture glauque, les lèvres pincées entre chaque gorgée.

— Aloha, Lucy ! fit la voix de Marisol.

Je l'écoutai en souriant. Marisol avait obtenu les informations dont nous avions besoin sur Em. Il ne restait qu'à passer à l'étape suivante de notre plan. Me levant d'un bond, je versai ma tisane dans un gobelet isotherme.

— Où cours-tu comme ça ? À la rencontre de Mac ?

— Peut-être, répondis-je, hésitante.

— On dirait que tu es en mission.

— Je le suis.

Ma mission était de réunir Em et Aiden une fois pour toutes.

— Je peux te confier les animaux ?

— Bien sûr, répondit-elle en m'embrassant. Dovie doit passer tout à l'heure. Ils recevront toute l'attention et la tendresse dont ils ont besoin.

Depuis la disparition de Rufus, je n'avais guère eu l'occasion de parler à ma grand-mère. Elle serait soulagée d'apprendre que le chien était en sécurité.

— Tu n'auras qu'à l'informer des dernières nouvelles de Mac et Rufus, maman.

— Comme si je pouvais garder ça pour moi.

— Fais au moins un effort pour ne rien raconter aux autres. Je ne sais pas encore quelle politique adopter. Faut-il révéler au monde entier qu'il est en vie ? Après tout, il est majeur. Il fait ce qu'il veut.

— La situation est insolite, mais Dovie sera ravie de savoir qu'il n'est pas mort.

Je pris mon manteau et mon sac.

— Comment s'est déroulé son rendez-vous galant, l'autre soir ?

— Un fiasco. Bizarrement, le bon docteur a envie de se poser avec une femme sérieuse. Dovie s'est enfuie avant qu'il ne parle de maison de retraite.

Ma grand-mère avait toujours eu du mal à s'engager. Elle se croyait frappée par la malédiction de Cupidon, elle aussi.

— Embrasse-la pour moi, conclus-je en sortant.

— Lucy ?

— Oui ?

Elle vida son verre de jus de légumes dans l'évier.

— Tu ne saurais pas, par hasard, où est passé le cheese-cake qui se trouvait au réfrigérateur ?

30

En entrant dans la boutique, je fis tinter le carillon de la porte.

— Vous êtes de retour ! déclara Madeline en posant son livre. Avez-vous retrouvé cet homme ?

— Pas encore, avouai-je, gênée, mais vos informations nous ont été très utiles.

— Tant mieux. Je peux faire autre chose ?

— Il se trouve que oui, répondis-je en regardant autour de moi. Hier, il y avait une chemise hawaïenne. Ah, la voici !

Je souris. Cette chemise était parfaite. J'étais déjà passée à l'agence de voyages. Mon plan était en train de prendre forme.

En entendant quelqu'un entrer, je me retournai :

— Qu'est-ce que tu fais là, toi ?

— J'allais te poser la même question, répondit Preston.

Elle portait un grand sac en plastique.

— Tiens, tu fais des emplettes ? me demanda-t-elle avec stupeur en me voyant sortir ma carte de crédit.

— C'est un cadeau pour Aiden.

— Tu ne regardes pas à la dépense, railla-t-elle.

— C'est l'intention qui compte.

— Si tu passes chez Saks, pense à moi. Sans vouloir vous offenser, madame, ajouta-t-elle à l'intention de Madeline. Tu me dois encore une paire de bottes, Lucy.

— Je croyais que Maureen Rourke s'était occupée de toi.

— Tu ne t'en tireras pas aussi facilement, je te préviens, gronda-t-elle en repoussant ses cheveux en arrière. Je les aurai, mes bottes.

Madeline me tendit mon reçu et mon sac.

— Merci, lui dis-je.

Preston m'observa d'un air soupçonneux.

— Quoi ? Pourquoi me regardes-tu comme ça ?

— Tu as quelque chose de changé, Lucy.

— Je l'ai remarqué, moi aussi, avoua Madeline en hochant la tête.

— C'est la coiffure, vous croyez ? lui demanda Preston.

Je tapotai mes boucles dorées, les mêmes depuis toujours.

— Non, je ne crois pas, dit la vendeuse.

— Ce n'est pas le maquillage, poursuivit Preston.

— Arrêtez, toutes les deux. Vous allez me donner des complexes.

— Les joues ! s'exclama Preston.

— Quoi ?

— Tu as repris des couleurs.

— Absolument, renchérit Madeline. Vous semblez... vous respirez la santé. Hier, vous étiez un peu pâle, si je puis me permettre.

— Voire malade, ajouta Preston.

— Merci quand même.

Certes, à mon réveil, j'avais vraiment mauvaise mine. Une mine de déterrée, même. Jusqu'à ce que je ressente ces picotements, chez Orlinda. Je ne trouvai aucune explication à cette métamorphose.

— Qu'est-ce que tu fais là, Preston ? répétai-je.

Elle posa son sac sur le comptoir.

— Comme tu le sais, j'ai rendu visite à Eva Denham-Foster hier, pour lui parler du chapeau du cowboy solitaire, et elle m'a envoyée voir son fils Matthias. Eh bien, Matthias a donné la plupart de ses affaires à son propre fils, Craig, qui n'en voulait pas et qui les a remises au pasteur pour la kermesse de l'église.

— Tu as passé une journée mouvementée, on dirait.

Madeline n'en ratait pas une miette.

— Pas autant que toi, assura Preston, un peu amère. J'ai entendu parler du cambriolage et de l'arrestation de Tristan. Pourquoi ne m'as-tu pas appelée ?

— Quand ? Entre le moment où j'ai trouvé Tristan sur mon lit et celui où Sean a eu sa crise cardiaque ? Sans parler de l'interrogatoire du FBI.

— Oh là là… fit Madeline, impressionnée.

Preston blêmit.

— Sean a eu une attaque ? Seigneur ! Je n'en savais rien !

Elle me prit dans ses bras et me serra contre elle avec ferveur. Le plus étrange, ce fut que son geste me fit du bien.

— Ça va ? Et lui, il va bien ? Il est à l'hôpital ? Que s'est-il passé ? Tu as fait une crise de nerfs ?

— Preston, calme-toi.

Elle se mit à frissonner tandis que sa respiration s'accélérait.

— Voilà la tête que vous aviez hier, déclara Madeline en désignant Preston. Enfin, sans l'hyperventilation et… Vous avez de l'urticaire ? demanda-t-elle à Preston qui commençait à se frotter nerveusement les mains l'une contre l'autre.

— Seulement quand je suis contrariée.

— J'étais dans cet état lamentable hier ? demandai-je avec inquiétude.

Madeline hocha la tête.

— Tu exagères ! s'écria Preston en se grattant le cou.

Ce fut à mon tour de l'étreindre.

— Ne t'inquiète pas. Sean va bien.

Enfin, pour l'instant.

— Tu seras de nouveau ravissante dès que ces plaques rouges auront disparu, ajoutai-je.

— Tu me trouves jolie ? demanda-t-elle, étonnée.

— Oui. Qu'as-tu fait du chapeau ?

Elle le sortit de son sac. Déjà, ses plaques rouges commençaient à s'atténuer.

— Je suis allée voir le pasteur, qui s'est souvenu de ce chapeau. Il avait remarqué l'étiquette du chapelier. Selon lui, un article de cette qualité était plus à sa place dans un dépôt-vente qu'à la kermesse de la paroisse. C'est lui qui l'a apporté ici.

— C'était juste après Thanksgiving, intervint Madeline en l'examinant à son tour. Je m'en souviens car je ne vois pas souvent passer des chapeaux fabriqués sur mesure. J'étais persuadée d'en tirer un bon prix.

— Pouvez-vous me dire qui l'a acheté ? demanda Preston.

Le regard de Madeline me donna des frissons, car je devinais déjà sa réponse :

— C'est Mac Gladstone.

Je réussis à garer la voiture non loin du bureau. Fallait-il y voir un heureux présage pour le reste de la journée ? Je traversai la rue pour longer la pelouse du parc.

Des écureuils sautillaient gaiement autour des touristes susceptibles de leur jeter des miettes de pain. Plusieurs dizaines de personnes erraient sans but, des sans-abri pour la plupart. Près de la barrière, je scrutai la foule en quête de la silhouette familière de Mac.

En regardant discrètement par-dessus mon épaule, je vis une voiture aux vitres fumées se garer non loin de moi. Sur la voie rapide, j'avais vite repéré le véhicule des agents Thomas et St John. Ils me suivaient sans se cacher. Que diable me voulaient-ils ? Tristan était déjà derrière les barreaux. À moins qu'il ne se soit évadé.

Le vent me fouettait le visage, au point que je dus remonter le col de mon manteau pour me protéger du froid. Je déambulai tranquillement. Si seulement j'avais pu entendre des cris d'enthousiasme, voir des billets de vingt dollars voleter comme des feuilles mortes.

Donc, le cowboy solitaire n'était autre que Mac Gladstone.

Dans un premier temps, j'avais eu peine à y croire. Je faillis même transporter Preston aux urgences quand elle comprit à son tour. Dès qu'elle entendit le récit de mon entrevue avec Orlinda, elle fit une nouvelle crise d'urticaire.

Plus j'y réfléchissais, plus je réalisais qu'il ne pouvait s'agir que de lui. Il était riche, condamné par la maladie et désireux de faire ce que bon lui semblait tant qu'il était encore de ce monde. Et il avait décidé de distribuer son argent. En apprenant la nouvelle, Rick Hayes serait fou de rage. J'étais impatiente de voir son expression.

En recevant un appel du *South Shore Beacon*, Preston partit en courant et se précipita vers sa voiture.

Dans la matinée, une descente de police avait eu lieu à la laverie. Les autorités avaient sorti le grand jeu, avec une équipe de la brigade d'intervention et des gaz lacrymogènes. Le FBI n'avait saisi aucune marchandise volée, mais le magasin avait tout de même été fermé jusqu'à nouvel ordre. Preston partait recueillir des témoignages des riverains opposés à cette mesure. Des milliers de personnes étaient descendues dans les rues de Roxbury pour manifester leur soutien à Maureen. La laverie avait réussi à animer un quartier abandonné par les autorités. Le maire avait déjà organisé une conférence de presse pour assurer à ses administrés que des mesures seraient prises dans les meilleurs délais, en précisant que la laverie violait plusieurs articles de loi et n'avait pas les autorisations nécessaires. La foule laissa éclater sa colère. Preston était ravie de couvrir l'événement.

En revoyant le visage de la petite Nessie, j'eus le cœur lourd. Qu'allaient faire les habitants du quartier sans l'aide précieuse de la laverie ? Les manifestations parviendraient peut-être à alerter les pouvoirs publics et à créer des vocations. D'autres philanthropes prendraient le relais de Tristan, de façon légale cette fois.

Je ne voyais ni Mac, ni mon poète sans-abri de l'autre jour. Tant pis. Je décidai de retourner au bureau. Naturellement, Suzannah était à la fenêtre, armée de ses jumelles.

— Je l'ai guetté toute la journée, il n'a pas donné signe de vie. Teddy et moi avons discuté. Nous allons faire des économies pour constituer un apport afin d'acheter une maison. C'est dommage de rester locataire.

— Combien vous faut-il ?

Mac reviendrait-il maintenant qu'il avait récupéré Rufus ? J'imaginais le fougueux retriever en train de pourchasser les pigeons sur la pelouse. Comme il serait heureux. Hélas, Mac ne pouvait faire passer son chien pour un fidèle destrier.

— Environ dix mille dollars.

— Cela représente un paquet de billets de vingt, dis-je en m'asseyant sur le divan.

— Je sais. Je ne donnerai plus un sou aux mendiants.

— Ce n'était pas un mendiant, c'était un observateur.

Elle posa ses jumelles et se tourna vers moi. En lisant mon expression, elle se détendit.

— Tu es radieuse. Tu as fait un lifting ?

— Non.

— Tu as passé une nuit torride alors ?

— Suzannah !

— Eh bien, si ce n'est pas le cas, ce doit être le soulagement de savoir Tristan Rourke derrière les barreaux.

Au départ, oui, mais je n'étais pas si soulagée, finalement. À cela, une bonne raison. Sean. Je savais pourquoi il avait accepté de travailler pour Meaghan et je souhaitais que cette histoire se termine bien pour Tristan. C'était impossible, hélas. D'une façon ou d'une autre, il allait écoper d'une peine de prison.

— Je n'arrive pas à croire que Meaghan Archibald propose de payer sa caution, déclara Suzannah.

— Comment ?

Je devais me méprendre.

Elle reprit ses jumelles pour regarder en direction de la pelouse, puis se tourna vers moi.

— Tu es au courant qu'Andrew et moi prenons souvent le café ensemble, n'est-ce pas ?

Je hochai la tête.

— D'après lui, Meaghan attendait Sean, ce matin. Elle avait appris l'arrestation de Tristan et voulait savoir si Sean avait réussi à prouver son innocence. Comme il n'avait trouvé aucune preuve dans ce sens, elle a engagé sur-le-champ l'un des meilleurs avocats de la ville. Ensuite, elle est partie en disant qu'elle allait essayer de voir Tristan.

Et moi qui cherchais à les séparer dans l'intérêt de Meaghan.

— Comment Andrew était-il au courant ?

— Il a entendu leur conversation. Les cloisons ne sont pas très épaisses là-haut.

Je rougis et me promis de ne pas l'oublier.

— Jamais Tristan ne pourra être libéré sous caution. Il a des antécédents.

— Tu as raison, mais Meaghan est déterminée. De plus, elle a les moyens de payer.

— Ah bon ?

— C'est la fille adoptive de Martin Archibald. Il est médecin, mais sa famille possède les usines du même nom. L'une des plus grandes fortunes du pays.

Meaghan ne m'en avait rien dit.

— Et comment sais-tu cela ?

— Andrew.

— C'est une vraie mine, ce garçon.

— Et mignon en plus, avec sa mèche qui lui tombe sur le front. Il est diplômé de l'université de Boston et, en entendant son nom, il a eu une intuition. Quelques recherches sur Internet lui ont permis de découvrir que Meaghan était une riche héritière. Elle vaut même plusieurs milliards de dollars.

Le téléphone se mit à sonner. Suzannah sauta de son perchoir pour aller répondre.

Un nouveau client souhaitait prendre rendez-vous. En pensant à Meaghan, je fus soudain submergée d'une immense tristesse. Dans son cas, hélas, l'amour ne serait pas plus fort que tout. Le destin était capricieux. Sans sa tentative de suicide, elle n'aurait jamais rencontré Martin Archibald et ne serait jamais devenue l'une des femmes les plus fortunées du pays. Si Anthony Spero n'avait pas menti à Tristan en la prétendant morte, il n'aurait jamais cédé à la violence et n'aurait pas écopé d'une peine de prison. Et il n'aurait pas sombré dans la criminalité de haut vol.

L'une avait été adoptée par une famille aimante, l'autre était un malfrat qui dépouillait les riches pour donner aux pauvres.

L'amour ne suffirait pas.

Preston avait peut-être raison, leur histoire était digne de *Roméo et Juliette*.

Suzannah raccrocha et reprit sa surveillance de la pelouse.

— Sean est passé tout à l'heure pour voir si tu étais là. Il est de très mauvaise humeur. Tu veux du café ?

Elle se dirigea vers la cuisine.

— Non merci. J'essaie de réduire ma consommation.

— Une nuit chez ta mère et tu vires au diététiquement correct ? commenta-t-elle, hilare.

— Pas tout à fait.

— Je n'ai rien contre la zumba mais renoncer au café, c'est vraiment trop demander, marmonna-t-elle.

Des pas résonnèrent dans l'escalier. Pourvu que ce soit Sean. Je ne l'avais pas vu depuis le début de matinée et j'étais impatiente de l'examiner, de prendre son pouls.

En passant la tête à l'extérieur de l'agence, je vis Catherine Murphy descendre les marches. Elle semblait chercher quelque chose dans un sac immense.

— Vous ne trouvez pas vos clés ? demandai-je.

Elle me sourit en arrivant à ma hauteur.

— Je n'arrive jamais à mettre la main dessus. Je ferais mieux de changer de sac, je crois.

Je m'approchai de la rampe. De près, elle avait vraiment l'air détendu, malgré la semaine qu'elle venait de passer.

— Mes condoléances pour Anthony.

— Il n'y a pas de quoi, dit-elle, les lèvres pincées.

— Je ne comprends pas.

— C'est affreux, mais je suis contente qu'il soit mort. C'était un être abominable, un homme violent. Il a fait de la vie de Mary Ellen un enfer.

— Pourquoi est-elle restée avec lui pendant toutes ces années, alors ? Pourquoi n'a-t-elle pas demandé le divorce ?

— Elle l'avait épousé pour le meilleur et pour le pire, répondit Catherine. Dans son cas, c'était surtout pour le pire.

Je ne pus m'empêcher de comparer Mary Ellen à ma mère. Si cette dernière avait renoncé à une relation dès que les choses avaient mal tourné, Mary Ellen avait persisté. Maman était heureuse, Mary Ellen avait été malheureuse presque toute sa vie. Ma famille n'était peut-être pas si dysfonctionnelle finalement.

Catherine trouva enfin ses clés et les brandit d'un air triomphal.

— Vous êtes venue seule ? demandai-je en observant l'escalier.

— Mary Ellen travaille.

— Déjà ?

— Nous avons repris hier. Nous n'arrivons pas à pleurer Anthony.

— Et les funérailles ?

— Il a été incinéré et ses cendres seront dispersées devant son pub favori. Bonne idée, non ?

C'était manifestement une question qui n'appelait pas de réponse.

— Comment s'est déroulé votre entretien avec Sean ? Avez-vous vu Meaghan ?

Elle regarda en direction des bureaux de SD Investigations.

— Elle était déjà partie à mon arrivée. Franchement, j'ai perdu mon temps en venant ici. Mais je ne pouvais pas refuser sa requête. Je suis tellement peinée pour elle. Hélas, il n'y a rien que je puisse faire. Tristan Rourke a rendu un fier service à Mary Ellen, à mon avis. Il ne mérite pas d'être puni pour ce qu'il a fait. Mais je ne peux pas l'aider. Il ne fait que récolter ce qu'il a semé. Voler une voiture, renverser Anthony, il a le crime dans le sang. Mieux vaut pour Meaghan que l'histoire se termine ainsi. Elle pourra trouver un gentil garçon. Avec Tristan, elle aurait connu l'enfer. Un homme ne change jamais.

En réalité, Tristan n'était pas responsable de son sort. Enfant, il avait dû voler pour survivre. Ensuite, un homme cruel lui avait brisé le cœur. Enfin, un juge implacable en avait fait un homme ivre de vengeance en le privant de son bonheur.

— Je file. Je vais être en retard au travail, dit Catherine en me tendant la main. Je sais depuis longtemps que l'on ne peut pas sauver tous ces enfants placés.

Peut-être pas, mais cela valait la peine d'essayer. Quand je lui pris la main, des images surgirent, me racontant une histoire dont je connaissais déjà la fin.

— Vous vous sentez bien ? me demanda-t-elle.

Je retirai lentement ma main de la sienne.

— Oui, j'ai eu un léger vertige. Ces boucles d'oreilles en perle que Mary Ellen portait l'autre soir, est-ce vous qui les lui aviez offertes ?

— Oui, pour Noël. Pourquoi ? demanda-t-elle d'un air soupçonneux. Vous en voulez une paire ?

— C'est possible, bredouillai-je.

Abattue, je la suivis du regard tandis qu'elle quittait le bâtiment.

— Je connais ce regard, fit une voix derrière moi.

Sean m'observait depuis le palier de l'étage.

— Qu'as-tu donc vu ?

— Une boucle d'oreille ornée d'une perle.

— Comme celles que portait Mary Ellen l'autre jour ?

— Exactement, répondis-je tristement.

— Où était-elle ?

— Coincée dans le siège d'une voiture noire, à la fourrière.

Tout s'expliquait à présent. La voiture avait été volée à Quincy, non loin de la bibliothèque. Je revis le guide pratique posé sur le bureau de Catherine, un espace de travail qu'elle partageait avec sa sœur. Il devait y avoir un chapitre sur la façon de démarrer une voiture sans clé. Il lui avait suffi d'appeler Anthony pour lui dire de l'attendre devant l'hôtel.

Sean descendit à ma rencontre.

— La voiture qui a renversé Anthony Spero ?

— Oui.

— C'est donc Mary Ellen qui conduisait ? demanda-t-il en me caressant la joue.

— Cela m'en a tout l'air. Mais je pense que Catherine était dans le coup.

Le regard de Sean lançait des éclairs. Peut-être était-il tourmenté par Meaghan et Tristan ou peut-être encore par sa santé.

— Qu'est-ce qui te fait dire une chose pareille ?

— Elle pensait à cette boucle d'oreille. Je ne l'aurais pas vue, sinon. Elle sait que le bijou a disparu et elle est inquiète. Elle craint sans doute qu'il ne soit retrouvé dans la voiture saisie par la police.

J'effleurai à mon tour la joue de Sean d'une caresse. Il avait une barbe de trois jours.

— Nous leur avons fourni l'occasion rêvée de se débarrasser d'Anthony en disant que Tristan était enragé contre lui. Il avait le mobile, l'opportunité, sans parler de son casier judiciaire. Si je n'avais pas vu cette boucle d'oreille, elles s'en seraient tirées à bon compte.

— Cela semble contre nature d'utiliser Tristan comme bouc émissaire, surtout après ce qu'Anthony lui a infligé.

— Catherine vient de me dire que, selon elle, Meaghan serait plus heureuse sans Tristan. D'une certaine façon, elle la protège en envoyant Tristan en prison.

Comme moi. Et comme moi, Catherine se trompait. Meaghan savait au plus profond de son cœur que Tristan était innocent, du meurtre tout du moins. Elle était prête à prendre tous les risques pour l'homme qu'elle aimait.

J'aurais dû lui faire confiance, car je savais ce qu'elle ressentait. J'embrassai Sean avec fougue. Il m'enlaça et me serra contre lui. Les battements de son cœur me rassurèrent.

— Je reviens.

Je retournai à l'agence. J'avais une mission à remplir. Il le fallait, pour ce garçon de dix-sept ans qui s'était cru responsable de la mort de celle qu'il aimait. Parce que l'amour pouvait encore être plus fort que tout.

Je courus sur le trottoir et m'arrêtai devant une voiture banalisée aux vitres fumées.

— Il va falloir arrêter ces rendez-vous, railla l'agent St John.

Il se tourna vers son collègue qui sourit. Pour ma part, je n'avais aucune envie de les revoir.

— Je sais qui a renversé Anthony Spero, et ce n'est pas Tristan Rourke.

31

Une lumière tamisée, des œuvres d'art au mur, un épais tapis dans ce couloir de palace, un hôtel cinq étoiles. Je frappai à la porte de la chambre 223.

— Qu'est-ce que je vais lui dire ? demandai-je à Sean.

Un employé en uniforme poussait un chariot à bagages dont le bois ciré se fondait dans le décor.

— Tu te dégonfles ?

— Un peu.

Je ne connaissais pas vraiment Mac, enfin pas directement, mais je pensais comprendre pourquoi il était parti de chez lui, si j'en croyais les changements intervenus chez Jemima depuis quelques jours. Sans doute voulait-il donner à sa fille une ultime leçon de vie, lui montrer qu'elle était assez forte pour se débrouiller seule.

— Rufus me manque. Je serai contente de le revoir.

Je frappai encore.

L'employé s'approcha de nous.

— Vous cherchez le monsieur aux cheveux bruns avec son chien ?

— Vous l'avez vu ? demandai-je.

— Un gentil monsieur, très généreux.

S'il avait su à quel point Mac distribuait son argent.

— J'ai regretté de le voir partir, poursuivit le jeune homme.

— Partir ? répéta Sean.

— Il a rendu sa chambre il y a environ une heure. Il semblait pressé.

Nous l'avions manqué de peu.

— Savez-vous où il est allé ?

— Non, désolé. Demandez à la réception.

— C'est étrange que Mac décide soudain de quitter l'hôtel, fit Sean. Tu crois que c'est une coïncidence ?

— Non. Je penche plutôt pour Christa.

Il était grand temps que j'aie une conversation sérieuse avec Christa Hayes. Quand nous arrivâmes à proximité de la propriété de Mac, la rue était encombrée d'équipes de télévision et de journalistes. Apparemment, Preston manquait à l'appel, ce qui signifiait qu'elle se trouvait encore à Roxbury.

— Cela n'augure rien de bon.

Il y avait également trois voitures de police.

— En effet, admit Sean.

Un agent de police de Cohasset m'empêcha d'avancer en direction de la maison.

— Désolé, madame, mais les visites sont interdites.

Je lui montrai ma carte de consultante auprès de la police d'État, moins impressionnante qu'un véritable insigne, mais tout de même.

— Que s'est-il passé ? demandai-je.

Peu impressionné, l'agent me rendit ma carte.

— Un différend familial. Le capitaine en saura davantage. Il est sur les lieux.

Par chance, il nous fit signe de passer.

Il fallut garer la voiture au bas de l'allée, puis monter à pied. Je me gardai de conseiller à Sean de rester en bas de peur de l'agacer. Je commençais à m'habituer à faire semblant de ne pas m'inquiéter de sa santé.

J'échafaudai plusieurs théories. La première était que Mac était rentré et que Rick l'avait tué sur un coup de sang. J'en fis part à Sean.

— Tu as une imagination débordante, commenta-t-il.

Il faisait un peu frais, mais l'air commençait à sentir le printemps. Bientôt, la neige fondrait au profit des crocus. À la bonne heure. J'en avais un assez du froid.

L'image de Sean et moi à Hawaii me revint. Je sentais presque le doux balancement du hamac.

Je trébuchai, mais me rattrapai au vol. Je me souvins de ce que m'avait dit Orlinda.

À quelque chose malheur est bon.

Qui était donc Orlinda Batista ? Elle avait un don de guérisseuse, c'était certain. Jamais je ne m'étais sentie aussi bien.

Nos chemins s'étaient-ils croisés par hasard ?

Je crois que vos capacités vont au-delà de ce que vous imaginez, Lucy.

Et si elle pouvait m'aider à comprendre mes capacités surnaturelles ? Pourquoi avais-je des visions prémonitoires quand je touchais la paume de Sean ? Avec un peu de chance, elle pourrait voir mon aura et me dire si Sean était bien l'homme de ma vie.

Elle avait raison, nous étions amenées à nous revoir.

— Tu oublies le plus évident, reprit Sean.

— Qu'est-ce qui est si évident ? demandai-je comme si je ne le savais pas.

J'y pensais depuis que j'avais vu les voitures de police et entendu parler de « différend domestique ». En révélant à Jemima qu'Esme n'était autre qu'Esmeralda, j'avais mis le feu aux poudres. La situation s'était visiblement envenimée au point d'exiger l'intervention de la police.

Sean se tourna vers moi. Il avait repris des couleurs, mais peut-être était-ce à cause de la montée. Je n'osais penser aux efforts endurés par son cœur en cet instant. J'étais moi-même à bout de souffle. Je me promis de me mettre au sport. Du jogging, peut-être, ou du vélo d'appartement. Pourquoi pas de la zumba ?

Sean dut percevoir une inquiétude dans ma voix, car il me prit par les épaules et m'embrassa sur le front.

— Ou alors Mac et Rufus sont rentrés, et le chien a mis la maison sens dessus dessous pour retrouver son poulet en caoutchouc. Folle de rage, Jemima aura jeté son livre sur le taoïsme dans la baie vitrée, la brisant en mille morceaux.

— Tu dis ça pour me faire plaisir.

— En effet.

— Pas de problème, dis-je.

C'était toujours mieux que d'imaginer Jemima armée d'un couteau pour poignarder Rick.

Au détour du virage, je me figeai.

Une équipe d'ouvriers était en train de clouer des plaques de bois à la place des vitres manquantes. À en juger par les impacts de balles qui transperçaient les fenêtres restantes, il y avait eu une fusillade. Je fus saisie d'angoisse. Où étaient Jemima et Christa ?

Je donnai un coup de coude à Sean. Assis à l'arrière d'une voiture de police, Rick Hayes affichait un sourire suffisant. Il pouvait toujours espérer que je lui dise où se trouvait son médiator rose, celui-là.

Le jardin était en piteux état, jonché de vêtements, de livres, de guitares brisées. Je vis même un Grammy Award scié en deux. Le terme de « différend domestique » était loin de la vérité.

— Où est Jemima Hays ? demandai-je à un agent.

— À l'intérieur.

Je poussai un soupir de soulagement. Elle était en vie. Suivie de Sean, je me frayai un chemin parmi les bris de verre. Jemima était assise sur la première marche de l'escalier en marbre.

— Entrez, fit-elle en nous reconnaissant.

— Vous allez bien ? demandai-je.

Elle ne manquait pas d'allure avec ses cheveux lâchés, son maquillage impeccable, son jean foncé et son chemisier en soie. Elle était pieds nus, ce qui n'était pas très raisonnable, mais elle ne semblait pas se soucier du verre brisé. Elle semblait même parfaitement détendue. Il ne fallait pas se fier aux apparences. Elle excellait dans l'art de masquer ses sentiments.

— Je vais bien.

— Où est Christa ? s'enquit Sean.

— Elle passe la nuit chez une amie. Je ne veux pas qu'elle soit témoin de tout ce cirque.

Le moment était mal choisi pour évoquer le rôle de l'adolescente dans la disparition de son grand-père. Ou pour révéler à Jemima que son père était encore en vie. Je préférais qu'il le lui dise lui-même.

— Vous voulez que j'appelle quelqu'un ? Un avocat, par exemple ?

— Non. Tout est réglé, mais merci quand même.

— Que s'est-il passé ? demandai-je en m'asseyant à côté d'elle.

Elle ne répondit pas immédiatement. Je crus même qu'elle n'allait rien dire.

— J'ai été stupide, admit-elle enfin. Pendant toutes ces années, je n'ai rien voulu voir.

Elle serra les dents.

— Rick ?

— Vous croyez qu'il m'a aimée un jour ?

Je cherchai de l'aide auprès de Sean, qui s'était éloigné et discutait avec un agent de police près de la porte d'entrée.

— Je suis sûre que oui, répondis-je.

— J'aimerais tant le croire, fit-elle en regardant dans le vague. Hélas, depuis la disparition de mon père, j'ai ouvert les yeux. Rick n'aime que trois choses : l'argent, la célébrité et lui-même. L'amour m'a aveuglée.

— Et Christa ? Il doit aimer Christa.

— J'aimerais pouvoir le dire. Hélas, quand il regarde sa fille, Rick ne voit que des dollars. Il m'a épousée pour l'unique raison que je viens d'une famille aisée. Il m'a fait un enfant pour assurer son avenir. Mes parents le savaient, mais pas moi. J'ai longtemps refusé de voir l'évidence.

— Il est difficile d'accepter certaines choses de la part de l'homme que l'on aime.

— Après notre conversation de ce matin, je suis entrée dans son bureau pour fouiller dans ses papiers. Il se trouve qu'Esme est l'une des productrices de son émission de téléréalité. J'ai trouvé des notes sur un épisode où on me révélerait que la gouvernante était une ex-femme de mon mari. Tout ça pour stimuler l'audience. J'ai donc réagi en conséquence, j'ai jeté ses affaires dans le jardin et j'ai changé les serrures.

— Et le Grammy ?

— Une petite touche finale, avoua-t-elle avec l'esquisse d'un sourire.

— Histoire de remuer le couteau dans la plaie ?

— Exactement.

— Où était Esme ?

— Soi-disant partie faire des courses. Comme par hasard, Rick et elle sont rentrés à quelques minutes d'intervalle. Naturellement, ils n'ont pas pu entrer. Il m'a appelée et je lui ai dit ses quatre vérités. Il n'a pas nié. Vous savez ce qu'il a fait ?

— Quoi ?

— Il est retourné à sa voiture, a appelé une équipe de télévision et a attendu son arrivée. Ensuite, il a pris un pistolet qu'il garde dans sa boîte à gants et s'est mis à tirer en direction de la maison en hurlant comme un damné. Il me déclarait son amour, m'accusait de cruauté. Heureusement, j'étais à l'étage. Il aurait pu me blesser. Il s'en moquait.

— La scène a été filmée ?

— La police a saisi la caméra, mais je suis sûre que les images passeront sur toutes les chaînes dès ce soir. Rick a été arrêté. Il sortira dans un jour ou deux. Sa popularité sera montée en flèche. Il va connaître une nouvelle gloire.

— Et vous ?

Elle posa sur moi un regard plein de tristesse et de colère.

— Moi ? Je resterai à jamais amoureuse d'une ordure.

32

Le lendemain matin, assise derrière mon bureau, j'observais Sean. D'ordinaire, je ne travaillais pas le week-end mais à cause de notre fermeture imprévue, mes rendez-vous avaient été reportés ce jour-là.

Au vu de la tournure des événements, mes parents avaient également décalé leur grand dîner à la semaine suivante. J'avais l'impression qu'ils avaient fait cela pour me permettre de récupérer après cette semaine mouvementée, geste que j'appréciais au-delà des mots. Cependant, mon père avait insisté pour que je vienne travailler ce samedi.

Sean, penché sur la table de conférence, prenait des notes sur plusieurs dossiers. En y regardant de plus près, je voyais presque sa poitrine se gonfler à chaque souffle.

— Arrête un peu, tu veux ? me dit-il en jetant son stylo.

— Quoi ? fis-je d'un air innocent.

— Arrête de me fixer.

— J'admire simplement le spectacle.

Taquine-le un peu, Lucy, agis comme si tout était normal.

— Lucy ?

— Sean ?

— Je vais bien.

Oui, pour l'instant.

— C'est ça. Tu ne pourrais pas aller mieux.

Je m'en voulus. Ma réaction était stupide. Finalement, je n'étais pas aussi douée que je croyais pour feindre la désinvolture.

Il grommela en secouant la tête.

— Je fais des efforts, murmurai-je.

— Je sais.

Il vint vers moi, me fit lever et me prit dans ses bras. Je me détendis, sans penser à rien, savourant cet instant. Cette fois, je n'eus pas à me forcer.

Quelqu'un frappa à la porte, restée entrouverte.

— Désolé de vous déranger.

Aiden ne semblait pas contrit le moins du monde.

Je relâchai Sean à contrecœur, il se rassit devant ses dossiers.

— J'ai une bonne et une mauvaise nouvelle. Laquelle d'abord ? s'enquit Aiden en se perchant sur un coin de la table.

— La bonne, répondis-je.

— J'ai reçu un appel du magasin de bricolage. Mon plancher est arrivé.

— Très bien, fis-je sans conviction.

Aiden se mit à rire.

— J'ai raté quelque chose ? demanda Sean.

— Tu ne lui as rien dit ? s'étonna Aiden.

— J'ai été un peu débordée, répondis-je avant d'expliquer à Sean les projets de décoration du policier. Si c'était ta bonne nouvelle, quelle est la mauvaise ?

— Catherine Murphy et Mary Ellen Spero ont quitté la ville.

Je dus m'asseoir.

— La police de Boston a trouvé la boucle d'oreille là où tu l'avais prévu. Le temps d'obtenir un mandat, elles avaient filé. Elles ont vidé leurs comptes bancaires, ont fait leurs bagages et adieu.

Catherine devait se douter que la boucle d'oreille mènerait à leur chute.

— Vous avez des pistes ?

— Pas encore. Mais ce n'est qu'une question de temps. Elles vont réapparaître quelque part.

— Qu'est-ce que cela signifie pour Tristan Rourke ? s'enquit Sean.

Aiden étouffa un bâillement, puis reprit :

— Le procureur est fou de rage. Rourke a été libéré sous caution il y a une heure. Le FBI n'a pas trouvé de preuves concrètes pour l'inculper du vol de tableaux. Ils n'ont que l'effraction dans ta maison, Lucy. Le juge n'a pas eu le choix. Meaghan s'est empressée de payer sa caution.

Tristan était donc dehors. Avec Meaghan. Et si leur histoire finissait bien ?

— Pourquoi ce sourire ? me demanda Aiden.

— Parce que l'amour est plus fort que tout, déclara Sean d'un ton sirupeux.

— Désolée, je suis un peu fleur bleue. Au fait, ajoutais-je en me tournant vers Aiden, tout en sortant une boîte de mon sac, j'ai quelque chose pour toi. Pour te remercier de m'avoir aidée sur le dossier Gladstone. Marisol m'a aidée à choisir.

Aiden se leva et prit mon cadeau.

— Si Marisol t'a aidée, alors…

Il souleva le couvercle, puis les feuilles de papier de soie et sortit la fameuse chemise hawaïenne. Puis il se pencha pour ramasser le document qui l'accompagnait et qui avait volé à terre.

Sean se concentra sur ses dossiers pour masquer son sourire. Peut-être lui aussi commençait-il à croire que l'amour était plus fort que tout ?

Aiden posa sur moi un regard interrogateur.

— Ton avion décolle demain matin. L'adresse de l'hôtel se trouve dans la boîte. On s'est occupées de tout. Tu as travaillé dur ces derniers temps. Nous avons pensé que des vacances étaient de mise. Connaissant ton caractère entêté, nous voulions te donner un petit coup de pouce.

L'espace d'un instant, je crus qu'il allait protester car il restait sans rien dire. Puis un sourire naquit au coin de ses lèvres.

— Je ferais mieux de rentrer faire mes valises. Merci, Lucy. Tu remercieras aussi Marisol pour moi.

Sur ces mots, il serra la main de Sean et se dirigea vers la porte, tout en lançant :

— Ne crois pas que tu vas échapper à la pose du parquet.

— Je ne suis pas du genre à revenir sur ma par…

Je me tus en voyant une jeune femme sur le seuil.

— Bonjour ! lança Meaghan Archibald.

Pourquoi Suzannah ne m'avait-elle pas annoncé cette visite par l'interphone ?

Aiden nous observa tour à tour.

— Moi, je suis en vacances ! s'exclama-t-il en filant sans demander son reste.

— Entrez, dit Sean à la jeune femme.

Meaghan portait un T-shirt et un pantalon de jogging, mais elle avait une élégance naturelle qui lui permettait d'être radieuse quelle que soit sa tenue. Elle posa son sac et s'assit.

— Je ne peux pas rester longtemps. Si vous n'aviez pas vu cette boucle d'oreille…

Que pouvait-elle ressentir envers Mary Ellen et Catherine ? De la colère ou de la compassion ? Après tout, elle avait elle aussi été une victime d'Anthony Spero.

Meaghan se releva aussitôt.

— Je dois partir. Tristan m'attend en bas. Nous avons tourné la page sur le passé. Demain est un autre jour. Le premier jour du reste de notre vie ensemble. Je crois bien que le destin nous a réunis. Désormais, grâce à l'argent de ma famille, je vais pouvoir venir en aide aux autres. Légalement, ajouta-t-elle avec un sourire entendu. Tout est bien qui finit bien.

— Bonne continuation, lui dis-je, sachant qu'ils avaient encore du chemin à parcourir.

— Tant que je serai aimée, je serai heureuse, répondit-elle avant de s'éloigner.

— Attendez ! lança Sean en ramassant le sac resté à terre. Vous oubliez ceci.

— Je sais, dit-elle.

Elle disparut sans récupérer son bien. Sean ouvrit le sac et jeta un coup d'œil à l'intérieur.

Il découvrit deux tableaux enveloppés dans du papier bulle, le Vermeer et le Gandolfi.

Mon père allait se réjouir.

— Je vais les ranger dans le coffre, annonça Sean.

Je le suivis jusqu'à la réception. Pas un signe de Suzannah.

— Attendons qu'il ait terminé son rendez-vous pour lui faire part de la bonne nouvelle

— Pourquoi cet air intrigué ? me demanda Sean.

— J'ai l'impression qu'il ne les mérite pas, ces tableaux. Ce sont des objets volés. Ils appartenaient à quelqu'un. Ce n'est pas bien.

— Je n'aime pas beaucoup ce regard, mademoiselle Valentine.

— Je crois que mon père ne va pas l'aimer non plus.

J'entendis des pas précipités dans l'escalier, puis Suzannah entra en trombe.

— Vite ! Le cowboy solitaire est de retour.

Mac.

— Vas-y, me dit Sean. Je t'attends ici.

Je partis en courant. Cela me faisait de la peine de savoir que Sean restait au bureau pour ne pas nous retarder.

— Tu l'as vu ? demandai-je à Suzannah.

Ses longs cheveux bruns voletaient dans son dos.

— Non, mais regarde, me répondit-elle en brandissant une poignée de billets. Je guettais sa venue, mais Aiden est entré et j'ai été distraite. Le temps que je revienne à la fenêtre, c'était la folie sur la pelouse. Je suis descendue aussi vite que j'ai pu.

Les gens couraient en tous sens pour attraper les coupures de vingt dollars. Ils se bousculaient, se poussaient. Suzannah se jeta à corps perdu dans la bataille.

Je cherchai Mac des yeux, en vain. Quelqu'un me poussa. Je me mis à courir avec les autres. Hélas, il avait disparu.

Sur un banc, j'aperçus soudain le sans-abri poète qui m'observait, un sourire aux lèvres.

— Je peux m'asseoir ? demandai-je.

Il hocha la tête. Il avait un grand sac-poubelle entre les jambes, mais pas de thermos, et il portait le même bonnet de laine et son manteau noir.

— Je…

Je m'interrompis. Il inclina la tête, attendant que je finisse ma phrase.

Ce manteau noir était celui que j'avais « vu » dans l'armoire d'un hôtel de luxe, lors de ma rencontre avec Orlinda Batista.

Pourquoi avais-je mis aussi longtemps à comprendre ? Cette vision me hantait. J'avais reconnu le manteau sans parvenir à l'identifier.

À présent, je devais en avoir le cœur net.

— La semaine a été longue, dis-je. Très longue. Voyez-vous, j'ai un don spécial qui me permet de retrouver les objets égarés. Parfois, c'est très pratique. Parfois, c'est une malédiction. Il y a des règles. Mon père avait perdu deux œuvres d'art très précieuses, par exemple. Des tableaux hors de prix. Je n'ai pas pu l'aider à les retrouver car ils ne lui appartenaient pas vraiment. C'est une longue histoire. Et vous, avez-vous déjà perdu quelque chose ?

Il hocha la tête d'un air méfiant.

— Dans ce cas, vous me comprenez, dis-je d'un ton enjoué, en prenant sa main froide dans la mienne.

Aussitôt, un vertige m'entraîna loin de la pelouse, vers Roxbury, dans une rue proprette, une maison grise avec des rideaux de dentelle aux fenêtres. Une trappe secrète menait vers un sous-sol où étaient entreposés de nombreux tableaux enveloppés dans du papier bulle.

J'ôtai ma main de la sienne en essayant de me concentrer.

— Il m'est plus difficile de retrouver des êtres humains. C'est ainsi. D'autant que certaines personnes ne veulent pas qu'on les retrouve. Elles se déguisent, s'installent à l'hôtel sous un nom d'emprunt ou se font passer pour un sans-abri poète…

— Lucy ? lança Preston, qui arrivait en courant. Tu es là ! Sean m'a dit que le cowboy solitaire était de retour. Tu l'as vu ? C'était bien Mac ? Il est encore dans le coin ? Sait-il ce qui s'est passé chez Rick hier ?

— Respire, Preston.

Elle reprit son souffle, sans cesser de scruter la foule.

— Il n'est pas là-bas, lui dis-je.

— Comment le sais-tu ? Tu as observé tout le monde ?

— Preston, assieds-toi. J'aimerais te présenter quelqu'un, un ami.

Elle nous dévisagea tour à tour, puis leva les mains au ciel.

— Je n'ai pas de monnaie. Pas question que je lui donne quoi que ce soit. L'argent ne tombe pas du ciel. Je travaille dur, moi.

— Assieds-toi, je te dis.

— Tu sais, Lucy, tu aurais dû m'appeler pour Rick Hayes. J'ai raté un scoop. Mon patron est furieux et c'est un journaliste sportif qui a hérité de mon article à la une.

— J'ai peut-être un scoop encore plus spectaculaire à te proposer.

Soudain intéressée, elle s'assit à côté de moi.

— Lequel ?

Le vieil homme nous observait, désemparé.

— D'abord, les présentations.

Preston soupira et tendit la main.

— Preston Bailey, enchantée.

— Mac Gladstone, répondit-il.

Preston tomba du banc.

Au loin, je vis la fourrure dorée de Rufus. Le chien tirait désespérément sur sa laisse pour essayer de capturer des pigeons. Comme à son habitude, il promenait Christa.

— Mac et moi nous disions justement que le moment était venu de rentrer à la maison, déclarai-je. N'est-ce pas, Mac ?

— Oui, il est temps. C'était mon baroud d'honneur.

Suzannah apparut et regarda Preston à terre comme s'il s'agissait d'un spectacle habituel.

— Je n'ai récolté que soixante dollars. Comment vais-je trouver un apport pour l'achat d'une maison ?

Mac se leva et lui remit son sac-poubelle.

— Ceci vous aidera, déclara-t-il.

Elle m'adressa un regard affolé mais parvint à balbutier :

— Euh… Merci…

Preston n'en revenait toujours pas. Dès qu'elle aurait surmonté le choc, le feu des questions démarrerait.

— Tu devrais regarder dans le sac, conseillai-je à Suzannah.

— Je crois que je vais éviter, dit-elle en tenant l'objet à bout de bras.

— Moi, je veux bien l'ouvrir, intervint Preston.

— Qu'est-ce qui se passe ? demanda Suzannah, interloquée, en reprenant son sac. Qu'est-ce qu'il contient de si intéressant ?

Enfin, elle dénoua le lien en plastique et regarda à l'intérieur. Aussitôt, elle pâlit.

— Oh… C'est pas possible…

— Il doit y avoir environ cinq mille dollars, expliqua Mac. Le reste de mon trésor. Cela suffira-t-il pour votre apport ?

— Quoi ? bredouilla-t-elle. Enfin, qui êtes-vous ? Pourquoi ?

— Parce que vous avez donné de l'argent à un sans-abri, répondit-il.

— Je ne peux pas garder cet argent, gémit-elle. Je ne vous ai remis cet argent que par culpabilité, à cause de Lucy.

Mac refusa de reprendre le sac.

— Mais vous me l'avez quand même donné. De plus, les amis de Lucy sont mes amis.

— Moi aussi, je suis une amie de Lucy ! lança Preston.

Mac se mit à rire, puis retrouva son sérieux.

— Oui, mais vous m'avez chipé mon chapeau. Pas elle.

Il sortit son sifflet de sa poche pour appeler Rufus.

Soudain, le chien cessa de tourmenter les pigeons pour rejoindre son maître, Christa dans son sillage. Il se mit à aboyer gaiement en remuant la queue. Christa demeura en retrait, jusqu'à ce que son grand-père l'invite à s'approcher.

— On rentre à la maison, ma chérie.

Mac, Christa et Rufus ouvrirent la marche. Avant de retourner auprès de Jemima, ils devaient récupérer leurs effets dans leur nouvel hôtel.

Je m'étonnais que Preston n'ait pas demandé à les accompagner. Mais Jemima n'aurait pas apprécié la présence d'une journaliste. Ils auraient bien le temps de répondre aux questions.

Suzannah marchait à côté de moi, serrant contre elle son sac-poubelle. Preston l'observait, la mine boudeuse. Je la pris par les épaules.

— Essaie de voir le bon côté des choses, lui dis-je.

— Tu parles du scoop ? fit-elle avec l'esquisse d'un sourire. C'est un bon scoop, c'est sûr, mais il ne vaut pas cinq mille dollars.

— J'en ai un autre. Énorme, celui-là. Le plus beau de ta carrière. Il fera la une de la presse nationale, voire internationale.

Elle faillit trébucher.

— De quoi s'agit-il ?

Je l'entraînai vers un banc et la regardai droit dans les yeux.

— Je te le dis à une condition.

— Tu plaisantes ?

Je ne plaisantais pas le moins du monde.

— Je veux que tu cesses de fouiller le passé de mon père, de vouloir comprendre notre famille. Laisse tomber.

— Mais...

— Tu dois me promettre que si tu découvres quelque chose sur nous, tu n'en feras pas un article. Je veux que tu gardes tous nos secrets pour toi, au fond de ton cœur, comme le font tous les membres de cette famille.

Des larmes apparurent dans ses yeux.

— Lucy, c'est bien mieux que n'importe quel scoop.

— Donc tu ne veux pas savoir ?

— Mais si, répliqua-t-elle en sautillant d'impatience. Vas-y, dis-moi tout ! Au fait, je peux avoir une carte de crédit professionnelle ?

— Tu pousses un peu loin.

Bras dessus bras dessous, nous repartîmes en direction du bureau. Si j'avais bien planifié mon coup, Tristan Rourke aurait droit à un nouveau départ, les tableaux de Mac retrouveraient leur propriétaire, mon père recevrait une leçon et Preston Bailey décrocherait le scoop de sa vie, de sorte que je pourrais cesser de m'inquiéter à cause d'elle.

Je devais pour cela rencontrer une femme, à propos d'une certaine laverie.

33

Plus tard dans l'après-midi, Maureen Rourke m'ouvrit la porte, un sourire aux lèvres. Lorsqu'elle me reconnut, son sourire s'élargit.

— Lucy Valentine. On entend beaucoup parler de vous ces derniers temps. Nous vous devons une fière chandelle, je crois.

— Ce n'est rien.

Je scrutai la rue. La voiture noire aux vitres teintées était garée un peu plus loin.

— Pouvons-nous faire quelques pas ? proposai-je à Maureen.

— Je prends mon manteau.

Je l'entraînai dans la direction opposée à celle de la voiture. À l'étage de la maison voisine, le rideau remua. C'était une bâtisse sur trois niveaux, peinte en gris.

— Pendant tout ce temps, Tristan vivait à côté de chez vous ?

Elle ne prit pas la peine de nier.

— Un passage secret relie les deux maisons.

Je m'arrêtai pour la dévisager et lui assénai :

— Nous savons que le FBI ne le laissera pas tranquille tant qu'il n'aura pas été innocenté de ces vols de tableaux. Or il en est coupable.

La vieille dame arqua les sourcils.

— Mais voilà, repris-je. Si ces tableaux étaient retrouvés, disons, dans un entrepôt abandonné dans les faubourgs de la ville... Tristan aurait une chance de mener une vie normale, celle dont il a toujours rêvé.

— Je vous écoute.

Je lui exposai mon plan.

Une semaine plus tard, le printemps était là. Un poulet en caoutchouc s'envola dans les airs, aussitôt pourchassé par Rufus, Thoreau slalomant dans son sillage.

Le repas était prêt et de nombreux amis étaient réunis pour célébrer les retrouvailles de mes parents. Moi qui doutais de la solidité de leur couple, je me trompais. De plus, ils avaient accepté l'invitation de Jemima qui se proposait d'accueillir tout le monde dans la maison de Mac.

Si les baies vitrées de la façade n'avaient pas encore été remplacées, l'arrière de la maison était intact et propice aux festivités.

Assise sur le canapé entre Dovie et Mac, Christa feuilletait l'album de photos que ma grand-mère avait constitué pour elle. Elle avait réussi à glaner des dizaines de clichés de Betty Gladstone chez elle et ses amis. Mac fumait sa pipe en racontant des anecdotes relatives à ces photos.

À l'autre extrémité de la pièce, Rufus déposa son poulet plein de bave sur les genoux de Sean. Il le lui lança volontiers.

Un peu en retrait, j'observais Maggie, maman, Jemima et Suzannah dans la cuisine. Elles disposaient les mets dans des plats en riant. Installés dans d'élégants fauteuils, mon père et Raphael devisaient.

Cutter croisa mon regard. Debout près de la cheminée, il leva son verre comme pour porter un toast. Flanqué de Marisol et de Preston, il sourit, ravi de recevoir autant d'attention. Sans doute n'était-il pas très différent de notre père.

Soudain, Raphael apparut à mon côté en me faisant sursauter.

— Désolé, Uva, je ne voulais pas te faire peur.

— J'étais perdue dans mes pensées.

— Bonnes ou mauvaises ?

— Bonnes, répondis-je en me tournant vers Cutter.

Raphael suivit mon regard.

— C'est bon de le voir parmi nous, dit-il. Tu l'as mis en garde contre la curiosité de Preston ?

— Oui, mais nous n'avons plus à nous soucier qu'elle déterre nos secrets.

— Elle commence à se faire un nom.

— C'est vrai.

Deux de ses articles, l'un sur la disparition de Mac et de sa métamorphose en cowboy solitaire, et un autre sur la découverte, à Nashua, d'un entrepôt plein d'œuvres d'art volées, avaient été salués par l'Associated Press. Elle travaillait désormais avec Tristan et Meaghan sur un article consacré au lancement de la fondation « Nouveau départ » dont la vocation était, entre autres, de réhabiliter les quartiers sinistrés et développer l'instruction des enfants. Je venais de recevoir une invitation à leur mariage, prévu dans trois semaines. Ils ne perdaient pas de temps.

— Papa m'a-t-il pardonnée ? m'enquis-je.

Son Vermeer et son Gandolfi avaient été trouvés dans l'entrepôt de Nashua. Ils étaient retournés depuis chez leur propriétaire légal. J'avais eu du mal à convaincre papa du bien-fondé de mon initiative.

— Non, pas encore.

— Il s'en remettra.

— C'est certain.

Mac avait racheté ses toiles au Mayhew. Elles étaient accrochées au-dessus de la cheminée. Jemima déambulait avec un plateau de petits-fours. En passant, elle caressa la joue de Christa et embrassa son père. Rick comparaissait au tribunal la semaine suivante. Elle ne s'était pas trompée sur la nouvelle gloire de son mari, les chaînes de télévision ne parlaient que de lui.

Mac lui avait expliqué qu'il voulait lui donner une ultime leçon de vie en lui montrant par sa disparition ce qui comptait vraiment dans l'existence. Visiblement, ils avaient tous deux évolué, car Mac avait accepté de se faire soigner.

— Des nouvelles des deux bibliothécaires ? demanda Raphael.

— Aucune. Elles peuvent se trouver n'importe où.

— Tu parviendrais à les localiser ?

— Peut-être. Tout dépend de ce qu'elles ont emporté avec elles.

— Tu as vraiment envie de les retrouver ?

Je lui tapotai tendrement la joue.

— Je crois que tu connais la réponse.

Il m'embrassa sur le front et s'éloigna pour dresser la table.

— Je me sens rejeté, protesta Sean en désignant Rufus.

Le chien avait décidé de jouer avec Dovie, qui le caressait avec effusion avant de lancer son jouet. Elle adressa à Mac un regard plein d'affection.

Mon père donna une tape dans le dos de Sean.

— Tu as annoncé la bonne nouvelle à Lucy ? lui demanda-t-il.

— Quelle nouvelle ? fis-je.

— Je n'en ai pas encore eu l'occasion, répondit Sean.

— Quelle nouvelle ? insistai-je.

— J'ai fait installer un nouveau système de sécurité, mais je ne suis pas très rassuré à l'idée que mon loft reste inoccupé. J'ai donc proposé à Sean de s'y installer. Gratuitement, bien entendu.

— Et qu'a-t-il répondu ?

— J'emménage lundi prochain, annonça Sean. Je vais occuper l'ancien studio de Raphael.

— C'est une bonne nouvelle, non ? fit mon père.

— Formidable, répondis-je avant de vider mon verre de vin d'une traite.

— Je ne te le fais pas dire. Au fait, Lucy, saurais-tu pourquoi j'ai reçu un fedora gratuit de la part de Dominic Pagano, avec un mot d'excuses pour t'avoir offensée, ainsi que ton amie ?

— Possible.

— Il est un peu inquiétant ce type, non ?

— Oh oui.

Lorsqu'il se fut éloigné, je me tournai vers Sean, qui me demanda :

— Tu es sûre que cela ne te pose de problème que je vive dans l'appartement de ton père ?

— Du moment que tu ne me demandes pas de m'asseoir sur le canapé du salon.

— Ce n'est que temporaire. Jusqu'à ce que…

Je saisis. Il avait peur.

— Je sais, coupai-je.

— Tu as parlé à mon père des problèmes de vessie de Thoreau ?

— Non.

— Dans ce cas, tu risques de te faire expulser plus vite que prévu.

— Je vais l'amener au bureau plus souvent. D'après Marisol, il souffre d'une angoisse de la séparation.

— Tu crois qu'il a attrapé ce mal au contact de Grendel ?

— C'est certain. Ton chat exerce une mauvaise influence sur mon chien, fit-il en me donnant un coup de coude. Dis-moi, tu es sûre de ne pas être contrariée ?

Cutter s'approcha.

— J'ai besoin d'un remontant, annonça-t-il. Je viens de consentir à adopter un chat sous l'amicale pression de Marisol et j'ai accepté un rendez-vous avec Preston pour aller voir l'exposition Rembrandt au musée des Beaux-Arts. Si cela continue, je vais me retrouver à former des couples pour papa dans moins d'un mois.

Sur ces mots, il s'éloigna en direction du bar.

Papa… Je ne puis réprimer un sourire. Ces deux-là allaient finir par s'entendre.

— Je croyais que Preston t'avait fait une promesse, me dit alors Sean.

— C'est le cas.

— Alors pourquoi ce rendez-vous ?

J'observai la journaliste qui dévorait Cutter des yeux.

— Je crois qu'il lui plaît.

— Ah, fit Sean. Il se passe des choses bizarres parfois.

— Si seulement Em était là. Elle adorerait cette petite fête.

Aiden et elle avaient prolongé leur séjour de quelques jours et ne devaient rentrer qu'en milieu de semaine.

— Aimerais-tu la retrouver là où elle est ?

— Non, pas à ce point. Elle est à Hawaii tout de même ! Mais elle me manque.

— Tu ne voudrais pas aller la voir ? me demanda Sean, les yeux pétillants.

— Qu'est-ce que tu racontes ?

Il sortit deux billets d'avion de sa poche.

— Il y a un vol demain. Tu veux le prendre ?

— Essaie un peu de m'en empêcher, répliquai-je, le cœur en joie.

— Pourquoi ferais-je une chose pareille ? J'ai eu une vision.

— Tu plaisantes ?

— Elle était claire comme de l'eau de roche. Il était question de déhanchements sensuels.

— Je préfère la mienne.

Sean et moi étions alanguis dans un hamac, entre deux palmiers, au bord de l'océan d'un bleu limpide. De petites îles verdoyantes parsemaient l'horizon. Un voilier était ancré au loin. Sean se tourna vers moi, un sourire dans son regard nacré. Nous étions enlacés, peau contre peau, ma main sur son torse, son bras autour de mes épaules. Il me serra plus fort et se pencha vers moi. Ses intentions étaient claires.

— Qu'as-tu vu ? demanda-t-il en m'attirant vers lui.

— Tu le sauras bien assez vite.

— Tu crois que cela va me plaire ?

— Je te le garantis.

— Tu seras présente ?

— Bien sûr.

— Dans ce cas, je m'en réjouis à l'avance…

AVENTURES & PASSIONS

4 mars

Caroline Linden
Scandales* - 1 - *Un infréquentable vicomte
Inédit

Joan Bennet désespère de trouver l'amour. Lorsque ses parents s'absentent pour raisons de santé, ils la confient à sa tante Evangeline et à son frère Douglas. Au contact de ces deux personnalités, elle va enfin oser être elle-même et imposer ses choix, notamment celui de Tristan, un infréquentable vicomte, comme époux.

✦

Zoë Archer
Les justiciers* - 2 - *Séduction à risques
Inédit

La Némésis a reçu une lettre anonyme dénonçant les conditions inhumaines qui règnent dans une mine de Cornouailles. Chargé d'enquêter, Simon rencontre Alyce Carr, l'une des ouvrières de la mine, une forte tête. Intrigué, il est séduit par la jeune femme, mais un monde les sépare.

✦

Brenda Joyce
Une enquête de Francesca Cahill* - 3 - *Un cadavre sous la neige

New York, 1902. Francesca Cahill désespère ses parents qui lui impose un prétendant. Mais la jeune fille ne pense qu'au préfet de police, Rick Bragg, déjà marié. Justement, ils vont devoir traquer ensemble un tueur en série.

18 mars

Mary Wine

La saga McJames - 2 - Dans le lit d'un guerrier

Inédit

Cullen McJames n'accepte pas que son honneur ait pu être sali par le plus vieil et farouche ennemi de son clan, le laird Erik McQuade. Aussi, lorsque celui-ci prétend devant la cour royale que Cullen a volé la vertu de sa fille, Cullen se venge en enlevant sa fille pour l'épouser.

✦

Sabrina Jeffries

Les hussards de Halstead Hall - 3 - La provocatrice

Inédit

Sommée par sa grand-mère de se marier, Minerva Sharpe, qui adore choquer la bonne société, publie une petite annonce pour recruter un mari. Elle n'avait pas prévu que Giles Masters, amoureux d'elle depuis des années, postulerait.

✦

Elizabeth Hoyt

Les trois princes - 3 - Le dernier duel

Au détour d'un chemin, Lucinda trébuche sur ce qu'elle croit être un cadavre… qui se révèle pourtant bien vivant. Ce bel Apollon laissé pour mort a sans doute été attaqué par des brigands. Qui est-il, au juste ? Un vagabond ou une canaille, comme le redoute le père de Lucinda, qui craint pour la vertu de sa fille depuis l'arrivée de cet inconnu sous son toit.

PROMESSES

4 mars

Lisa Kleypas

La saga des Travis - 1 - Mon nom est Liberty

La vie lui a pris son père à quatre ans, sa mère à dix-sept, la laissant seule avec sa petite sœur de deux ans. Pourtant, Liberty Jones s'accroche à ses rêves. De son village de mobile homes aux quartiers chics de Houston, d'épreuves en victoires, elle trace son chemin et croise celui d'un richissime homme d'affaires, nanti d'un fils aîné aussi glacial que séduisant. Ce dernier lui fera-t-il oublier Hardy Cates, le garçon qui a marqué son cœur d'adolescente au fer rouge ?

18 mars

Debbie Macomber

Retour à Cedar Cove - 2 - Un printemps à la Villa Rose

Installée depuis peu à Cedar Cove, Jo Marie commence à s'y sentir chez elle. Avec l'arrivée du printemps, elle va pouvoir réaliser laroseraie qu'elle a conçue en souvenir de Paul, son mari disparu. Sa maison d'hôtes, la Villa Rose, affiche complet. Derrière les portes de sa jolie demeure, Kent et Julie, Anny, Mary. Autant de personnages en quête d'amour et de rédemption. Et dans le jardin, Mark, l'homme à tout faire, dont Jo Marie commence à apprécier la compagnie… Ce roman chaleureux et bouleversant sur les destinées humaines met en lumière la grande fragilité de l'âme mais aussi l'immense force qui sommeille en chacun d'entre nous.

Passion intense

4 mars

Erin McCarthy
Carrément craquant
Inédit

Ève est LA professionnelle des courses automobiles, en tant que représentante des relations publiques. Aussi, quand une affaire défraie la chronique, la voilà plus impliquée que jamais surtout quand une vidéo indécente fait sensation sur la toile ; celle des fesses nues de Nolan Ford lors d'une course hyper médiatisée. Or, malgré son sérieux exemplaire, Ève doit bien avouer qu'elle a, elle aussi, un petit faible pour le corps sensuel de ce pilote rebelle…

CRÉPUSCULE

18 mars

Kresley Cole
Les ombres de la nuit - 12 - Sombre convoitise
Inédit

Enfant, Thronos, le prince de Skye Hall, était amoureux de Lanthe. Cette petite sorcière s'intéressait avec malice à son clan, les Vrekener. Un amour pourtant vain car les deux adolescents se sont retrouvés piégés par les terribles querelles qui divisaient leurs familles. Des siècles plus tard, Thronos ne peux oublier Lanthe, la belle enchanteresse qui a marqué son âme et qui est devenue son ennemie...

Romantic Suspense

18 mars

Cindy Gerard
Black OPS - 6 - Imprudente
Inédit

Après son divorce avec un célèbre sénateur, Valentina s'est enfuie quelque jours incognito en Amérique latine. Mais lors d'une petite promenade dans les montagnes, la balade vire au cauchemar quand un inconnu tente de l'assassiner. La seule personne à même de pouvoir l'aider semble bien être Luke Colter, un ancien militaire. Mais Valentina peut-elle lui faire confiance et laisser sa propre vie entre ses mains… expertes ?

Et toujours la reine du roman sentimental :

Barbara Cartland

« Les romans de Barbara Cartland nous transportent dans un monde passé, mais si proche de nous en ce qui concerne les sentiments.
L'amour y est un protagoniste à part entière : un amour parfois contrarié, qui souvent arrive de façon imprévue.
Grâce à son style, Barbara Cartland nous apprend que les rêves peuvent toujours se réaliser et qu'il ne faut jamais désespérer. »

Angela Fracchiolla, lectrice, Italie

Le 4 mars
La prisonnière du vieux moulin

10987

Composition
FACOMPO

Achevé d'imprimer en Italie
par GRAFICA VENETA
le 19 janvier 2015.

Dépôt légal : janvier 2015.
EAN 9782290102541
OTP L21EPSN001375N001

ÉDITIONS J'AI LU
87, quai Panhard-et-Levassor, 75013 Paris

Diffusion France et étranger : Flammarion